KB075310

네 눈동자 안의 지옥

네 눈동자 안의 지옥

Inferno:
A Memoir of Motherhood
and Madness

모성과 광기에 대하여

캐서린 조 지음 ― 김수민 옮김

창비
Changbi Publishers

내 삶의 빛인 제임스^{James}와 케이토^{Cato}에게

차례

네 눈동자 안의 지옥   009

감사의 말   394

한국 전통에 따르면 아기를 낳은 산모는 아기와 함께 삼칠일(21일) 동안 집 밖으로 나가지 않고, 고추와 숯을 엮은 새끼줄을 대문에 걸어놓아 손님의 출입을 삼가고 악령을 쫓아낸다. 세이레(21일째 되는 날)에는 삼신三神에게 제를 올리며 백설기 등의 음식을 바친다. 아기가 태어나고 백일이 되면 생존을 축하하는 기념행사를 여는데, 이때 상에는 피라미드 모양의 과일탑과 장수를 기원하는 명주실 타래를 놓는다.

내 아들이 태어났을 때 친정과 시가 식구들은 하루가 멀다 하고 내게 이 전통에 대해 말해주었다. 우리가 이 모든 규칙을 어기고 있었기 때문이다. 나는 출산 후 일주일간 산모의 몸에 물을 묻혀선 안 된다는 규칙을 무시하고 샤워를 했고, 첫 끼니로 한국의 전통적인 미역국이 아닌 초밥을 먹었다. 우리는 문을 활짝 열고 손님을 초대했으며, 눈이 내리는 날 아이를 여러겹으로 싼 다음 함께 산책을 나가기도 했다. 그리고 우리는 모두를 기겁하게 만드는 행동을 했다. 집을 떠난 것이다.

아들이 태어난 지 두달이 되었을 때 우리는 런던을 출발해 아메리카대륙을 횡단하는 장기 여행길에 올랐다. 육아휴직을 내고 미국에 있는 가족과 친구들을 방문하며 이들에게 우리 아들을 소개하는 여행을 할 계획이었다. 나는 우리가 한국 전통을 (또는 미신을) 따를 필요가 없다고 생각했다. 한국계 미국인으로 태어나 미국에서 성장한 남편과 나는 이런 규칙을 크게 신경 쓰지 않았고, 그건 내 가족들도 마찬가지일 거라고 여겼다. 그러나 아기가 태어나자 이런 규칙들이 갑자기 중요해졌다.

캘리포니아에서 버지니아까지 우리가 모든 악령을 잘 방비했다고 생각했는데, 어쩌면 우리는 그저 악령으로부터 도망치고 있었는지도 모른다. 악령들이 마침내 뉴저지에 있는 시가에 머물고 있던 우리를 발견했기 때문이다. 내가 아들의 눈에서 악마를 보기 시작했을 때 아들은 백일잔치를 8일 앞두고 있었다.

남편은 나를 병원 응급실로 데려갔다. 나는 대기실에서 비명을 지르며 입고 있던 옷을 찢었다. 병원에 입원했고, 나흘 동안 잠 한숨 자지 못했다.

내 상태를 걱정한 의사가 수면제를 처방해주었지만 내 몸이 이를 거부했다. 불면의 밤이 계속되었다.

　나를 정신병원에 입원시키는 결정이 내려졌다. 뉴저지의 정신병원에서 수속이 이루어졌고, 나는 비자발적으로 지금 내가 있는 이곳으로 오게 되었다.

언제부터 정신에 문제가 생기기 시작했는지 확실하지 않다. 내 아들을 만난 순간부터일까? 아니면 내 운명에 깊숙이 자리 잡은 무언가가 진작에 결정되어 있었던 걸까? 수 세대 전부터?

정신병과 관련된 첫 기억은 빛이다.

밝은 빛. 나는 침대 위에 누워 있다. 방은 온통 하얗고 삭막하며 밋밋하다. 나는 환자복을 입고 있다. 내 피부에 느껴지는 옷의 감촉이 종이 같다. 나는 팔을 들어 올려보려고 하지만 그럴 수 없다. 안전장치가 내 몸통과 손목에 뱀처럼 감겨 있다. 안전장치는 무겁고, 짙은 색 천으로 만들어졌으며, 올가미처럼 내 피부를 파고드는 것 같다. 나는 주먹을 쥐고 있다. 손안에서 머리카락 한줌이 느껴진다. 침대 주변으로 아코디언처럼 접히는 금속 커튼이 쳐져 있다.

머리를 들어 올리려고 해보지만 겨우 고개만 양옆으로 움직일 수 있을 뿐이다. 방 모퉁이에 서 있는 한 남자가 눈에 들어온다. 레게머리를 하고 안경을 쓴 그는 차트를 들여다보고 있다. 그가 고개를 들어 나를 향해 부드러운 미소를 짓는다.

"안녕하세요." 그가 말한다. 차분하고 위엄 있는 목소리다.

"느만디." 내가 이름표를 읽으며 말한다.

그가 놀란 표정을 짓는다. "맞아요, 제가 느만디예요. 저는 간호사죠." 그는 자신의 가슴팍을 손가락으로 가리킨다.

"여기 어떻게 오게 되었는지 기억나세요?" 그가 묻는다.

나는 고개를 젓는다. 나도 모르겠다. 병원 대기실에서 내 옷을 찢었던 것 같기도 하다. 공포에 질렸던 기억이 난다. 비명이 지금도 귓가에서 맴돌고 있다. 내가 지른 소리 같다.

입술이 바싹 말라 있다. 나는 목청을 가다듬는다. 목소리가 돌아왔다. 나는 무언가 확실한 것을 느끼고 싶다. 두려움을 떨쳐버릴 수 있는 무언가가 필요하다. 느만디가 친절한 눈빛으로 나를 바라보고 있다.

"느만디, 신을 믿나요?" 내가 묻는다.

그는 잠시 주저하더니 생각에 잠긴 표정이다.

"반반이에요." 그가 말한다. "하지만 그래도 상관없어요."

그가 내게로 다가와 손을 잡는다.

"제가 보이나요?" 그가 묻는다.

"네." 내가 답한다. 실제로도 단어의 뜻 그대로 그를 보고 있다. 그는 느만디다. 손으로 그의 온기가 고스란히 느껴진다. 그는 비통한 이에게 위안을 주고, 두려움에 떠는 이에게 도움을 주는 자이다. 그렇지만 나는 확신한다. 그가 악마로부터 우리를 구원하러 온 대천사 미카엘이 분명하다는 것을.

정신병원에는 시간의 법칙이 존재하지 않는다. 사람들이 시간을 세는 방법이 제각각이기 때문이다. 어떤 이들은 날짜로, 어떤 이들은 주나 달 단위로 계산한다. 아예 시간 관념이 없는 이들도 있는데, 대체로 이곳에 아주 오래 입원해 있던 사람들이다. 날짜로 계산하는 이들은 리듬을 유지하는 사람들이다. 그리고 나는 이 부류에 속한다.

나는 고무 슬리퍼를 신고 있다. 웃는 얼굴이 그려진 옅은 파란색으로, 정부의 배급품이다. 이 슬리퍼를 쓰레기통에서 발견했고, 이제는 내가 매우 아끼는 소지품이 되었다.

나는 의사들이 모여 있는 유리로 둘러싸인 공간을 지나, 온종일 TV 소리가 울려대는 TV 시청실과 큰 테이블이 놓인 활동실도 지나간 다음, 병실이 늘어선 복도를 걸어 단단히 잠겨 있는 문까지 갔다가 다시 돌아온다.

내가 이곳에 얼마나 오래 있었는지 잘 모르겠다. 며칠은 된 듯하다. 그러나 나는 오늘을 1일로 치기로 한다. 내가 어디에 있는지를 인식한 첫날이기 때문이다.

내 주머니 속에는 보라색 사인펜으로 진실을 적어 접어 놓은 종이 한장이 들어 있다. 내가 누구인지 잊지 않기 위해 꼭 움켜쥐고 있는 현실이다. 아니면 적어도 내가 바라는 현실이다. 나는 이 문장들을 기도문처럼 자주 반복해서 읽는다.

나는 살아 있다. **현실.**
나는 제임스와 결혼했다. **현실.**
제임스는 나를 사랑한다. **현실.**
내게는 아들이 있다. **현실.**
내 아들은 생후 3개월이다. **현실.**
남편과 아들이 나를 기다리고 있다. **현실.**
나는 산후정신증을 앓고 있다. **현실.**

나는 산후정신증에 걸렸다. 전에는 현실을 의심하는 것, 시간의 흐름에서 제외되는 것이 무슨 의미인지 전혀 이해하지 못했다. 내가 아직도 꿈을 꾸고 있는 것인지, 깨어 있는 것인지를 분간하지 못한다는 말이 이를 가장 근접하게 묘사한 표현일 것이다. 하지만 정신병을 앓고 있는 상태에서는 아무리 노력해도 깨어나지 않는다.

정신병의 의학적 정의는 이렇다. 무엇이 현실이고 현실이 아닌지를 분간하는 데 어려움을 겪는 개인의 정신적 질병. 객관적 현실을 잃어버리는 것이다. 이곳에 오기 전까지는 산후정신증에 대해 들어본 적이 없었다. 임신하면 외음절개술이나 탈출증(prolapse, 장기의 일부 또는 전체가 정상 위치에서 벗어나거나 아래쪽으로 내려오는 증상―옮긴이), 임신중독증 등 걱정거리가 생겨난다. 나는 아이를 잃을지도 모른다는 생각에 지나치게 집착하기는 했으나 내 정신에 문제가 생길 수 있다는 생각은 한번도 해보지 않았다.

오늘 아침에 눈을 떴을 때 내 기억은 조각조각 해체되어 있었다. 단편적인 과거의 기억들이, 진짜건 가짜건 할 것 없이 모두 내게로 쏟아져 들어왔다. 마치 내 인생의 한 단락을 떼어 복사하고 붙여넣기를 반복하는 것 같았다.

손을 들어 내 몸을 만졌을 때 내 몸 같이 느껴지지 않았다. 가슴은 모유 수유를 하지 않아 붉게 성난 혹 같았다. 갈비뼈가 튀어나와 있었고 쇄골의 가장자리가 느껴졌다. 병원 환자복을 입고 있었으며 손목은 안전장치에 매여 있던 자국으로 화끈거렸다. 머리카락은 젖은 채 이상한 방식으로 묶여 있었다. 누군가가 묶어놓은 것이 분명했다. 결혼반지가 보이지 않았다. 내가 결혼하지 않았었나? 결혼했다고 확신하고 있었는데. 레이스로 장식된 드레스, 내 손에 들려 있던 장미와 아이비로 만든 부케가 기억났다. 나는 결혼식에서 들었던 노래를 기억하려고 노력했다. 그런데 어떤 결혼식이지? 몇가지가 떠올랐으나 신랑의 얼굴은 전부 흐릿하기만 했다.

나는 복도를 걸으면서 나를 찾기 위해, 현재에 집중하면서 자신을 추스르기 위해 노력하고 있다.

과거의 무언가를 기억하려고, 확실한 것에 매달리려고 할 때마다 반복되는 기억들이 얽히고설키며 서로 다른 결과물을 끝도 없이 재생하는 것 같다.

나는 생사를 반복하고, 각각의 생애에서 내린 결정들이 수많은 가능성으로 쪼개진다.

나는 나의 진실로 되돌아간다. 나는 캐서린이다. 제임스와 결혼했고 아들이 한명 있다.

발걸음을 세면 마음이 안정된다. 숫자는 확실하다. 숫자의 논리는 직선적이다. 내가 아무리 많은 발걸음을 옮겨도 이 장소에 계속 머물게 될 것이라는 생각이 든다.

나는 기억하려고 애쓰지만 그저 순간들만 기억해낼 뿐이다.

나는 아기를 기억한다. 작고 둥근 주먹과 내 팔에 닿는 숨결의 느낌을.

홍콩의 아파트 발코니를 기억한다. 오렌지빛 하늘에 둘

러싸여 시간이 흘러가기를 기다리며 방 안에서 왔다 갔다 하는 남자의 발소리를 듣고, 그가 내 존재를 잊고 잠자리에 들기를 바랐던 때를.

남동생과 함께 단풍나무 아래 앉아 구름이 밀려오는 모습을 바라보며 고요를 만끽하고 회오리바람이 불어오기를 기다렸던 순간을 기억한다.

남편과 나누었던 첫 대화를 기억한다. 그의 미소도. 무늬가 새겨진 유리잔 속에서 소용돌이치던 버번위스키도.

대부분은 내가 누구인지를 기억하려고 노력한다.

병동에는 스물다섯명의 남녀가 입원해 있다. 신발이 허용되지 않기 때문에 우리는 양말과 슬리퍼만 신는다. 우리는 출국장의 여행객처럼, 일시적으로 머물다 떠나는 사람처럼 행동한다. 사람들이 오가고 손을 흔들어준다. 그들은 떠나면서 연락하겠다고 약속하지만 그러지 않을 것을 안다. 새로운 누군가가 어느새 나타나서 자리를 메우고, 이런 순환은 계속된다.

　소란을 피우거나 비명을 지르는 사람들이 있지만 우리는 이들을 무시한다. 우리가 감당할 수 있는 일이 아니다. 나는 이런 일상의 일부가 되었다. 마치 줄곧 이곳에서 살았던 것 같다. 과거의 일은 무엇이든 기억하는 데 애를 먹는다. 처음부터 병동의 일상에 맞추어진 것처럼 느껴진다.

　이곳에서는 누구도 바깥에서의 삶을 이야기하지 않는다. 이곳으로 오기 전에 무언가가 있었음을 인정하지 않는다. 우리는 현실과 분리되어 존재하고, 병동 규칙에 복종한다. 우리의 시간은 멈추었다.

우리는 정해진 일정표대로 움직인다. 약을 타기 위해 줄을 서서 기다리고, 구내식당 문이 열리기를 기다리며, 소등 시간을 기다린다.

나는 수영장에서 나는 소독약 냄새를 연상시키는 병동의 냄새에 적응을 못하겠다. 축축하고 음침하다. 벽은 베이지색이다. 경계 부분에는 고등학교에서 보았을 법한 타일이 붙어 있다. 벽 군데군데 페인트가 벗겨졌고 얼룩들도 보인다.

병동은 Y자 모양으로 세 복도가 중앙에서 만난다. 중심부에는 커다란 유리로 둘러싸인 공간이 있는데, 이 안에 도넛 모양의 원형 책상이 하나 놓여 있다. 의사를 포함한 직원들이 머무는 장소다. 책상은 병동의 각 복도를 마주볼 수 있게 놓여 있다. 이 모습이 우주선 조종실의 제어판 같다는 생각이 든다. 유리로 둘러싸인 공간 양측에는 방이 두 개 있다. TV 시청실과 활동실이다. 각 방에는 내부를 들여다볼 수 있게 판유리가 설치되어 있다.

유리 공간의 한쪽으로 병실이 줄지어 늘어선 복도가 있다. 환자들이 잠을 자는 곳이다. 낮에는 방문이 열려 있지만 밤에는 잠겨 있다. 일부 환자는 낮잠을 자거나 침대에 앉아 있다. 직원이 복도에 놓인 의자에 앉아서 휴대폰을 보며 근무를 서고 있다. 내가 아는 한 이들은 간호사가 아니다. 민간인 복장을 하고 있으며, 인이어를 착용하고 손에는 차트를 들고 있다. 이들은 신분증을 목에 걸지 않는다. 아무래도 목이 졸릴 위험을 방지하기 위해서인 것 같다. 자세는 부자연스러워 보인다. 긴장한 상태로 언제든 곧장 달려갈 준비가 되어 있다.

내 방은 이 복도에 없다. 나는 24시간 엄중한 감시를 받는 방 중 하나에 배정되었다. 유리 공간 바로 건너편에 위치한다. 내 방 문 앞에는 직원이 한명 앉아 있고, 내가 방을 나갈 때마다 차트에 기록한다.

유리 공간 안에서 의사와 직원들이 컴퓨터 키보드를 두드리고 전화를 하고 있다. 우리가 밖에서 유리를 두드려도 안 들리는 척한다.

나는 동물원의 동물 같다. 단지 내가 유리 공간 바깥쪽에 있으며, 이 우리가 밖이 아닌 안에 있는 사람을 보호한다는 사실만이 다를 뿐이다. 우리는 이리저리 어슬렁거리는 동물이다.

나는 가슴 앞에 팔짱을 끼고 샤워 시간을 기다리고 있다. 가슴이 화끈거리고 심하게 부어올라 건드리기만 해도 피가 날 것 같다. 직원 샤라가 내게 가볍게 고갯짓하며 인사를 한다. 그녀는 손으로 턱을 괴고 구부정한 자세로 통화를 하고 있다.

"좋은 아침이에요." 내가 말한다.

"샤워하실 건가요?" 그녀가 묻고, 나는 고개를 끄덕인다.

샤라가 인이어에 대고 뭐라고 중얼거린다. 그리고 무릎
위에 올려놓은 차트에 무언가 기록한 다음 다시 통화를 이
어간다.

샤워실은 넓지 않고, 문은 TV 시청실 옆의 복도 중간에
있다. 샤워기는 두대이고 나란히 붙어 있다. 샤워 커튼이
달려 있기는 하지만 실제로는 한번에 한 사람씩 사용하게
되어 있다. 나는 확신이 없는 상태로 문밖에 서 있다. 타미
라가 항상 제일 먼저 샤워를 하기 때문이다. 즉 그녀가 곧
뜨거운 물로 샤워를 할 거란 이야기다.

타미라가 아무런 인사말도 없이 갑자기 나타난다. TV
시리즈 「워킹 데드」The Walking Dead 티셔츠를 입고 있는데, 배
부분이 팽팽하게 잡아당겨져 있다. 스물한살인 타미라는
세번째 임신 중이며 퇴원했다가 얼마 안 가 다시 돌아오는
복귀 환자다. 그녀는 모든 간호사와 환자의 이름을 알고
있고, 이 병동에서 왕초 노릇을 한다. 초반에 나를 의심에
찬 눈초리로 보았지만 내가 아침 샤워 시간과 내 몫의 디
저트를 양보하면서 해결되었다.

나는 좌우로 몸을 흔들며 내 차례를 기다린다. 병동은
활기를 띠기 시작한다. 직원들이 뒷문을 통해 유리 공간

안으로 들어가는 모습이 보인다. 이 뒷문은 관계자 외 사용 금지다. 이들은 컴퓨터를 켜고 서류를 꺼내고 바인더를 연다. 자기들끼리 서로 인사를 하지만 우리 쪽은 보지 않는다.

타미라가 내 쪽은 쳐다보지도 않으면서 샤워실에서 나온다. 그녀는 욕실용 슬리퍼를 신고 수건으로 머리를 돌돌 말고 있다. 그리고 여전히 「워킹 데드」 티셔츠를 입고 있다.

나는 샤워실 안으로 들어간다. 바닥 타일은 녹색이다. 마치 체육관의 샤워실처럼 표백제와 곰팡내가 난다. 나는 재빨리 옷을 벗고 세면대에 잘 걸어놓는다. 옷을 놓을 마땅한 장소가 여기뿐이다.

나는 욕실용 슬리퍼가 없어서 수건을 접어서 깔고 그 위에 올라선다. 샤워기에서 나오는 물이 차갑다. 잠깐 따뜻한 물이 쏟아지더니 다시 차가워진다. 가슴의 응어리진 부분을 열심히 마사지해 풀어주려고 해보지만 물이 차가워서 쉽지 않다. 몸이 돌처럼 굳기 시작한다.

작은 수건으로 재빨리 물기를 닦아내고 몸을 잔뜩 움츠린 채 옷을 입는다. 옷은 내 침실의 문 옆에 있는 선반에서 찾았다. 임산부용 레깅스와 브래지어, 그리고 내 남편의 스웨터다. 지금은 그의 회색 모직 스웨터 중 하나를 입고 있다. 부드럽고 폭신폭신하며 익숙한 냄새가 난다. 새어 나온 모유가 옷에 배어들지 않도록 브래지어 안쪽에 탈지면을 넣고, 스웨터 위에 후드 집업을 입은 다음 지퍼를 올린다. 나는 두 손을 호주머니에 넣고 내 진실이 적힌 종이를 손에서 놓지 않는다. 이 종이는 부적처럼 나를 진정시켜준다.

내 방으로 돌아와 수건을 접고 침대를 정리한다. 얇은 침대보는 너무 많이 빨아서 회색빛을 띠고 감촉은 까끌까끌하다.

나는 이 방에 오래 있지 못하겠다. 사람의 기운을 빨아들이는 것처럼 느껴진다. 나는 방 밖으로 나와 문을 닫고 복도를 서성거리기 시작한다. 복도 맞은편 끝에서부터 환자들이 구내식당으로 이동하는 모습이 보인다. 아침밥을 먹을 시간이다.

구내식당은 중앙 복도 맨 끝에 위치한다. 병실에서 가장 먼 곳으로 옆에는, 내 생각이지만, 출구로 이어지는 육중한 쌍여닫이문이 있다. 아침밥은 매일 8시부터 제공된다. 식당 문이 열릴 때까지 우리는 밖에서 기다린다. 작은 방에 여섯개의 식탁이 줄지어 놓여 있다. 식당 앞쪽에서 직원 두명이 따뜻한 음식이 담긴 식판을 나누어준다. 메뉴는 스크램블드에그와 팬케이크, 베이컨이다.

"차와 커피 중 뭐로 하시겠어요?" 로니가 묻는다. 그는 아주 짧게 자른 헤어스타일에 환한 미소를 가진, 인기 많은 직원이다. 타미라는 그를 자신의 남자라고 부르고, 그는 언제나 웃어넘긴다.

"커피요." 내가 말한다.

나는 커피 향을 깊이 들이마신다. 눈을 감고 잠시 내게 집이 있음을 상기한다. 이곳에서 떨어진 곳에. 집 안의 테이블과 창문, 풍경을 상상해보려고 애쓰지만 커피 향 말고는 아무것도 떠오르지 않는다. 그리고 다시 현실로 돌아온다. 나는 이곳, 병동에 갇혀 있다.

구내식당은 조용하다. 우리는 말없이 밥을 먹는다. 창문에는 성에가 끼어 있고, 식탁은 꽉 찼다. 우리는 창문과 식탁 사이에 줄을 서서 기다린다. 들리는 소리라고는 직원들의 목소리뿐이다. 이들은 팔짱을 낀 채 식탁과 출입구 주위에 서 있다. 또 모두가 한쪽 귀에 인이어를 착용하고 있다.

여유롭게 밥을 먹는 행동은 남의 눈살을 찌푸리게 한다. 주어진 식사 시간은 30분이고, 우리는 조잡한 플라스틱 포크와 나이프로 음식을 허겁지겁 입안으로 쑤셔 넣는다. 밥을 다 먹은 다음에는 한 사람씩 열을 지어 나간다. 마지막 사람은 남아서 뒷정리를 도와야 한다.

보통은 데이브가 식사를 가장 늦게 끝내지만, 그는 휠체어를 타기 때문에 뒷정리를 하지 않아도 된다. 50대의 데이브는 재향군인으로 노숙자이며 네명의 자녀가 있다. 흑인이고 혼자서 키득거리는 습관이 있다. 그래서인지 그는 자신을 '키득이'라고 부른다. 그는 유리 공간 안의 직원들이 자신을 봐주기를 바라며 하루의 대부분을 그 앞에서 휠체어를 타고 왔다 갔다 한다. 무언가 강조하고 싶은 것이 있을 때마다 휠체어에서 일어나 "이것은 수치야!"라고 자주 소리친다. 휠체어에서 떨어질 때도 있는데, 그때마다 다시 올라앉을 수 있게 직원이 도와주어야 한다.

나는 구내식당에서 그에게 음식을 가져다준다. 그가 휠체어를 타고 움직이기에는 공간이 충분하지 않아서이다. 음식을 가져다주면 그는 내게 "고마워요, 캐시"라고 인사하지만, 내 눈은 쳐다보지 않는다.

그는 안경을 쓴 내가 똑똑해 보인다고 생각해서인지 나를 준법률가라고 부른다. 그리고 내가 노트에 글을 쓸 때면 인정의 의미로 고개를 끄덕이면서 "일을 시작해야지, 준법률가 양반!"이라고 말한다. 그는 병동의 모든 여자들에게 소리치기를 좋아하고, 이들이 깜짝 놀라면 재미있다는 듯이 웃는다.

나는 아침밥을 다 먹은 뒤에도 그대로 식당에 남아서 뒷정리를 한다. 이런 행동이 내가 정상이라고 느끼게 해주기도 하고, 복도에서 서성거리는 시간을 조금이라도 줄여준다. 타미라는 나를 아첨꾼 보듯이 바라본다.

제프가 내게 행주를 건네준다. 그는 덩치가 큰 직원으로 턱수염을 길렀으며 걸걸한 목소리를 가졌다. 나는 고무장갑을 끼고 식탁에 세정제 스프레이를 뿌린다. 차와 주스가 담긴 통을 식탁 끝으로 밀어놓으면 제프가 구내식당 밖의 약 배급실로 가져가기 위해 남은 음료를 정리해 종류별로 한데 담는다. 뒷정리가 끝나고 내가 식당을 나서면 뒤에서 문이 잠긴다.

나는 TV 시청실로 발걸음을 옮긴다. 대부분의 환자들이 이곳에서 시간을 보낸다. 작은 방이지만 사방을 둘러서 세개의 소파가 놓여 있고 창문이 조금 열려 있다. 전화기와 가깝기도 한데, 그래서 자기 전화 차례가 돌아올 때까지 기다리기 좋은 장소이기도 하다. TV는 작고 천장 모퉁이에 매달려 있다. 보통은 폭스 뉴스나 「로 앤 오더」 Law and Order 시리즈가 틀어져 있다. 환자들은 소파에 걸터앉아 있다. 종종 누군가가 일어나서 복도를 어슬렁거리기 시작하면 다른 누군가가 슬쩍 그 자리를 차지한다. 소파는 짙은 남색이며 측면에 솜이 튀어나와 있다. 누군가가 손톱으로 파놓은 것처럼 나무 틀 측면에 깊게 홈이 파인 부분이 몇군데 눈에 들어온다. 방 모퉁이에는 직원용 의자가 하나 놓여 있다.

TV 시청실에는 다수를 차지하는 인종이 TV 채널 선택권을 가진다는 무언의 규칙이 있다. 병동에서는 인종이 모든 것을 규정한다. 우리 방은 인종과 성별로 분류된다. 한쪽 복도는 히스패닉이, 또 한쪽은 흑인이, 나머지 한쪽은 백인이 거주하는 식이다. 이 방식이 다분히 의도적이라고 생각한다. 혹시나 발생할지도 모르는 폭력 사태를 예방하려는 방법이기도 하지만 그저 일을 편하게 만드는 방법이기도 하다. 우리는 자신을 인종과 나이로 규정하고 대다수 환자는 인종에 따라 무리를 짓는다. 백인들끼리 한 테이블에 모여 앉고, 흑인이 다른 테이블에, 히스패닉이 또다른 테이블에 앉는다. 나는 '아시아인'이다. 이것이 나를 규정하는 가장 명확한 방법이라는 점을 제외하면 불쾌하게 느껴질 수 있다. 특히 자신의 정체성에 확신이 없을 때는 더욱 그렇다. 이런 상황은 TV 프로그램 「오렌지 이즈 더 뉴 블랙」Orange is the New Black을 떠올리게 한다. 내가 이 상황을 이해할 수 있는 유일한 방식이 넷플릭스 TV 프로그램이라는 사실이 부끄럽다.

나는 겉으로 드러나는 요소들로 사람을 보기 시작한다. 커다란 안경을 쓴 사람, 머리가 큰 사람, 턱수염을 기른 사람, 눈이 파란 사람, 피부색이 어두운 사람. 어렸을 때 하던 게스 후Guess Who라는 게임이 생각난다. '그 사람은 우스꽝스러운 안경을 썼니?' 이는 아이들이 세상과 사람을 보는 방식이다. 편견이나 어떠한 암시를 담고 있지 않은 이상 외모에 관한 질문은 문제가 없다. 그저 '어두운 피부' '턱수염' '큰 머리'일 뿐이다. 나는 초등학교 등교 첫날을 기억한다. 한 소녀가 내게 다가와 자신을 소개했다. "내 피부는 까매. 너는 무슨 색이니? 이 학교에서 까만 아이는 나 하나뿐이야."

나는 내 색깔을 몰랐다. 다음 날 어머니에게 물어보고 나서야 누가 물으면 '황색'이라고 말할 수 있게 되었다.

다른 환자들이 나를 궁금해한다는 사실이 눈에 보인다. 환자 이송용 침대에 탄 채 옷을 벗으며 우리가 지옥에 떨어졌다고, 악령이 오고 있다고 소리쳤던 한국인 여성.

그러나 이곳의 규칙은 교도소의 규칙과 다르지 않다. 우리는 서로 이곳에 온 이유에 대해 절대로 묻지 않는다. 심지어 직원들조차도 묻지 않는다.

폭스 뉴스 채널에 맞추어진 TV에서 다가오는 올림픽 이야기가 흘러나온다.

"빵, 빵, 빵." 신병 모집 광고를 보던 환자 한명이 소리친다. 직원이 조용히 하라고 주의를 준다.

소파에 앉아 있는 알리가 옆쪽으로 몸을 움직여 내가 앉을 공간을 마련해준다. 그는 내가 처음으로 말을 건 환자이며 이 병동의 유일한 중동인이다. 잘생기고 호리호리한 그도 나처럼 이리저리 서성이는 사람이다. 그는 큰 보폭으로 성큼성큼 걷는다.

우리는 복도를 서성이는 동안 계속 서로를 지나치다가

모퉁이가 만나는 곳에서 마주쳤을 때 마침내 멈추어 섰다.

"이해해요." 알리가 말했다. "가족은 힘들죠." 그가 옅은 미소를 지어 보였다. 나는 미소로 응답했다. 나는 그가 왜 이곳에 왔는지 묻지 않았지만, 이 순간에 우리는 서로에게 고개를 끄덕였다.

"고마워요." 내가 말했다. "당신 말이 맞아요. 가족은 힘들죠."

그가 미소를 지었다.

"저는 당신의 적이 아니에요." 그가 말했다.

"제게 적이 있나요?" 내가 물었다. 그는 어깨를 으쓱한 다음 언제 멈추었느냐는 듯이 다시 걷기 시작했다.

우리 맞은편에 타미라가 손에 머리빗을 든 채 다리를 꼬고 앉아 있다.

"몇살이에요?" 타미라가 묻는다.

"서른한살이에요." 내가 말한다.

그녀가 콧방귀를 낀다. "서른하나요? 우린 당신이 학생인 줄 알았어요." 그녀의 어투에는 그 정도면 더 잘 알아야 할 나이 아니냐는 뉘앙스가 담겨 있다.

모퉁이에 앉아 있는 직원이 고개를 들어 바라본다. 방에는 직원이 두명 있고, 둘 다 휴대폰을 보고 있다. 이들은 우리에 관한 문자를 주고받는다. 그룹 채팅방을 만들어서 환자에 대해 서로 이야기를 주고받는다. 나는 이들의 행동을 관찰하다가 이 사실을 알게 되었다. 이들은 신중하게 자신의 휴대폰 화면을 손과 노트로 가린다. 때로는 웃기도 하고, 자신들이 하는 말을 우리가 듣지 못한다는 듯이 인이어를 통해 대화한다.

아침 8시 45분이다. 약을 먹을 시간이다. 아무도 알려주지 않지만 언제 줄을 서야 하는지 모두가 아는 것 같다. 누군가가 조용히 일어나면 나머지가 그 뒤를 따른다. 복귀 환자들은 약을 빨리 타 가려고 자신이 복용하는 약의 이름을 말한다. "리튬과 리스페달, 쎄로켈이요." 나는 내가 무슨 약을 복용하는지 모른다. 이런 사람은 내가 유일해 보인다. 담당자가 내 팔찌를 스캔하고 작은 플라스틱 컵 두 개를 건네준다. 얼려 먹는 요구르트 샘플이 담겨 있는 컵을 연상시킨다. 나는 고분고분하게 받아 삼킨다. 쓴 물약과 작고 동그란 알약 두개다.

약 때문에 입안이 건조해진다. 마치 늘 가루로 가득 차 있는 것 같다.

병동 생활은 무인도에서 살아가는 것처럼 느껴진다. 책도, 펜도 없고, 켄타우로스와 표범, 그리핀 같은 환상적인 동물들이 그려진 색칠용 종이를 제외하면 종이도 없다.

내게는 내 방에서 발견한 노트가 있다. 회색 표지에 크림색 종이로 되어 있는, 남편이 아끼는 노트 중 하나다. 이 노트 덕분에 아직은 2018년이라는 사실을 알 수 있다. 제임스가 꼼꼼한 글씨체로 '2018년 2월 9일'이라고 적어놓았다. 연도에 밑줄을 두번 그었다.

이 노트를 발견했을 때 나는 직원에게 펜을 줄 수 있느냐고 물었다. 그녀는 무표정한 얼굴로 나를 바라보았다.

"펜을 줄 수 있나요?" 나는 노트에 뭔가를 쓰는 시늉을 했다. "제 노트에 글을 쓸 수 있게요." 내가 왜 설명을 덧붙였는지 모르겠다. 왠지 그래야만 할 것 같았다.

나는 확신 없이 그녀의 의자 옆에서 기다렸다. 잠시 뒤에 그녀는 한숨을 쉬더니 유리 공간으로 들어갔다. 그녀가 다른 직원과 대화하는 모습이 보였다. 두 사람이 나를 쳐다보더니 한명이 짙은 색 바인더를 살펴보았다. 나는 침착하고 정상적인, 펜을 받을 자격이 있는 모습으로 보이려고 애썼다.

직원이 돌아와 검은색 펜을 주었다.

"여기요." 그녀가 탐탁지 않다는 듯이 말했다. "의사 선생님이 허락했어요. 하지만 조심하세요."

손에 펜을 쥐자 닫힌 공간에 창문이 열린 것처럼 숨통이 트이는 것이 느껴진다. 나는 기회가 있을 때마다 노트에 기록한다. 내가 기억하는 것들, 내가 진실임을 아는 것들을.

하나의 기억 위에 다른 하나가 포개지면서 내 기억이 천천히 돌아온다. 영상이 서서히 뚜렷해진다. 내 기억으로부터 나 자신을 재구성하는 것처럼 느껴진다. 나는 과거에서 현재로 이어지는 실을 따라가고 있고, 그러다가 마침내 알게 되리라고 생각한다. 내가 왜 이곳에 오게 되었는지. 내가 누구인지. 그리고 어쩌면, 여기서 나가는 방법을 찾게 될지도 모른다.

나는 활동실에 앉아 노트에 글을 쓰고 있다. 활동실은 이 병동에서 내가 가장 좋아하는 장소다. 벽은 옅은 노란색이고, 볕이 가장 잘 들며, 창문에는 성에가 끼었지만 밖에서부터 부드러운 밝은 빛이 들어온다. 방은 곡선 모양이고 유리 공간을 마주 보고 있는 거대한 유리벽이 있다. 보통은 조용하지만 가끔 음악을 틀기도 하는데, 그럴 때면 스피커를 광광 울리는 힙합 음악이 흘러나온다. 중앙에는 원형 테이블이 놓여 있고 그 위에는 사인펜과 크레용, 다수의 판지와 반쯤 칠하다 만 동물 그림이 그려진 종이가 흩어져 있다.

오늘 아침에 새로운 여자 환자가 들어왔다. 직원들이 그녀를 이곳에 데려왔을 때 우리는 그녀가 복도에서 내지르는 시끄러운 소리를 들었다. 그녀의 이름은 에마다. 지금은 팔짱을 낀 채 쭈뼛거리며 문가에 서 있다. 그녀는 20대

초반의 이탈리아계 미국인이다. 대학 기숙사에서 이곳으로 올 때 입었던 잠옷을 아직 입고 있다. 잠옷 뒷면에는 'PINK'라는 글자가 적혀 있다. 그녀는 내 학창 시절의 여학생들을 생각나게 한다. 키가 크고 말랐으며 손으로 머리카락을 배배 꼬는 습관이 있다.

"무슨 일이에요? 무슨 일이 있는 거죠? 저는 여기 앉을게요. 이 여자 옆에 앉을래요. 좋은 사람처럼 보이네요." 그녀는 내 옆에 앉아 쉴 새 없이 떠든다. 말이 너무 빠른 데다 같은 말을 반복하기까지 한다. 숨 한번 쉬지 않고 내뱉는 독백이다.

그녀의 남자친구와 친구가 그녀를 보러 왔었다. 지금은 시험 기간이다.

"저 둘이 잤길 바라요. 맹세컨대 아니라면 두 사람을 절대로 용서하지 않을 거예요. 제 말은, 저들이 바람피우는 거면 좋겠는데, 그렇지 않고는 이렇게 제 뒤통수를 쳤다는 사실을 믿기 힘들거든요. 바람피우는 게 맞아야 해요. 그래야 제가 어쩌면 저들을 용서할 수 있을지도 모르니까요. 무슨 뜻인지 알죠? 알죠? 알죠?" 그녀가 말을 반복한다.

"저는 여기서 나가야 해요. 여기서 나가는 법을 아세요? 맙소사. 엉망진창이에요. 여기에 얼마나 계셨어요? 저희가 여기에 얼마나 있어야 하나요?" 그녀는 내 대답을 기다리지 않는다. 내가 여기에 얼마나 있었느냐고? 나도 모른다.

그리고 나는 내가 얼마나 더 오래 있어야 하는지 모른다는 사실을 깨닫고 깜짝 놀란다.

"세상에, 여기 사람 중 몇명은 몇주는 안 씻은 것 같은 냄새가 나요. 맙소사." 그녀는 모든 규칙을 파괴하고 있다. 일부 환자들이 차가운 눈빛으로 그녀를 쳐다본다.

나는 짜증이 나면서 순간 내가 나를 '여기 사람'에 속한다고 생각하고 있음을 깨닫는다.

"에마." 윌이 말한다. 그가 색칠하다 말고 고개를 든다. "진정해요." 부드러운 목소리다. 윌은 복귀 환자다. 그는 다섯살 때부터 이곳을 들락날락하고 있다. 이번에는 수개월째 머물고 있지만 며칠 뒤에는 나가야 한다. 수염을 풍성하게 길렀으며 체크무늬 셔츠를 입고 있다. 그는 브루클린의 어느 카페에 가도 집에서처럼 편안하게 있을 수 있는 사람이다. 친절하지만 웃음은 냉소적이다. 단체 활동에 참여하지 않고, 대부분의 시간을 자신의 방에서 보낸다.

"여기서 나가는 가장 빠른 방법은 나가고 싶지 않은 사람처럼 행동하는 거죠." 그가 웃는다. "그러면 저들이 당신을 가능한 한 빠르게 치워버릴 거예요."

"잘될 거예요." 내가 말한다.

"그건 알 수 없죠." 윌이 내게 톡 쏘듯이 말한다. 나는 곧바로 겸연쩍어진다. 사실이다. 그건 알 수 없다. 그는 앞으로 어떻게 될까? 그에게는 차도 직장도 없다. 갈 곳은 있나? 그가 다른 환자와 이야기하는 소리가 들린다. 윌은 이 곳을 나갈 때 타고 갈 택시비를 빌리려 하고 있다. 빌리지 못하면 걸어가야 한다. 어디로? 그도 모른다. 그냥 어딘가 로이다. 직원들이 윌을 불쌍하게 여기고 있음이 분명하다. 직원들은 그에게 너그러운 미소를 지어주고, 그가 자신의 호주머니에 사과를 몇개 더 넣거나 디저트를 한번 더 먹어도 뭐라고 하지 않는다.

내 옆에서 에마가 자신의 머리카락을 배배 꼬고 있다. "저는 가서 직원들이 제 아보카도를 압수해 갔는지 볼 거예요. 아보카도요. 제 아보카도요." 그녀는 유리 공간으로 당당하게 걸어간다. 윌이 고개를 젓는다.

"여기서 나가는 가장 빠른 방법은 나가고 싶지 않은 사람처럼 행동하는 거죠." 윌의 말뜻이 궁금하다. 나는 어떻게 나가지? 지금까지 기다렸지만, 누구도 내가 떠날 수 있는지, 그럴 수 있다면 언제인지 말해주지 않았음을 깨닫는다. 나는 유리 공간을, 그 안에서 컴퓨터 키보드를 두드리고 파일을 살펴보고 있는 사람들을 바라본다. 저들 중 누구도 내게 말을 걸지 않는다. 이곳에 와서 여태껏 의사나 사회복지사를 만난 적이 한번도 없다. 나는 여기에 얼마나 더 있게 될까? 갑자기 숨통이 조여오는 느낌을 받는다. 나는 물 밑에 갇혀 있고 수면이 어렴풋이 보일 뿐이다. 수면 위로는 아무것도 보이지 않는다.

나는 아들을 생각하려 애쓴다. 아이가 보고 싶은 건 아니지만 없으니 기분이 이상하다. 내 몸이 우리가 떨어져서는 안 되는 운명임을 아는 것 같다. 나는 계속 아이를 떠올려본다. 내 품 안에서 몸을 웅크리고 자던 모습. 그때 아이의 볼이 내 가슴에 눌려 있던 모습. 아이를 몇시간이나 안아주며 아이의 얼굴을 바라보던 그 모습을 머릿속에 저장하려고 노력한다. 나는 더 열심히 노력해야 한다. 지금은 그 모습이 기억나지 않기 때문이다.

단체 활동 시간이다. 모두가 참여하는 것은 아니다. 나는 이 시간에 무엇을 하는지 잘 모르지만, 타미라와 다른 사람들을 따라 구내식당 문밖에서 기다린다. 식탁은 하나만 남기고 치워져 있다. 우리는 의자를 가져와 작은 식탁 주변에 둘러앉는다. 나는 알리의 옆에 앉는다. 데이브가 휠체어를 끌고 내 옆으로 온다. 오늘은 자신의 이야기를, 이곳에 오게 된 사유를 글로 작성하고 다른 사람들과 공유할 것이라는 이야기를 듣는다.

　진행자는 젊고 목소리가 부드럽다. 그는 인내심을 가지고 중간에 끼어들지 않으면서 모두가 돌아가며 이야기를 마칠 수 있게 해준다. 그는 실제로 경청하는 보기 드문 사람이다. 그의 태도는 새롭게 채워진 신선한 공기를 들이마시는 기분이 들게 한다. "자, 여러분. 뭘 해야 하는지 아직 잘 모르겠다면 미리 작성된 미완성 문장에 이어서 써도 좋아요." 그는 우리에게 양식을 보여준다. 초등학교에서 했던 문장 완성하기 연습과 비슷하다. "여러분이 작성한 글은 의사 선생님께 전달될 겁니다. 자신의 이야기를 여기모인 사람들에게 읽어준다면 2단계로 올라가는 점수를 받게 될 거예요. 이미 2단계라면 특전을 받게 되죠."

복귀 환자들이 언짢은 듯 자세를 바꾼다. 이들은 이 게임의 규칙을 이미 알고 있다.

우리는 돌아가면서 자신의 사연을 큰 소리로 읽는다. 누군가가 발표를 하는 동안 나머지는 바닥을 응시한다. 사람들이 인종과 나이, 성별을 넘어 사적인 이야기를 하는 상황은 어색하다.

타미라가 자신의 사연을 덤덤하게 읽어 내려간다. 방치된 유년 시절. "저는 아이가 있는 엄마예요." 그녀가 말한다. 그녀는 이 말을 참 쉽게 한다. 그리고 나는 이런 그녀가 부럽다. 그녀는 지금까지 죽 복지 제도에 의존해 살았다. 지금은 자신의 성질을 고치고 좋은 엄마가 되고 싶어한다. 그녀에게는 아들이 두명 있고, 이번에는 딸이라는 사실에 굉장히 들떠 있다.

믹 차례. 서독으로 파병 나갔던 백인 재향군인이다. 그는 여동생의 집에서 자신의 손목을 그었다. 동생이 그를 입원시켰는데, 그의 뒤치다꺼리를 하고 싶지 않아서였다. 그리고 그는 동생을 원망하지 않는다. 그는 자신이 냉소적이지만 마음은 선하다고 말한다. 그에게는 펜이 허락되지 않았기 때문에 자신의 이야기를 적지 못한다. "이렇게 해도 글을 작성한 것으로 해주나요?" 그가 묻는다. "아무도 제게 펜을 주려고 하지 않아서요. 저는 해당되지 않나요?"

내 옆에 앉은 데이브는 손으로 펜을 돌리고 있다. 그의 글씨체는 어린아이가 쓴 것 같다. 나는 그에게 그가 말하는 것을 내가 받아써주기를 원하는지 묻는다. 그는 잠시 나를 보더니 말한다. "괜찮아요, 캣. 당신은 우리를 여기서 나가게 해주는 일에 신경 쓰도록 해요."

나는 내가 써야 하는 이야기에 대해 생각한다. 여기에 어떻게 오게 되었지?

어떻게 시작해야 하지?

어쩌면 사랑 이야기부터 시작할 수도 있겠다.

내가 열다섯살 때 외할머니는 내 볼에 입을 맞추고 귀에
다 속삭였다. "사랑을 찾지 못하길 바란다." 이것은 마치
야곱이 아들들에게 주는 것과 같은 이별 선물이었다. 나를
보호하기 위해 한 말이었다.

　한국인 중에는 행운은 운명을 시험할 뿐이며 모든 행운
에는 불운이 따른다고 믿는 사람들이 있다. 사랑은 운 나
쁜 열정으로, 비이성적이고 파괴적인 것으로 여겨진다.

　어쩌면 한국인은 전쟁과 비극적인 사건으로 만신창이
가 된 나라를 안정시키기 위해, 필요에 의해 그렇게 믿었
는지도 모른다. 내게 사랑은 켄터키에 있는 집 뒷마당에
핀 무궁화와 같다. 외래종이며 열대지방의 노을빛 색을 가
진 무궁화는 울타리를 따라 활활 타올랐다. 반투명한 꽃잎
은 여렸지만 줄기는 아주 굵고 질겨서 손으로 꺾으려고 하
면 줄기가 찢기고 뜯기면서 울타리 전체가 흔들렸다. 이

꽃을 꺾어서 부엌 식탁을 장식하기란 거의 불가능했다. 태양이 무궁화를 불태운다고 해도 꼼짝도 하지 않고 그 자리에 그대로 있었을 것이다. 혹독한 전쟁과 기근을 겪고도 굶주린 몸에서 화사한 꽃을 피울 수 있게 한 그 인내심이 스스로를 몰락의 길로 이끌었다. 강함은 약함이 되기도 한다.

나의 어머니는 본인의 세상에서 나약함을 제거했다. 외할머니는 어머니를 임신했을 때 낙태를 고민했지만, 점쟁이가 할머니에게 배 속의 아이가 아들이라고 말해주었다. 그러나 무사히 태어난 넷째 아이가 또 딸이라는 사실에 실망한 할머니가 어머니에게 지어준 이름은 '끝'이라는 의미의 '끝남'이었다. 어머니는 결국 태어났고 뒤돌아보지 않고 앞으로 나아갔다.

나는 너무 나약했다. 외모는 어머니를 닮았으나 마음이 너무 여렸다. 그리고 외할머니의 경고를 깨달았을 때는 이미 한발 늦은 상황이었다. 나는 사랑과 낭만적인 이야기에 푹 빠져 있었다. 내게 낭만적인 사랑은 삶에서 빼놓을 수 없는 조건이었다. 사랑이 어떻게 파괴적일 수 있는지 이해하지 못했고, 할머니의 경고를 가부장적 문화의 흔적으로 여기며 외면했다. 해피엔딩이라는 서양식 믿음이 더 마음에 들었다.

어머니는 한국의 전설이나 민담을 들려주며 내 공상을 깨주려고 노력했다. 영웅은 언제나 강하고 경건하며 희생을 마다하지 않는다. 시각장애인 아버지의 눈을 뜨게 해주려고 인간 제물을 자처한 심청은 거대한 연꽃을 타고 다시 육지로 올라오는 보상을 받았다. 논개의 이야기도 있다. 아름다운 기생이었던 그녀는 임진왜란 때 일본군 장수를 끌어안고 절벽에서 뛰어내렸다. 그녀는 손깍지를 꼈을 때 쉽게 풀어지지 않도록 손가락마다 은반지를 꼈다. 그래서 일본군 장수의 목을 단단히 끌어안은 채 절벽에서 떨어질 때 장수는 빠져나갈 수 없었다. 그녀는 웃으면서 절벽에서 몸을 던졌고, 그곳의 나무들이 증인이 되어주었다.

이런 이야기에 낭만적인 사랑은 등장하지 않았다. 이야기가 끝난 이후에나 존재하거나 아예 존재하지 않았다. 대신 사랑은 희생으로 그려졌다. 다시 말해 상실이었고 슬픔이었다. 자신의 모든 것을 바치는 희생. 이것을 요구했고 기대했다.

그리고 고통도 있었다. 한국인으로서 나는 고통받아야 했다.

조부모님은 한국전쟁 때 사랑하는 사람들을 남겨둔 채 탈북했고, 남은 평생 이들을 다시 볼 수 있게 될 날만을 고대했다. 흔한 이야기다. 부모와 자녀를 두고 탈출한 사람들. 휴전선이 굳게 잠기고 모든 통신이 끊어질 줄 모르고 다시 만날 날을 약속한 사람들. 이들은 그리워하고 기다리고 희망했다. 기약 없는 기다림. 한국인 중 한반도를 가로지르는 휴전선을 모르는 사람은 없다. 어렸을 때 지구본에서 이 선을 찾아보곤 했다. 그리고 선이 단순하다고 생각했다. 바로 이 선 때문에 많은 사람이 목숨을 잃었고, 한반도는 남북으로 분단되었다.

그래서 한국인에게 사랑은 슬픔이고 상실이다. 사랑의 달콤함은 이야기의 균형을 맞추기 위해 쓴맛이 가미되면서 그 맛을 잃어버린다.

내 정신 이상은 파괴와 분노를 담고 있지만 모두 사랑과 관련이 있었다. 희생의 이야기였고, 강박적으로 남편을 찾는 이야기였다. 나는 내가 베아트리체(Beatrice, 이탈리아 시인 단테의 『신곡』에서 이상적인 여성으로 묘사되는 인물로, 베아트리체는 죽은 뒤 지상의 낙원에서 단테와 다시 만나 단테를 천국으로 인도한다—옮긴이)라고 생각했다. 내 남편이 지옥을 통과할 수 있게 이끌어주는 임무를 맡은 존재였다. 그렇기에 내 삶은 그를 위한 희생이었다.

어렸을 때 남동생과 나는 천둥과 번개가 치면 숫자를 셌다.

강렬하게 번쩍이는 빛이 보이면 천둥소리가 울릴 때까지 천천히 숫자를 세기 시작했다. 우리는 폭풍우가 다가오는 것을 느꼈고 숫자를 헤아려 계산할 수 있었다. 폭풍우가 몰아치기까지, 집과 나무가 광분한 빛과 소리 속에서 흔들리기까지 얼마나 남았는지 알았다.

나는 무언가가 다가오는 것을 느끼면 그때의 호흡으로, 숫자를 세던 때로, 그 순간들로 돌아간다. 어쩌면 이것이 기대나 두려움을 없애주는 방법인지도 모른다. 어쩌면 그저 어린 시절의 나를 떠올리게 해주는지도 모른다.

천둥과 번개가 칠 때처럼 진통 횟수를 셌던 적이 있다. 의사는 분만을 촉진하기 위해 왔다 갔다 하며 걸어 다니라고 말했다. 유도 분만을 시작한 지 벌써 열두시간이 지났지만 '진행'은 더디기만 했다. 동이 트기 전이었다. 남편과 나는 긴 복도를 서성거렸다. 복도는 마치 항공기 격납고처럼 삭막했다. 나는 진통이 올 때까지 걸으며 발걸음을 셌다. 진통이 느껴지면 멈추어서 허리를 굽히고 통증이 밀려오게 놔두었다. 내 몸이 꽉 쥔 주먹처럼 느껴졌다. 진통은 잔잔해질 때까지 견딜 수밖에 없는 파도처럼 밀려왔다 사라졌다. 다음 진통이 시작됨을 느낄 수 있었다. 수평선 너머에서부터 다가오는 것 같았다. 나는 두려움 없이 파도에 맞서려고, 통제하지 않으려고 노력했다.

나는 이 진통이 내 몸이 가진 능력의 한계를 넘어서는 것임을 감지할 수 있었다. 내가 악기처럼 느껴졌다. 숨을 깊게 들이마시고 교향곡의 첫 화음이 연주되기를 기다리는 악기였다. 나는 엄마가 될 것이다. 새로운 생명을 탄생시킬 예정이다. 나는 이 사실을 파악조차 하지 못했다.

에마는 춤을 추고 있다. 그녀는 우리가 파티 중이라고 생각한다. "신이시여, 저는 그저 춤을 추고 싶을 뿐입니다." 그녀가 말한다. 음악 시간인가보다. 직원들이 틀어놓은 힙합 음악이 스피커에서 흘러나온다. 에마가 춤을 추는 동안 데이브는 손뼉을 치고 휠체어를 빙글빙글 돌린다.

"당신이 마음에 들어요." 직원의 지시로 자리에 앉은 에마가 내게 말한다. 그녀는 색색의 사인펜을 가져와 내가 글을 쓰는 동안 옆에서 그림에 색칠을 한다. 마치 껌을 씹고 있는 사람처럼 입을 움직인다. "여자들끼리 뭉쳐야 해요."

타미라가 나를 쳐다본다. 나는 에마가 타미라 같은 타입도 포함하자는 말이 아님을 안다.

"이곳은 정말 끔찍해요. 맹세컨대 이건 범죄라고요." 에마는 목소리를 낮추어 속삭이듯이 말한다. "흑인 남자 중 한명이요. 그가 제게 달려들었다고요!"

그녀가 가리키는 사람은 대런이다. 대런은 젊은 흑인 남성으로, 아주 심각한 상태로 이곳에 왔다. 첫날 밤에 그는 24시간 관리되는 방 안에서 비명을 질렀다. 그 역시 어슬렁거리는 사람 중 한명이며 식사 시간에 내 옆자리에 앉는다. 부드러운 말투로 나를 정중하게 '선생님'이라고 부른다.

나는 에마에게 보호본능을 느낀다. 그녀가 악의 없이 솔직하게 내뱉는 말에는, 그것이 직원들의 불공평한 태도를 매도하는 것이든 또는 누구도 우리를 진지하게 생각해주지 않는다고 불평하는 것이든, 때때로 이 병동에 대한 불편한 진실이 담겨 있다. 그녀 자신이 다른 사람들을 얼마나 거북하게 만드는지 과연 알고 있을까 궁금하다.

내가 우리의 위치를 종합해 이해할 수 있게 해준 사람이 에마다. 그녀는 유리 공간을 두드리며 "내 아보카도에게 전화를 걸 거예요"라고 버럭 고함을 지른 후에 직원으로부터 서류 뭉치를 건네받았다.

우리는 활동실에서 그 서류를 함께 읽는다. 데이브가 휠체어를 타고 우리를 따라와 내가 에마에게 소리 내어 읽어주는 동안 곁에서 같이 듣는다. 우리 둘 다 시야가 흐릿한데, 내 생각에는 약 때문인 것 같다. 그래서 천천히 읽어 내려간다.

"이해를 못하겠어요." 그녀가 말한다.

그건 나도 마찬가지다. 우리가 비자발적 환자로 간주된다는 것을 알게 된다. 그러므로 우리는 갇힌 신세다.

"제가 비자발적이라고요?" 그녀가 묻는다.

"그래요." 내가 말한다. "우리 둘 다 그런 것 같네요."

나는 비자발적인 상태에서 자발적인 상태로 바뀌기 위해서는 우리를 내보내도 된다는 점을 증명해야 하고, 이를 위해 일련의 단계들을 수행해야 한다는 사실을 알게 된다. 그리고 복귀 환자들이 왜 병동에서 예의 바르게 행동하려고 노력하는지 깨닫는다. 친절하게 행동하면 점수를 받고, 이렇게 점수를 쌓으면 야외 활동에 참여할 수 있는 자격 등의 특전이 주어진다. 우리가 어떻게 하면 퇴원할 수 있는지에 대한 정보는 별로 없고, 의사가 퇴원해도 좋다는 서류에 서명해야만 가능하다고 되어 있다.

"흠." 에마가 서류들을 한데 모은다. "저는 여기서 나갈 거예요. 어쩌면 아보카도를 기다릴 필요가 없을지도 몰라요."

"그 자세 마음에 들어요." 데이브가 말한다. 그가 내게 고개를 끄덕인다. "솜씨가 좋네요, 준법률가 양반."

의사가 '서명해야만'이라고? 이게 무슨 뜻이지?

나는 에마를 보지만, 그녀는 다시 춤을 추기 시작한다. 그녀는 데이브의 휠체어 주위를 빙글빙글 돈다.

남편이 준 노트에 가계도를 그려본다. 몇번의 시도 끝에 마침내 제대로 그릴 수 있게 되었다. 우선 내 이름을 중앙에 적는다. 캐서린. 그런 다음에 제임스의 이름을 적고 우리 둘 사이를 비뚤비뚤한 선으로 잇는다. 우리 이름 주위로 사각형을 그리고 그 위에 '런던'이라고 쓴다. 우리는 런던에 산다.

제임스에게 부모님이 있지만 그의 이름 옆에 적기가 망설여진다. 그의 두 형의 이름을 적고 선을 긋는다. 하지만 이들의 얼굴은 생각나지 않는다.

내 쪽 가계도는 그리기가 수월하다. 나는 우리 가족을 내가 어렸을 때 본 모습으로 기억한다. 어머니는 내가 아는 가장 아름다운 여성이다. 어깨가 넓고, 시력이 나빠서 안경을 쓴 아버지는 엄격하고 거리감이 느껴진다. 남동생 테디는 보조개가 있고 잘 웃는다.

다음으로 제임스와 내 이름 밑에 큰 글씨로 '케이토'라고 적는다. 갓난아기. 아들. 내 아들. 우리는 아기의 이름을 케이토라고 지었는데, 지혜라는 의미가 담겨 있다. 케이토. 아이는 11월에 태어났다. 나도 이 사실은 안다. 케이토는 지훈이라는 한국 이름도 가지고 있다. 거의 모든 한국인 이름이 그렇듯이 2음절이다. 제임스의 가족이 고른 첫번째 음절인 '지'는 지혜를 뜻한다. '훈'은 우리 부모님의 선택으로, 사회에 공헌한다는 뜻이다. 지훈은 양가의 바람을 담은 이름이다.

나는 나를 지칭하는 단어들을 적는다. 딸, 누나, 아내. 이런 단어들은 쉽게 떠오른다. 기억이 난다.

나는 가계도를 그리던 페이지를 응시한다. 그런 다음에 '엄마'라고 적는다. 다른 단어들 사이에서 이 단어는 어색해 보인다. 동떨어져 있다. 지금까지 적은 단어들로는 부족함이 느껴진다. 이런 단어들이 어떻게 한 사람을 정의할 수 있을까? '내'가 누구지? '나'는 대체 누구인가?

내 기억이 주변을 둥둥 떠다니며 현재에 집중하지 못하게 방해하는 것처럼 느껴진다. 나는 지금도 나 자신을 추스르려 애쓰고 있다. 현실로, 이 공간으로, 이 페이지로 돌아오려고 노력 중이다. 내가 아직은 길을 잃지 않았음을 확인하고 싶다. 왜냐하면, 만약 잃었다면, 돌아가는 길을 영영 찾지 못할지도 모르기 때문이다.

아버지는 수학 교수였다. 어머니는 아버지를 선택한 이유가 자신의 얼굴을 똑바로 쳐다본 유일한 남자였기 때문이라고 했다. 아버지가 시력이 나빠서 자신의 외모에 영향을 받지 않았다고 웃으면서 말했다. 어머니의 아름다움에 정신을 차리지 못했던 다른 남자들과 다르게 아버지는 머뭇거리지도, 더듬거리지도 않았다. 어머니는 자신의 미모를 잘 인지하고 있으면서도 신경을 쓰지 않았다. 또 자신의 미모가 약점으로 작용하거나 이로 인해 허영심이 생겨나지 않게 스스로를 다잡았다. 외모는 그저 객관적 사실에 지나지 않았다. 어머니의 아름다움은 생기 넘치고 촉촉했으며 살아 숨 쉬었다. 어머니를 보고 있으면 죽을 수밖에 없는 인간의 운명에 대해 생각해보게 된다.

어머니는 키가 작고 말랐다. 어린 시절 제대로 먹지 못했기 때문이다. 그녀의 모든 에너지가 그 조그마한 몸 안에 갇혀 있었다. 눈매가 깊고 눈동자는 잿빛이 살짝 도는 갈색이었다.

아버지는 어머니의 얼굴을 바라보면서 믿음을 저버리지 않겠다고, 항상 가지런한 치아를 드러내며 웃을 수 있게 해주겠다고 약속하며 태평양 너머로 이주하자고 설득했다. 어머니는 아버지의 강한 턱선이 마음에 들었고 과묵함을 장점으로 받아들였다.

아버지는 미국에서 박사학위를 마치는 동안 어머니에게 하루도 빠짐없이 편지를 썼다. 자신의 세계관과 함께 어머니에 대한 존경과 사랑을 담은 장문의 편지였다. 어머니는 아버지의 헌신적인 태도에 처음에는 감사하는 마음이 들었다가 나중에는 그의 신념을 흠모하기 시작했다. 아버지가 수학 교수였기 때문인지 어머니 역시 모든 것이 언제나 명확하고 변함이 없으며 입증된 것이라고 생각했다. 어머니는 40대 때 통계학을 배우기 위해 대학원에 입학했다.

두 사람은 함께 뉴저지로 이사했다. 당시 대학원생이었던 아버지의 적은 수입으로 최대한 절약하며 생활했다. 아버지는 어머니의 사진을 많이 찍었다. 순간을 포착한 폴라로이드 사진 속 어머니는 가만히 서 있는데도 머리카락이 바람에 나부끼고, 언제나 금방이라도 펄쩍 뛰어오를 것만 같은 모습이다. 이들은 대학원 극장에서 영화를 보았고 삶은 땅콩을 먹었다. 버스를 타고 뉴욕시까지 가서 이탈리아인들이 모여 사는 리틀 이탈리아에서 치즈 케이크를 나누어 먹었고, 해안가를 따라 걸었다. 이들은 두 손을 잡고 미래를 꿈꾸었다. 어머니는 아이를 원했지만 아버지는 망설였다.

나를 낳기로 한 건 그로부터 5년이 지난 후다. 아버지가 켄터키의 작은 대학에서 수학 교수로 재직하게 된 시기다. 아버지는 지리학과 너른 언덕, 석회암 절벽에 관심이 많았다. 또 이 지역과 남부의 문화가 매력적이라고 생각했다. 어머니도 잘 적응했다. 어머니는 BBC에서 방영하는 상류 사회를 다룬 드라마를 보며 하루하루를 보냈고, 필요 이상으로 오래 입을 벌리고 넋을 놓은 채 어머니를 쳐다보는 월마트 계산원에게 완벽한 영국 영어를 구사하는 수준까지 올라갔다.

내가 태어나고 3년 뒤에 테디가 태어났다. 어머니는 3년 터울을 계획했다고 했는데, 우리는 그게 무슨 뜻인지 전혀 몰랐다. 어머니가 대학원 진학을 결심하면서 테디는 대부분의 시간 내가 돌보게 되었다. 동생은 시도 때도 없이 나를 방해했지만 나는 그 점이 너무 좋았다. 테디는 시끄럽고 예민한 아이였고, 그의 성격을 감당할 사람은 언제나 나뿐이었다. 나는 그의 누나였다. 테디는 내 뒤를 졸졸 따라다니면서 어설픈 한국어로 계속해서 "누나, 누나" 하고 불렀다.

우리는 켄터키의 하늘 아래에서 놀았다. 겨울에는 눈사람 가족을 만들었고, 여름에는 해가 질 무렵에 반딧불이를 쫓아 여기저기 뛰어다녔다. 어둠이 몰려와서 우리를 밀어낼 때까지 나무 아래에서 진흙으로 파이를 만들고 장난감 공구 세트로 조각을 했다. 밤이 되면 모닥불을 피웠다. 타고 남은 장작을 꺼내서 가지고 놀다가 어둠 속에서 소용돌이처럼 피어오르는 연기를 구경했다.

예민했던 테디는 내가 보기에는 사소한 온갖 일에 쉽게 울음을 터트렸다. 천둥이 치거나, 양말 안에 개미가 들어가거나, 모닥불이 너무 빨리 타서 사라지거나, 내 것보다 작은 수박을 받았을 때도 울었다. 밤에 악몽을 꾼 날에는 내 방으로 기어들어와서 이야기를 들려달라고 졸랐다.

내 기억으로 우리는 냉동 피자 상자의 쿠폰을 모아서 받은 커다란 연을 날리며 놀기를 제일 좋아했다. 앞마당의 완만한 경사지에 누워 동생이 자신의 가는 손목에 실을 묶게 한 다음 실의 끝부분을 다시 내 손목에 더 단단하게 묶었다. 연이 하늘로 솟아올랐다. 우리 눈에는 구름 너머까지 올라간 것처럼 보였다. 지금까지도 나는 그날처럼 연이 멋지게 나는 모습을 본 적이 없다. 나는 테디에게 연이 분명 하늘에 상처를 낼 거라고 말했다. 시간이 흘러 달이 떴다. 하지만 우리는 하염없이 하늘을 바라보았다. 내가 깜박 잠이 들면 동생은 내가 깨기를 기다리는 동안 눈을 깜박이지 않으려고 애쓰면서 계속 하늘을 응시했다. 내가 한 말 때문이었다.

그러나 결국에는 동생도 잠이 들었다. 아니면 연이 하늘에 상처를 내는 모습을 보지 못한 것이 자신이 눈을 너무 많이 깜빡여서라고 생각했다. 동생은 내 말을 한번도 의심하지 않았다. 어쩌면 내가 하지 말아야 할 약속이 무엇인지 알았기 때문일 수도 있다. 나는 동생에게 너는 아버지로부터 안전할 거라는 약속은 절대 하지 않았다.

때때로 아버지는 평소와 다를 바 없는 날에 아무런 이유도 없이 화를 냈다. 우리의 유년 시절 중간중간에 이런 순간들이 끼어들었고, 추억을 가로막았다. 화가 폭발할 때를 제외하면 아버지는 다수의 규칙을 세우는 그림자 같은 존재였다. 내가 초등학교에 입학하고 나서야 우리는 그때까지 따랐던 규칙들이 일반적이지 않다는 사실을 알게 되었다. 우리는 TV를 보거나 라디오를 들을 수 없었다. 아버지는 "나는 이것들이 마음에 들지 않는다"라고 했다. 신문 기사는 죄다 '거짓말쟁이들이 작성'한 것이었다. 또한 우리는 죽은 지 최소한 50년이 지난 작가의 책들만 읽을 수 있었다. "쓰레기들이 걸러지기 위해서는 이 정도 시간은 지나야지." 아버지가 말했다. 나는 '깊이가 없어서' 아버지가 여전히 인정하지 않는 『빨간 머리 앤』^{Anne of Green Gables}을, 무릎 위에 올려놓은 두꺼운 디킨스의 책 안쪽에 숨긴 채 읽으며 글을 배웠다.

어머니는 이런 규칙들이 아버지의 비상함을 보여주는 증거라고 생각했다. "보렴, 아버지는 다른 사람들을 따라하지 않아." 어머니는 이렇게 말했다. 그런 다음 덧붙였다. "너희는 운이 아주 좋은 아이들이란다. 아버지는 내가 아는 그 누구보다도 가장 똑똑한 사람이거든. 그러니 아버지 말을 잘 들어야 해." 그러나 어머니는 여전히 BBC 드라마를 보았고, 아버지가 저녁 강의를 할 때면 수년 전에 가지고 왔던 한국 가요 테이프를 틀었다. 아버지는 집에 돌아왔을 때 테이프가 여전히 틀어져 있으면 얼굴을 찌푸렸다. 어머니는 아버지에게 윙크한 다음 노래 몇소절을 따라 부르고는 매번 빠르게 음악을 껐다.

아버지는 남과 무언가를 공유하는 사람이 아니었다. 집의 한쪽 전체가 그만의 공간이었다. 테디와 나는 절대로 그곳에 들어갈 수 없었다. 이것이 테디와 내가 알아서 만든 규칙이었는지는 확신할 수 없다. 하지만 우리의 마음속에서 그 공간은 『푸른 수염』*Bluebeard*의 지하 방이나 『미녀와 야수』*Beauty and the Beast*의 서쪽 탑처럼 금지된 장소였다. 아버지의 공간은 매우 조용했다. 주로 독서를 하거나 연구를 하기 때문이었다. 아버지는 절대로 소설을 읽지 않았다. 어머니는 한때 아버지도 소설을 읽었다고 했는데, 그가 소설 비평을 하는 것으로 보아 분명히 읽었을 것이다. 지금은 이상한 그림이 그려진 두꺼운 교재만 읽는다. 그리고 이따금 라틴어 문서를 보기도 한다. 피아노를 세차게 두드리는 날도 있었다. 폭풍우가 몰아치듯 치는 베토벤의 「월광 소나타」Moonlight Sonata였다. 아버지는 대학생 때 고생하며 피아노를 독학했는데, 그의 연주 목록 중 몇몇은 흠잡을 데가 없었다.

아버지는 맨손체조를 정말 열심히 했다. 거친 숨을 내쉬면서도 한 손 팔굽혀펴기와 팔벌려뛰기를 끝도 없이 할 수 있었다. 어머니는 우리에게 아버지가 젊었을 때는 허약하고 과식을 했으며 독서를 지나치게 좋아했다고 말해주었다. 어머니는 경멸조로, 가족이 아버지를 제멋대로 키웠다고 말했다. 그러나 우리는 아버지의 허약한 모습을 상상하기 힘들었다. 집에 마련된 자신의 공간에서 나올 때면 아버지는 대개 부엌에서 공부하고 있는 어머니 곁에 앉았다. 아버지는 어머니에게 퀴즈를 내고, 웃게 했으며, 재미있는 이야기를 들려주었다. 그럴 때 아버지는 수줍어 보였다. 마치 관심을 갈구하는 사람 같았다. 그러나 다른 한편으로는 원하는 것을 얻어내서 자랑스러워하는 것처럼 보이기도 했다.

아버지는 우리에게 매우 고압적이었다. 말을 할 때면 고함을 지르는 것처럼 들렸다. 분노가 폭발하면 이성을 잃고 눈에 뵈는 것이 없어진다고들 하는데, 아버지가 불합리한 행동을 하거나 맹렬히 폭언을 퍼붓는 모습을 보면 이 표현이 맞는 것 같다. 아버지의 잔인하고 분노에 찬 행동은 한 사람에게 집중되었고, 이는 신중히 계산된 것이었다. 어머니 앞에서는 한번도 보여준 적이 없었다. 거의 언제나 테디를 향했다.

어머니는 일주일에 두번 수업을 들으러 렉싱턴으로 갔다. 그런 날이면 아버지가 학교로 우리를 데리러 왔다. 어머니의 일정이 자주 바뀌었기 때문에 우리는 언제 아버지가 데리러 오는지 확실히 알지 못했다. 차 안에서는 아버지가 틀어놓은 바흐의 음악이 흘렀고, 우리는 뒷좌석에 앉아 조용히 귓속말을 했다. 어떤 날은 아버지가 우리에게 큰 소리로 말하라며 그날 선생님이 어떤 '거짓말'을 가르쳤는지 물었다. 아버지는 우리가 그의 폭넓은 지식에 감명받았다는 점을 알고 있었다. 그리고 저녁 식사 시간에 어머니를 위해 우리의 대화를 한번 더 말하게 했다. 본인이 우리의 생각을 어떻게 바로잡아주었는지를 어머니에게 보여주기 위해서였다.

아버지와 나는 유치원으로 테디를 데리러 갔다. 테디는 딸기맛 막대사탕을 입에 물고 길모퉁이에 서서 얌전히 우리를 기다리고 있었다. 그의 입과 혀는 이미 물들어 있었고, 입술 주변에 둥글게 붉은 원이 그려져 있었다. 아버지는 테디의 도시락통을 검사하겠다고 했다. 어머니가 테디에게 비닐봉지를 버리지 말고 가져오라는 잔소리를 했던 것을 들었던 모양이다. 어머니는 비닐봉지를 재사용하는데 테디가 이를 자주 깜박했다. 나는 테디가 샌드위치 안의 내용물만 빼 먹고 빵은 몰래 버리는 습관 때문임을 알고 있었다. 동생은 집에서 만든 저렴한 빵이 시간이 지나면 물컹물컹해져서 싫어했다. 오늘은 비닐봉지를 잊지 않고 챙겼다. 다만 그 안에 빵 두조각이 남아 있었다. 테디는 걱정스러운 눈빛으로 나를 바라보았고, 나는 근심이 섞인 미소를 지어 보였다. 아버지는 손가락으로 빵 조각을 찔러보더니 웃으면서 말했다. "엄마가 싫어할 텐데."

우리는 안도하며 따라 웃었다. 테디는 막대사탕을 깨물어 먹기 시작했다. 빨간 물이 든 입으로 쩝쩝거렸다. 우리는 오도독오도독 사탕을 깨무는 소리에 키득댔다.

"시끄러워." 아버지가 갑자기 버럭 목소리를 높였다. "빨리 다 먹어."

테디는 소리를 내지 않고 빨리 먹으려고 애썼지만 그냥 삼키기에는 사탕이 너무 컸다. 어쩔 수 없이 계속 씹을 수밖에 없었다.

"아직도 먹고 있는 거야? 점심은 남긴 주제에 사탕을 먹어?"

나는 사탕 씹는 소리가 어서 사라지기를 바랐다.

"왜 아직도 소리가 나는 거지? 응?" 아버지는 고함을 치기 시작했고, 영어로 욕을 했다. 그는 손을 뒷자리로 뻗어 동생의 머리를 잡고 세차게 끌어당겼다. 차가 속력을 내는 동안 우리는 가만히 앉아 숨조차 쉬지 않으려고 노력했다. 나는 동생이 사탕을 뱉을 수 있게 휴지를 내밀었다. 동생은 조용히 그렇게 했다. 내 손바닥 안에 놓인 사탕이 꼭 붉은 파편 같았다.

침묵이 찾아왔다가 다시 고함이 시작되었다. "뭐?! 뭐?" 아버지는 오른손을 운전대에서 떼고 뒤로 뻗어 더듬거렸다. 앞으로 벌어질 일을 알았기에 동생은 쉽게 잡힐 수 있는 위치로 다리를 움직였다. 그러면 최소한 차의 방향이 갑자기 틀어지지는 않았기 때문이다. 그러나 한발 늦었다. "너 지금 날 피하는 거야? 그래? 어?"

아니에요. 보세요, 얼마나 잡기 쉬운지. 우리는 생각했다. 테디는 아버지의 손이 닿을 수 있게 긁힌 자국이 있는 다리를 흔들었다. 테디가 나를 보며 큰 눈을 깜박거렸다. 그의 두피는 아버지가 세게 끌어당기는 바람에 붉게 변했고, 셔츠는 조금 흐트러졌다. 나는 방해가 되지 않게 다리를 구부려 앉았다. 집에 도착할 때까지 아버지의 분노는 가라앉지 않았다. 아버지는 우리를 쳐다보지도 않고 차 문을 닫은 다음 현관문을 쾅 소리가 나게 닫고 안으로 들어갔다.

이후 일어난 일은 평소와 똑같았다. 테디와 나는 내 방으로 들어가 기다리며 최대한 조용히 있으려고 노력했다.

아버지는 서쪽 탑에 앉아 있고 우리는 그저 기다린다. 나는 이 시간을 제일 싫어했다. 정적. 아버지가 테디를 부를 때도 있었다. 그러면 잡아당기고 할퀴고 주먹으로 치고 찰싹 때리는 소리가 들렸다. 고함은 없었다. 아버지는 조용하고 집요하며 전혀 빈틈이 없었다. 그는 수학자였다. 그래서 이 소리는 언제나 매우 규칙적이었고, 때때로 어떤 패턴이 있다는 생각이 들기도 했다.

저녁 식사 시간에 아버지는 유쾌해 보였다. 아버지는 어머니가 일어났다 앉았다 하는 수고를 덜어주기 위해 더 먹고 싶은 사람에게 직접 음식을 가져다주었다. 농담도 하고, 히스테릭하게 웃으며 테디의 머리를 헝클어트리기도 했다. 어머니는 기뻐하며 활짝 웃었다. 그러나 우리는 진실을 안다. 큰 눈이 접시를 응시한다.

우리는 어머니에게 아무 말도 하지 않았다. 부모님이 싸우는 모습을 보는 것이 더 싫었기 때문이다. 두분은 이미 자주 싸웠다. 주로 어머니가 싸움을 시작했는데 '아버지의 침묵이나 성난 기분을 더는 참을 수 없어서'였다. 어머니는 소리를 지르고 우리가 알아듣지 못하는 한국말을 사용했다. 또 어머니가 아는 줄 몰랐던 영어 표현도 사용했다. 어머니는 매우 극적으로 화를 냈다. 비명을 지르며 물건을 집어 던졌다. 그럴 때 아버지는 말없이 가만히 앉아 있었다. 밤에 아버지가 집을 나간 적이 있었다. 금방이라도 흐느끼며 울 것 같은 모습이었다. 우리는 이런 상황이 더 안 좋다고 생각했다. 아버지가 집을 나가서가 아니라 어머니의 지친 표정과 이후에 찾아오는 냉담함이 싫어서였다. 나중에 어머니는 우리에게 아버지와 한 가족인 것을 감사하게 생각하라고 설교했다. 어머니는 "아버지가 너희를 위해 많은 것을 포기했단다"라고 말했는데, 우리는 어머니가 자기 자신에게 하는 말이 아닐까 의심했다. 어머니는 우리가 스스로 배은망덕하고 자격 미달이라고 느낄 때까지 화난 표정으로 우리를 쏘아보았다.

이런 싸움은 대체로 아버지가 집으로 돌아와 사과하면서 언제나 좋게 마무리되었다. 어머니는 몇 시간 더 아버지를 외면하거나 우회적인 방법으로 아버지를 욕했고, 아버지는 의기소침한 모습으로 기다렸다. 그러나 결국에는 어머니 얼굴에 미소가 번졌고 아버지가 몸을 기댈 수 있게 해주었다.

나는 테디를 향한 아버지의 분노를 이해할 수 없었다. 질투심 때문이 아닌가 생각할 때도 있었다. 어쩌면 그는 테디가 아들이기 때문에 기대를 걸고 있었는지도 모른다. 아니면 달을 닮은 눈과 높은 광대뼈 등 어머니를 빼다 박은 아들이었기 때문일 수도 있다. 무언가가 있었다. 어두운 무언가가 있었다. 내가 이해할 수 없는 메아리였다.

아버지는 내가 문학과 이야기의 매력에 빠지는 것을 원하지 않았다. 그는 내가 숫자로, 확실한 것으로 관심을 돌리기를 바랐지만 나는 이야기를 좋아했다. 그리고 어린아이가 이해하기에는 수준이 너무 높은 그리스 신화와 여러 고전문학을 읽으며 성장했다.

아버지는 명확한 사고를 하고 상업주의에 물들지 않은 아이들을 원했다. 우리가 현대사회가 주는 혜택을 멀리하고 세상과 떨어져서 본인이 정한 규칙 외에는 어떠한 규칙도 따르지 않도록 양육하는 꿈을 가지고 있었다.

우리는 학교나 대중문화 이야기를 입에 올리지 말라고 배웠다. 아버지의 관점에서는 모두 쓸모없는 것들이었다. 숨이 막히는 삶이었지만 다른 대안이 없었기에 우리는 따르지 않을 수 없었다. 나는 떡갈나무 아래의 해먹에 누워 꿈을 꾸었다. 하늘을 꿈꾸고, 탈출을 꿈꾸고, 자유를 꿈꾸었다.

우리가 어렸을 때부터 아버지 시력이 나빠지기 시작했다. 학자인 그에게는 불운한 일이었다. 우리는 안타깝게 생각하려고, 그래서 아버지를 조금이라도 덜 무서워하려고 노력했다. 하지만 이는 이빨이 없는 늑대를 무서워하지 않으려고 애쓰는 것과 같았다. 테디와 나는 아버지를 귀찮게 하지 않기 위해 조용히 지냈다. 도서관에 있는 것처럼 방해가 되지 않게 움직였다. 우리는 부드럽게 속삭이듯이 이야기했고, 단어 하나하나를 신중하게 선택했다. 테디와 나는 고개를 살짝 끄덕이거나 손동작만으로도 소통할 수 있었다.

사람들은 테디와 나를 단짝이라고 불렀다. 정확한 표현이다. 우리에게는 서로밖에 없었다.

테디가 대학을 졸업한 후에 다니던 직장을 그만두고 세상을 둘러보기 위해 배낭을 꾸려 여행을 떠났을 때 나는 이해할 수 있었다. "설명하기 힘들어." 테디가 내게 말했다. "그냥 숨통이 막히는 것 같아." 나는 그의 말뜻을 알았다. 질식할 것 같고 걸어야 할 것 같은 기분. 나도 자주 똑같은 느낌을 받았다. 하늘을 올려다보면서 저 너머에 무엇이 있을지 궁금해했다. 이것이 내가 뉴욕에 있는 대학에 진학한 이유였다. 누구도 나를 알지 못하고, 경계가 없으며, 갇혀 있는 느낌이 들지 않는 곳으로 가고 싶었다. 그리고 때때로, 특히 여름에, 창문을 통해 바람이 불어오고 태양이 은빛 빌딩들 사이에 자리를 잡으면 걷고 싶은 기분에 휩싸였다. 나는 해가 지고 밤이 찾아올 때까지 걷고 또 걸었다. 바람을 거스르며 울부짖었다.

병동의 리놀륨 바닥을 따라 천천히 발을 끌며 걷고 있자니 그 느낌이 되살아난다.

내가 병동에서 제일 먼저 전화를 건 사람은 테디다. 복도에 있는 공중전화 수화기를 집어 들었으나 신호음이 들리지 않는다. 나는 영문을 몰라 우두커니 서 있다.

"저 사람들한테 전화를 연결해달라고 부탁해야 해요." 랜디가 내게 말한다. 랜디는 발달장애가 있고 이곳에서 시간을 세지 않는 환자 중 한명이다. 그는 벽면을 손으로 쓸면서 걷고, 때때로 혼자 실실 웃으며, 가끔은 활동실에 들어와 비명을 지른다.

나는 유리 공간으로 가서 선다. 랜디가 나를 위해 유리를 톡톡 두드려준다. "전화를 연결해주세요." 그가 큰 소리로 말한다. "그리고 전화기가 작동해야 할 시간이에요. 대략 10분 전부터요." 안에서는 우리를 무시하지만, 랜디는 내게 가서 전화기를 확인해보라고 말한다. 신호음이 들린다.

25센트짜리 동전이 없다. 그래서 수신자 부담으로 전화를 건다. 전화번호를 제대로 누르기까지 몇번이나 시도했다. 테디의 번호가 내가 기억해낸 첫번째 전화번호다.

"캐서린이에요." 내가 전화 교환원에게 말한다. 그리고 기다린다.

"여보세요?" 내 동생의 목소리는 차분하고 안도감을 주며 익숙하다. "누나?"

나는 깊이 숨을 들이마신다. "안녕." 내가 말한다. 그리고 잠시 말을 멈춘다. 무슨 말을 어디서부터 해야 할지 모르겠다.

"전화해줘서 고마워. 그곳에서 전화를 걸 수 있는지는 몰랐네." 그곳. 우리 중 누구도 내가 어디서 전화를 거는지 말하지 않는다. 마지막으로 테디와 통화했던 기억이 흐릿하다. 나는 그에게 시뮬레이션을 끝내달라고 간청하는 등 횡설수설했고, 그는 내게 진정하고 제임스의 말을 들으라고 했다.

"응, 공중전화가 있어."

"좀 어때?" 그의 목소리에서 당혹스러움이 묻어나는 것 같다.

"괜찮아." 내가 말한다.

"제임스와 얘기해봤어?" 맞다. 제임스, 내 남편.

"아직." 내가 말한다.

"기다려봐. 거기 전화번호를 줘. 그러면 내가 제임스에게 전화하라고 할게." 그는 급하게 전화를 끊고, 내 귀에는 신호음만 들린다. 잠시 어찌할 바를 모르겠다. 나는 수화기를 내려놓는다. 혼자라는 느낌이 들지만 이 감정을 옆으로 밀어낸다.

제임스로부터 전화가 오지 않는다. 얼마 지나지 않아 나는 일단 공중전화가 연결되면 거의 항상 누군가가 사용 중이라는 사실을 알게 된다. 우리는 TV 시청실에 앉아서 전화벨이 울리기를 기대하며 기다린다. 그리고 벨이 울리면 우리 중 하나가 방한용 양말을 신은 채로 부리나케 달려가 전화를 받는다. "전화!" 이들이 소리친다.

나는 누군가가 내 이름을 불러주기를 기다린다.

어머니가 졸업한 후에 어떤 설명이나 예고도 없이 우리는 버지니아에 있는, 워싱턴 D. C.의 교외로 이주했다. 나는 곧 고등학생이 될 나이였고 테디는 막 5학년을 마친 시기였다. 어머니는 연방 정부에 일자리를 얻었다. 사무실은 수도가 내려다보이는 높은 대리석 건물 안에 있었다. 아버지는 켄터키에 남았다. 어머니는 우리 집 뒷마당을 애석하게 바라보았다. 테디는 자신이 수집한 석회암 화석을 가져가지 못해 아쉬워했다.

우리는 차에 짐을 겹겹이 싣고 출발해 러시아인 아주머니 소유의, 가구가 비치된 아파트로 들어갔다. 찬장과 오렌지색 태피스트리가 가득 찬 집이었다. 어머니는 버지니아로 출발하기 전에 아버지의 손을 잡았다. 두 분은 앞날에 대해 많은 이야기를 나누지 않았다. 아버지는 매달 우리를 방문했고, 때로는 격주 주말마다 오기도 했다. 아파트는 아버지가 혼자만의 공간을 가질 수 있을 만큼 넓지 않았다. 아버지는 조용히 소파에 앉아 있었고 우리는 방 밖으로 나가지 않았다.

내가 대학교에 진학할 무렵 아버지의 시력은 더이상 나빠지지 않았다. 아버지는 걸어 다닐 수 있을 만큼은 볼 수 있었지만 사람의 얼굴을 알아보지 못했고 혼자 여행을 할 수도 없었다. 나는 아버지가 이에 대해 불평하는 소리를 들어본 적이 없다. 아버지는 지팡이를 사용하지 않았다. 그 대신 어머니의 손을 잡고 조심스럽게 걸었다. 여전히 피아노를 연주했고, 곡마다 철저하게 연습했으며, 악보를 읽기 위해 연주를 잠시 멈추고 얼굴을 종이 가까이에 가져다 댔다.

나는 뉴욕에 있는 대학교에 진학했다. 테디를 남겨두고 떠나려니 기분이 이상했다. 우리 가족은 차를 타고 기숙사까지 함께 왔다. 테디가 내 소지품이 담긴 상자들을 옮겨주었다. 그는 나보다 훨씬 키가 컸다. 내 동생은 더이상 마지막 수박 한조각 때문에 우는 예민한 소년이 아니었다. 오히려 우는 사람은 나였고, 동생은 뻣뻣하게 서서 어떻게 해야 좋을지 모르는 모습이었다. 동생이 집으로 돌아가기 위해 몸을 돌렸을 때 나는 그의 얼굴에서 어머니의 얼굴을 보았다. 그리고 턱의 윤곽은 언뜻 보면 아버지와 비슷했다.

테디는 몇년 동안 여름이 되면 뉴욕에 와서 몇주간 나와 함께 지냈다. 동생은 커다란 여행 가방을 끌고 내 아파트로 들이닥쳤고, 내 침대 발치에 에어 매트리스를 깔고 잤다. 나는 학기 중에 테디에게 매일 전화해 그의 학교생활에 대해 이야기했다. 아버지가 버지니아에서 보내는 시간이 많아졌지만, 동생은 아버지와 관련된 이야기는 입에 올린 적이 없었다.

테디는 시카고에 있는 대학에 진학했다. 그리고 그가 수학을 전공한다고 했을 때 어쩐 일인지 나는 놀라지 않았다.

퇴사하고 여행을 떠난 뒤로 그는 거의 2년 동안 돌아오지 않았다. 자신이 소유한 모든 물건을 팔고 배낭여행을 시작했다. 아시아를 지나 유럽으로, 다시 아프리카로 갔고, 마침내 남아프리카에 도착했다. 그는 사람들이 잘 다니지 않는 길을 따라 걸으며 산을 넘고 사막을 건넜다. 기회가 생길 때마다 내게 전화를 걸었는데, 매번 흥분과 즐거움으로 숨이 넘어갈 것 같은 목소리였다.

테디는 세상을 여행하면서 동영상을 찍었다. 그 동영상을 보면서 나는 그의 행동에서 무언가 자제하는 듯한 느낌을 받았다. 그러나 때로는 내가 알던 어린 남동생의 흔적도 보였다. 보조개가 있고 잘 웃던 어린 소년의 모습.

테디를 생각할 때면 나는 천둥과 번개가 치는 시기에 폭풍 전의 고요 속에서 나무에 올라 놀았던 때를 떠올린다. 우리는 세번째 가지가 불안정하게 흔들리는 떡갈나무 가지에 앉아 있다. 테디는 나무의 심장부에, 다시 말해 가지가 퍼져나가는 곳에 앉는다. 그는 내가 아끼던 녹색 코듀로이 바지를 입고 있다. 안타깝게도 내게 더는 맞지 않아 마지못해 동생에게 물려주어야 했다. 나는 동생이 나무에서 내려올 때 도와주기 위해 첫번째 가지에 앉아 기다린다. 켄터키의 공기에서는 버번위스키 향이 난다. 얼마 지나지 않아 곧 몰아칠 폭풍과 천둥 소리가 들려온다. "이번에는 제발 울지 마." 내가 동생에게 말한다. 그는 내 말을 못 들은 척하면서도 고개를 끄덕인다. 우리는 기다릴 수 있는 만큼 최대한 기다린다. 하늘이 변하고 우리 주변의 나무들이 잿빛으로 물들면 기대감에 몸을 떤다. 어머니가 들어오라며 우리를 부르는 소리가 들리고, 나는 폭우가 쏟아지기 전에 집으로 뛰어갈 수 있게 테디가 나무에서 내려오도록 도와준다.

직원 한명이 비가 온다고 말하는 소리가 들린다. 그녀의 머리카락에 빗방울이 매달려 있는 모습이 보인다. 이 안에서는 날씨를 알기 힘들다. 항상 커튼이 쳐져 있고, 창문은 작은 데다 성에가 끼어 있기 때문이다. 언제나 살짝 열려 있던 TV 시청실의 창문이 지금은 닫혀 있다. 나는 빗속에 서 있는 기분이 어떤지 기억하려고 노력한다. 형광등 불빛 말고 다른 무언가를 느끼고 싶다.

TV에서는 하루 종일 올림픽 이야기가 흘러나온다. 한국 평창에서 열리고 있다. 남북의 단일을 보여주는 상징적인 쇼다. "최초로 남북이 하나가 된 올림픽을 개최하고 있습니다."

"코리아아아아." 타미라가 천천히 속삭이듯 말한다. 의미심장한 어조다. 그녀는 마치 내가 올림픽 홍보대사라도 되는 것처럼 나를 바라본다. 내가 지나치게 예민하게 받아들이는 걸까 생각해보지만, 그녀가 무슨 말을 하고 싶은 건지 확실하지 않다. 어쩌면 그녀는 알고 있을지도 모른다. TV가 내게 말을 거는 것 같은 나만의 느낌을. 이것은 나 혼자만의 상상이다. 그러나 광고는 지나치게 선명하게 느껴지고, 한국 올림픽에 대한 보도도 그렇다. 타미라의 목소리가 들린다. 나는 표정을 감추려고 노력한다.

"다시 당신 방으로 가려고요?" 타미라가 다 안다는 듯한 미소를 지으며 묻는다. 그녀는 내가 모유를 짜내기 위해 방으로 간다고 짐작하는 것 같다. "엄마, 엄마." 그녀가 말하며 웃는다.

나는 무표정을 유지하며 TV 시청실을 나오기 전에 그녀에게 미소를 지어 보인다. 내 뒤에서 속닥거리는 소리가 들린다. 저 사람들이 무슨 말을 하는 걸까? 나에 관한 이야기일까?

나는 숨을 쉬기 위해 노력한다. 나는 호랑이띠다. 용맹하게 살아남아야 한다. 할머니가 생각난다. 그녀도 나처럼 호랑이띠다. 우리의 나이 차는 60년이다. 한국인은 60년을 주기로 인생의 순환이 완성된다고 믿는다. 그리고 호랑이는 한국 민속에서 수호자를 뜻한다. 용기와 힘의 상징이다. 나는 문제없을 것이다. 내 생각에는 그렇다. 나는 고개를 꼿꼿이 세우고 걸어가다가 방으로 들어가기 전에 뒤를 돌아보는 일을 잊지 않는다.

문이 육중하게 닫힌다. 나는 방 안을 훑어보며 아무도 없음을 확인한 다음 화장실과 방을 분리해주는 커튼 안쪽으로 들어간다. 그리고 최대한 빠르게 모유를 짜내려고 한다. 가슴을 만지면 통증이 느껴진다. 빨갛게 부어올라 있다. 셔츠 속에서 가슴을 감았던 붕대가 젖어 있다. 나는 젖은 붕대를 버리고 새것으로 교체한다. 서둘러 일을 끝내려고 노력한다. 만약 누가 들어오기라도 하면 어떻게 해야 할지 몰라 당혹스러울 것 같다. 이유는 모르겠지만 그 생각을 하니 속이 메스꺼워진다. 타미라만이 내게 아이가 있다는 사실을, 내가 엄마이고 계속 그렇게 있고 싶어한다는 사실을 짐작하고 있는 것 같다. 나는 옷매무새를 정리하고 밖으로 나가기 전에 얼룩이 있는지 확인한다.

나는 병동에 돌고 있는 긴장감을 감지한다. 에마도 느꼈다. "맙소사, 살얼음판 같네요." 그녀가 말한다. TV 시청실은 히스패닉과 백인들로 가득 차 있다. 흑인들은 밖에서 서성거리고 있다. 안을 들여다보고 낮은 목소리로 자기들끼리 이야기한다.

"그만 떨어지세요, 떨어지세요." 직원들이 말한다. 여기 직원들은 긴장하면 목소리 톤이 높아지는데, 지금이 그렇다. 알리가 나를 힐끗 쳐다본다.

나는 내 노트에서 시선을 떼지 않는다. 펜을 너무 힘주어 누르는 바람에 종이가 찢어진다. 내가 호랑이띠라서 그렇다고 생각한다.

우리는 여름마다 친할머니를 보러 갔다. 매년 한국을 방문해 할아버지의 선교사 거주지에 머물렀다. 아버지의 아버지인 그는 목사였다. 할아버지는 언덕에 교회와 선교사들이 지낼 수 있는 집을 지었다. 한국의 여름은 길고 더웠으며 가끔 비가 거세게 쏟아졌다. 천둥이나 번개는 없었고 폭풍우와 습기만 있었다. 한국을 방문하면 일주일간은 어머니의 어머니를 보기 위해 기차를 타고 서울에서 부산으로 갔다.

외할머니의 아파트는 중앙 시장 인근에 위치했다. 수산 시장과 패션 거리 옆, 산이 드리우는 그늘 밑에 자리 잡고 있었다. 시장에서 나는 소리와 거리에서 들려오는 목소리, 네온사인 불빛이 깜박이는 소리가 끊이지 않았다.

외할머니의 아파트는 작았고, 대나무로 만든 가구, 그리고 학과 벚나무가 세공된 자개장이 있었다.

구피와 금붕어, 희미한 은빛이 도는 물고기 등 작은 물고기들이 가득한 어항도 있었다. "행운을 위한 거란다." 외할머니가 말했다. "나는 물가에서 살아야 할 운명이거든."

외할머니는 섬에서 자랐다. 파도가 강하게 치는 '개섬'이었다. 그녀는 바다의 영향을 받으며 성장했다. 외할머니는 일본군의 위협을 피하고자 결혼했다. 결혼하지 않은 소녀들은 불행을 피하기 힘들었기 때문이다. 어린 소녀들은 자신들의 의지와 상관없이 일본군 '위안부'로 끌려갔다. 외할머니는 육지 사람과 결혼했다. 외할아버지는 잘생기고 연상이었으며 짙은 검은 머리와 높은 광대뼈를 가졌다. 그는 재단사였다. 낮에는 옷을 만들며 신중하게 바느질했고, 밤에는 친구들과 어울려 엄청난 양의 막걸리를 마시고 줄담배를 피웠다.

두 사람은 해안가 도시인 부산에 터를 잡았다. 외할머니는 물고기를 키우고 꽃을 심었다. 그리고 수평선을 바라보며 고향 섬을 그리워했다.

우리는 부산을 방문할 때마다 매번 외할아버지의 산소에 들렀다. 진흙탕 길을 가지 않으려고 비가 내린 날은 피했다. 외할머니가 우리와 동행했는데, 그녀의 손에는 막걸리가 들려 있었다. 외할아버지의 산소는 언덕 위에 있었다. 도시가 내려다보이는 산비탈에 만들어진 무덤 중 하나였다. 삼촌은 막걸리를 비석 위에 부었고, 우리는 돗자리 위에 과일을 올려놓았다. 나는 바닥으로 굴러떨어진 사과와 배의 색깔을 기억한다. 우리는 신발을 벗고 이마가 땅에 닿게 절을 올렸다.

어머니는 미신을 믿지 않았기에 우리에게 지폐를 태우거나 분향하는 의식을 허락하지 않았다. 그러나 삼촌이 혼령이 따라오지 않게 주머니를 비우라고 할 때는 아무 말도 하지 않았다.

제사를 지내고 나서 주차해놓은 곳까지 내려와 신발에 묻은 흙을 털었다. 우리의 등 뒤로 무덤들이 어렴풋이 보였다. 우리는 차를 타고 빵집으로 자리를 옮겨 달콤한 연유를 부은 팥빙수를 먹었다. 어머니는 제사에 사용했던 과일을 깎았다. 과도가 지나가면서 사과와 배의 껍질이 길게 유선을 그리며 늘어졌다. 우리는 바닷소리에 귀를 기울였다.

에마가 학창 시절에 했던 놀이처럼 종이를 한장씩 접어서 뽑기 상자에 넣는다. 상자에서 종이를 뽑으면 그 안에 짧은 운세가 적혀 있는 놀이였다. 데이브가 손뼉을 치며 "내 것도, 내 것도 뽑아줘요!"라고 말한다. 에마는 점성술사처럼 손을 움직인다. 나는 종이 안에 운세가 적혀 있지 않다는 걸 알아차린다. 그저 안쪽에 색칠만 했을 뿐이다. "색깔을 골라봐요." 그녀가 내게 말한다.

"파란색이요." 내가 말한다.

"파란색이라. 좋아요." 그녀가 잠시 뜸을 들인다. "파-란-색." 그녀는 파란색 종이를 꺼내 든다.

그리고 내가 결혼하고 아이를 많이 낳게 된다고 말한다.

"캐서린은 이미 결혼했어요." 타미라가 말한다.

"아." 에마가 놀란다.

나는 내 손을 내려다본다. 손가락에는 결혼반지가 없다.

나는 스물두살에 나쁜 남자와 사랑에 빠졌다. 대학교를 졸업하고 맞이하는 첫번째 여름이었다. 나는 뉴욕에 있는 법무법인에 취직했다. 대리석이 깔린 로비와 바닥에서 천장까지 닿는 큰 유리가 있는 근사한 사무실이었다. 막 새 아파트로 이사도 했고, 학자금 대출금도 갚아나가는 중이었으며, 내가 사랑하는 도시에서 살고 있었다. 삶이 행복해야 마땅했지만, 아니면 최소한 만족스럽기라도 해야 했지만, 나는 가짜라는 느낌을 떨칠 수가 없었다.

금융산업이 붕괴되고 있었고, 은행은 파산을 선언했으며, 처리해야 할 서류가 미친 듯이 밀려들었다. 매일같이 새벽까지 일했다. 초과근무수당을 받아 기쁘기는 했으나 내가 하는 일 대부분은 복사기 옆에 서 있는 것이었다. 마치 영원히 멈추지 않는 기계 안에 갇힌 것처럼 느껴졌다.

고객에게 비용을 청구하기 위해 매시간 진행한 업무를

요약해야 했다. '간결하면서도 내용이 충실한' 글쓰기 기술을 몇주간에 걸쳐 훈련받았다. 나는 '서류 복사 5시간'을 그럴듯하게 보이도록 작성하는 방법을 몰랐고, 매번 다시 작성해서 보내라는 이메일을 받았다. 한시간 단위로 업무를 기록하는 일은 나를 초조하게 만들었다. 내 하루는 복사하고, 수집·분석하고, 삭제하는 일로 채워진 단순한 목록으로 요약할 수 있었다. 이는 내가 매일 아침 출근길에 지나가는 성 요한 성당에 세워진 묘비들을 생각나게 했다. 석줄짜리 문장으로 요약된 삶.

드루는 가능성을 보여주는 존재였다. 그는 확립된 것들에 도전장을 내미는 모험가였다. 홍콩에 거주하는 그는 미국을 방문 중이었다. 우리가 만나기 전에 그에게는 오랫동안 사귄 여자친구가 있었다. 그는 관대한 친구이자 신사라고 알려져 있었다. 대체로 아주 '좋은 남자'였다. 그는 친구의 친구였고, 우리는 파티에서 처음 만났다.

나는 '좋은 남자'라는 표현을 정확하게 이해하지 못했다. 내 경험상 '좋은 남자'가 알고 보면 가장 조심해야 하는 남자였다. 그러나 드루는 매우 신중하게 움직였다. 그의 말을 빌리자면 그는 자신의 부모를 세상에서 제일 아끼는 가정적인 남자였다. 스스로를 매우 충실하며 '한 여성만 바라보는 남자'라고 말했다. 그는 이 말을 하며 어깨를 으쓱했다. 최근에 여자친구와 헤어졌는데, 그녀가 자신에게 지나치게 의존했기 때문이라고 설명했다. 드루는 신사의 역할을 제대로 해냈다. 그는 매력적이었고 다정했으며 세심했다.

드루는 함께 시간을 보내기에 유쾌한 사람이었다. 우리가 가는 곳마다 한 무리의 친구들이 그를 따랐다.

그는 나를 모두에게 소개하고 싶어했다. 파티와 소개가 쉴 새 없이 이어졌다. "내 삶을 바꿔놓은 여자입니다." 그가 말했다.

사람들은 모두가 내게 미소를 지으며 "드루는 정말로 멋진 남자예요. 진짜 좋은 남자죠. 근사한 친구예요. 요즘 같은 시대에 아주 보기 드물 정도로 참 정직하죠. 정말 좋은 남자예요"라고 말했다. 그러면 나는 행복한 표정을 짓고 고개를 끄덕이며 미소로 답했다. 이런 진실한 사람을 만나다니, 나는 얼마나 운이 좋은가. 이렇게 많은 사람이 한결같이 드루를 칭찬하며 내게 잘 어울리는 남자라고 말하는 이유를 나는 한번도 궁금해하지 않았다. 만약 내가 관심을 가졌다면 이것이 경고였다는 사실을 깨달을 수 있었을 것이다.

우리는 몇달을 함께 보냈고, 그가 홍콩으로 돌아갔을 때 나는 나를 진심으로 사랑해주는 사람을 만났다고 믿었다.

먼 거리였음에도 그는 헌신적이었다. 자주 통화를 하고 뉴욕을 방문했다. 그리고 매번 내게 홍콩으로 오라고 애원했다. 내가 필요하다고, 홍콩에서 직장을 구할 수 있을 거라고 설득했다. "내가 당신을 책임질 수 있어." 그가 말했다. 그는 이 표현을 마음에 들어하는 것 같았다. "나는 당신이 나를 더 필요로 하면 좋겠어." 이상한 요청이었다. 그의 어머니가 합세해 그를 지원하기 시작했다. 어머니의 이름은 리아였고, 아들을 헌신적으로 키운, 불평을 잘하는 여성이었다.

"내 아들은 당신을 정말 사랑해요." 그녀가 말했다. "그 아이 곁에는 당신이 있어야 해요."

홍콩은 신비로운 곳이었다. 그리고 시간이 갈수록 뉴욕이라는 올가미에서 벗어나게 해줄 기회로 보였다. 나는 회사에 사직서를 제출하고 도약하기로 마음먹었다.

내가 홍콩에 도착한 날은 12월 30일이었다. 이 날짜에 도착한 것이 무언가 의미가 있어 보였다. 도시 전체가 종이와 반짝이는 조각들로 장식되어 있었다. 빌딩에는 등이 달렸고, 눈사람 조각상과 지팡이 모양의 춤추는 박하사탕 실루엣에 빨간색과 초록색 불빛이 깜박였다.

1년 뒤, 나는 아파트의 발코니에 홀로 남겨졌다. 인근에 바다가 있어서 공기는 축축했고 냉기가 뼛속으로 스며드는 것 같았다. 나는 양말만 신은 채 발코니 바닥에 앉아 있었다. 드루가 나를 밖으로 밀어내기 전에 내게서 유일하게 벗기지 않은, 동물 캐릭터가 그려진 짝짝이 양말이었다. 몸이 부들부들 떨렸다. 나는 유리문에 등을 기댄 채 다리를 모아 끌어안았다. 내 피부가 유리문에, 화강암 바닥에 달라붙었고, 심지어 밤공기에도 달라붙었다.

새해가 다가올 때쯤 나는 마침내 진실에 눈을 뜨게 되었다. 그의 어머니가 전에도 이런 일이 있었다고 말해주기 전에 벌써 많은 '사건'이 있었다. 내 얼굴은 깨끗했고 맞은 흔적도 없었지만, 그가 무딘 칼을 들이댔던 목에는 자국이 남았다. 내가 어머니가 하던 식으로 길게 유선형을 만들며 사과를 깎았던 그 칼이었다. 그는 벨트를 이용했다. 중간에 멈추어서 더 두꺼운 벨트를 찾았다. 더 두꺼울수록 찰싹하는 소리가 더 만족스럽게 들리기 때문이었다. 내 팔은 어깨부터 팔꿈치까지 멍이 들었고 복부 피부는 벌겋게 부풀어 올랐다.

폭력은 한번도 같은 이유로 시작되지 않았다. 아버지의 분노와는 다르게 드루의 분노는 예측이 불가능했다. 모든 이유로 또는 아무것도 아닌 이유로 촉발되었다. 그는 증거도 없이 추측만으로 화를 냈다. 누군가가 나를 너무 오래 쳐다보았고 내가 그 상황을 즐겼다. 그의 사장이 연봉을 올려주지 않는데 내가 안타까워하는 기색이 없었다.

잔소리가 너무 많다. 자신을 이해해주지 않는다. 지나치게 대든다. 그러다가 얼마 뒤부터는 이유도 갖다 붙이지 않았다. 분명 더는 그럴 필요가 없음을 깨달았을 것이다.

화가 났다. 나는 내가 '매 맞는 여자'가 되리라고는 꿈에도 생각한 적 없었고, 나를 그런 여자라고 여기지도 않았다. 그저 우리 관계가 복잡하다고만 생각했다. 드루는 나를 사랑했다. 너무나 사랑했는데 내가 까다롭게 굴었다. 나는 이 상황을 멈추는 방법을 몰랐다. 내가 무엇을 하든, 언쟁하든 하지 않든, 저항하든 가만히 있든, 그것은 중요하지 않아 보였다. 그래서 나는 그와 함께 지내면서 그가 변하기를, 그가 매번 내게 약속했듯이 그렇게 되기를 바랐다. 그저 막연하게 언젠가는 그가 좋은 사람이 될 거라고 생각했다.

나는 로스쿨에 입학했고, 언덕에 위치한 대학에서 강의를 들었다. 강의가 끝나면 외국인 아이들에게 과외를 해주기 위해 산비탈을 오르내리는 미니버스를 타고 이동했다. 우리는 주말이면 파티복을 차려입고 과음과 담배 냄새에 찌든 화려한 밤을 보냈다.

그날 밤, 드루는 친구가 자신을 두고 한 농담에 내가 웃어 보이자 기분이 상했다. 집으로 돌아왔을 때도 기분이 계속 언짢아 있었다. 나는 폭풍우가 몰아칠 것을 직감했다. 그리고 천천히 숫자를 세며 그의 분노가 폭발하는 순간을 기다렸다.

왜 그 농담에 웃었을까? 그는 내가 항상 자신을 비웃으며 친구들 앞에서 존중하지 않는다고 말했다. 이것이 그를 얼마나 힘들게 했을지 내가 이해하지 못한 건가? 그가 얼마나 곤란했을지? 그의 분노는 수그러들지 않고 더욱 거세졌다. 그리고 시작되었다. 처음에는 날카롭게, 그렇게 시작했다.

발코니의 공기가 알 수 없는 먼지로 반짝였다. 하늘은 어둡기보다는 희부연 오렌지빛과 회색빛이 기이하게 섞여 있었다. 마치 색깔을 입힌 옅은 안개 같았다. 나는 발코니에서 뛰어내려야 할지 고민했다. 조용히 뛰어올라 이 오렌지빛 밤으로 섞여 들어가야 할까? 벌거벗은 채 포장도로 위에 나뒹구는 내 모습을 상상하자 몸이 움츠러들었다. 내가 걸치고 있는 것은 캐릭터가 그려진 양말이 유일했다. 드루가 아파트를 왔다 갔다 하는 소리가 내 뒤의 유리문 너머에서 들려왔다. 걱정한 대로 그의 분노는 가라앉지 않았다. 그가 나를 다시 안으로 끌고 들어왔다.

그는 내 얼굴을 짓밟았다. 벨트가 눈에 들어왔다. 그리고 또 하나. 또 하나. 그는 벨트가 성에 찰 정도로 두껍지 않다며 고함을 질렀다. 내 배를 발로 밟고 내 다리를 짓눌렀다. 나는 그의 주먹이 내 얼굴을 내리치는 것을 느낄 수 있었다. 그는 내 위에 올라타 내 얼굴의 한쪽만 때리고 또

때렸다. 나는 바닥에 누워 있었는데, 고개를 돌리자 거울을 통해 한번도 본 적 없는 무언가가 보였다. 고무찰흙 같았다. 눈이 달린 고무찰흙. 무언가 잘못되었다. 저게 내 얼굴이라고? 나는 비명을 지르지도 않았고, 울지도 않았다. 그저 정신이 들었다 나갔다 할 뿐이었다.

나는 기절했다.

부모님 모습이 보였다. 남동생도 보였다. 햇빛이 쏟아져 내리는 뉴욕의 거리가 보였다. 나는 리넨으로 만든 원피스를 입고 휴식 시간에 동생과 함께 아이스크림을 나누어 먹고 있었다. 내 손안에는 반딧불이가 있었는데 나는 반딧불이의 몸에서 나오는 값싼 보석 같은 불빛을 보며 춤을 추었다. 드루의 얼굴이 다시 나타났다. 그는 내 몸을 계속해서 흔들어대고 있었다.

일어나. 내 몸을 너무 세게 흔드는 바람에 타일 바닥에 머리를 찧었다. 그는 나를 죽인 줄 알고 겁에 질려 있었다.

눈을 떴을 때 나는 그가 안도하는 모습을 보았다고 생각했다. 그러나 그는 다시 나를 때렸다.

나는 의식을 잃었다.

병원을 찾았다. 광대뼈에 금이 갔고, 얼굴은 멍이 심하게 들어서 얼룩덜룩했다.

내가 리아에게 이 사실을 알렸을 때 그녀는 흐느껴 울

었다.

"걔가 왜 그러는지 모르겠구나." 그녀가 말했다. "왜, 대체 왜 이러는 거라니?"

그녀는 자신이 처음으로 그의 문제를 직면하게 되었던 날의 이야기를 해주었다. 수년 전이었다. 드루와 그의 여자친구가 외출했다가 집으로 돌아왔을 때 그녀의 팔과 다리에 멍이 들어 있었다. 친구들의 말에 따르면 드루가 술을 마셨다고 했다. 리아는 아들에게 화를 냈다. 그녀는 자기 아들을 그런 사람으로 키우지 않았다. 그녀는 소리를 질렀고 눈물을 흘렸다.

그날 드루는 발코니 난간에 걸터앉아 희미하게 보이는 바다를 바라보았다.

수분이 지나도록 꼼짝하지 않고 앉아 있었다. 어쩌면 한 시간쯤 있었는지도 모른다. 그녀도 확신하지 못했다. 인생 최악의 날이었다고 그녀는 말했다.

그녀는 이후로 그에게 폭력 사건에 대해 다시는 말도 꺼내지 않았다고 했다. 나는 홍콩에 있는 동안 그녀가 내게 더 다정하고, 인내하고, 이해심을 가지라고 조언했던 시간을 떠올렸다. 드루는 그녀의 아들이었다. 그녀의 괴물이었다. 그녀를 비난하는 것은 공평하지 않을지도 모르지만 나는 내 모든 실망과 좌절감을 그녀에게 쏟아냈다.

어느날 밤에 나는 떠났다. 발코니 사건 이후 7개월이 흐른 뒤였다. 샌들을 신고 얇은 잠옷만 입은 채 지갑과 휴대폰만 챙겨 나왔다. 나는 마침내 드루가 나를 사랑하지 않는다는 사실을 깨달았다. 한순간도 사랑한 적이 없었다. 한번의 큰 사건으로 이렇게 되었다고 말할 수 있으면 좋겠으나 아니었다. 나는 그가 예전 여자친구에게 문자를 보낸다는 사실을 알게 되었다. 그는 그녀의 이름을 가명으로 저장했다. 내가 모르는 남자 이름이었다. 나는 혐오감을 느꼈고 사기를 당한 기분이었다. 나는 내가 당한 모든 고통을 희생이라고 생각했었다. 내게 준 사랑에 대한 보답으로 누군가에게 기꺼이 내주는 선물이었다. 사랑이 없을 가능성은 생각도 하지 않았다. 내가 찾았다고 확신했던 것은 드루의 여자친구라는 자격일 뿐이었고, 이것이 없다면 나는 그저 어둡고 나약한 존재에 불과했다. 이 상황에서 벗어나고 싶었지만 처음으로 생생한 두려움을 느꼈다. 지난 몇달간의 폭력. 내가 마침내 진실을 깨달은 지금, 그가 나를 죽이면 어떻게 하지?

나는 그와 헤어지려고 노력했다. 그가 다행이라고 여길지도 모른다고 생각했다. 그러나 그는 내 뺨을 세게 내리쳤다. 이 일로 그는 며칠 동안 나를 아파트 밖으로 나가지 못하게 했다. 나는 떠나고 싶다면 조용히 실행에 옮겨야 한다는 사실을 깨달았다.

"아래층에 금방 갔다 올게." 나는 쾌활하게 말했다. 내 귀에는 내 심장이 뛰는 소리밖에 들리지 않았다.

이 방법이 통할까?

침대에 누워 있는 그의 얼굴에 그늘이 드리워져 있었다. 그는 어깨를 으쓱했다.

나는 뒤를 돌아보지 않고 문을 닫았고, 천천히 태연하게 걸었다. 엘리베이터까지 다섯 걸음이었다. 버튼을 누르고 기다렸다. 내 뒤에서 현관문이 열릴지도 모른다는 두려움에 잔뜩 긴장했다. 그는 내가 떠나는 모습을 지켜볼까? 밖으로 나올까?

마침내 엘리베이터가 도착했다. 나는 1층 버튼을 누르며 문이 어서 닫히기를 기도했다. 건물 밖에는 길거리로 몰려나와 여전히 파티를 즐기는 사람들이 무리를 이루고 있었다. 나는 인파 속으로 걸어 들어갔다. 뒤를 돌아보지 않고 쉬지 않고 걸었다. 아무도 따라오지 않는다는 확신이 들 때까지 사람들을 헤치며 걷고 또 걸었다. 나는 내 발걸음을 셌다. 하나, 스물, 쉰, 백. 얼마나 많이 걸었을까?

나는 내가 구타당했던 골목길을 지났다. 창문으로 구운 오리고기가 보이는 야시장, 약사가 거북이에게 먹이를 주고 있는 약국, 노란 보름달 모양의 에그타르트를 창문에 진열해놓은 빵집도 지났다. 나를 감싸는 밤공기를 만끽할 수도 있었으나 아무것도 느껴지지 않았다. 내가 지금 막

유리 상자에서 걸어 나왔다는 사실이 중요했다. 언제든 떠날 수 있었지만, 지금까지 그저 이 사실을 깨닫지 못하고 있었다. 내 주변의 모든 것이 산산이 부서졌다. 드루는 이제 내 폐를 잠식한 독과 같았다. 그리고 그를 떠나면서 나는 이 감염된 부위도 함께 가져가야 했다.

밤이 나와 함께 흘러가고 있었다.

나는 계속 걸었다. 나는 떠났다. 자유였다.

학교를 졸업하기 위해 계속 홍콩에 머물렀다. 주말에는 기분전환을 위해 돌아다니며 시간을 보냈다. 나는 도시 이곳저곳을 걸어 다녔다. 내가 마치 방부제 처리가 되어 보존되는 것처럼 느껴졌다. 가스와 오염 물질이 희뿌옇게 내 주위를 감싸고 있었다. 나는 둔감했다. 생기 넘치는 하늘이 어떤 모습이었는지 기억할 수 없었다. 도시의 뒷골목을 누비며 의도적으로 길을 잃었다. 공기의 움직임에, 상점의 뻣뻣한 직물이 펄럭이는 소리에 귀를 기울였다. 오리고기에 소스를 바르고 갈고리에 끼워 창가에 거꾸로 매달아놓는 남자를 지나쳤다. 나무 도장과 침대보만 한 크기의 용지를 판매하는 상점들도 지나쳤다.

매일 아침 어머니와 통화했다. 어머니는 무언가 잘못되었음을 감지했던 것 같다. 나는 어머니에게 드루와 헤어졌다고 말했지만 그 이유는 설명하지 않았다. 어머니는 내가 왜 집으로 돌아오지 않는지 궁금해했다. 내가 학업을 마치고 학위를 받고 싶다고 말하자 더 묻지 않았다.

술을 너무 많이 마셨다. 아무것도 보이지 않거나 느껴지지 않을 때까지 마셨다. 두려움이 사라질 때까지 마셨다. 병원에서 팔에 링거주사를 꽂은 상태로 깨어날 때도 있었다. 그러면 나는 드루를 피해 택시를 불러 내가 머무는 작은 아파트로 돌아왔다. 그가 학교로 찾아올지도 모른다는 생각에 무서웠지만, 그는 한번도 오지 않았다. 나는 그가 나를 놓았다고 생각했다. 아니면 내가 다시 돌아오기를 기대하며 기다리고 있었는지도 모른다. 나도 확실한 것은 알지 못했다.

나는 행방을 감추기 위해 최선을 다했다.

리아와 마지막으로 통화했을 때 그녀는 내가 어디에 거주하는지 알려달라고 했으나 나는 주소를 말하지 않았다. 그녀가 드루에게 전해줄 것이 분명했다.

"제발 알아다오." 그녀가 말했다. "드루는 너를 사랑해."

"저는 그렇게 생각하지 않아요." 내가 말했다. "그리고… 더는 그 사람이랑 함께할 수 없어요."

나는 단호한 어조로 말했다. "그가 절 때렸어요."

그녀가 잠시 말을 멈추었다. "나도 드루가 완벽하지 않다는 걸 안단다." 그녀가 말했다. "하지만 시간이 지나면 진심으로 다 잘 해결될 거야. 네가 그저 그 아이에게 그렇게까지 맞서지만 않았다면…"

내가 끼어들었다. "제가 할 수 있는 건 전부 해봤지만 소용이 없었어요. 그냥 그가 그런 사람인 거예요."

마치 내가 그녀의 뺨을 때리기라도 한 것 같았다. 나는 감히 그녀에게 당신의 아들이 변할 리 없다고 말하고 있었다. 그녀는 크게 숨을 들이마신 다음 부드럽게 말했다. "네 마음이 바뀌기를 바라마."

바뀌지 않을 것이다. 이는 확실하다. 하지만 아무 말도 하지 않았다. 그녀에게 더는 할 말이 없었다.

학기가 끝나고 일주일 뒤, 홍콩에서의 마지막 주에 나는 짐을 싸고 버지니아의 부모님 집으로 가는 편도 항공권을 끊었다. 패배감이 몰려왔다. 내가 남겨두고 떠났다고 생각했던 곳에서 다시 시작하는 것 같았.

홍콩을 떠나기 전에 나는 1천 계단 산책로라고 불리는 장소를 걷기로 했다. 홍콩 외곽을 따라 이어지는 산길 코스가 있는데, 날렵하게 솟은 빌딩들과 발아래의 바다를 전망할 수 있었다. 언덕을 넘으면 계곡이 나오고 다시 언덕으로 이어졌다. 그 모양이 마치 용의 등처럼 생겼다. 산길의 중간 지점에 돌로 만들어진 1천 계단이 있었다.

나무는 없고 길만 있었다. 나는 바람이 불어주길 바랐

다. 열기가 나를 짓눌렀다. 이 길을 걸어가는 동안 내 기억이 지워지길 바랐다. 발걸음을 옮길 때마다 또다른 장소로, 내가 아는 곳에서 멀리 떨어진 또다른 현실로 더욱 가까워졌다.

발걸음의 숫자를 세다가 어디까지 셌는지 잊어버렸을 때 나는 절반도 오르지 못한 상태였다. 숨이 막혔다. 내 숨이 사라졌다. 더는 갈 수 없었다. 산책길을 끝까지 마칠 수 없었다. 저 아래로 은회색 빌딩들이 눈에 들어왔다. 가장자리가 유리 조각처럼 날카로웠다. 그리고 그 너머로 바다가 하늘처럼 펼쳐져 있었다. 세상이 거꾸로 뒤집힌 것 같았다.

저기, 나는 생각했다. 저기에 분노와 고통의 장소가 존재했다. 나는 그곳에서 도망칠 수 없었다.

가던 길을 멈추고 몸을 돌려 내려갔다. 오염된 공기 속으로, 부연 도시로 돌아갔다.

에마의 점은 활동실에서 큰 인기를 끈다. 반으로 접힌 폐지를 열면 각기 다른 색이 나온다. 그러나 빈 종이다. 운세는 적혀 있지 않다.

나의 어머니가 아들일 거라고 외할머니에게 말해준 사람은 점쟁이였다. 그 덕분에 어머니는 무사히 태어날 수 있었다. 점쟁이가 사주명리학책을 들여다보면서 숫자를 읽고, 달력을 넘겨보며 별들의 배열을 계산한 다음 "좋아요, 좋아. 기도가 이루어졌네요. 이 아이는 아들일 겁니다"라고 말하는 모습을 상상해본다.

나는 홍콩의 복을 부르는 배를 기억한다. 이 배는 넉넉한 복비를 받고 행운을 약속해주었다. 행운을 가져다줄 뿐만 아니라 죄까지 사해주었다. 그래서 홍콩 폭력조직인 삼합회의 두목들이 자주 방문했다. 이들은 검은 양복을 입고 찾아와 현금 다발을 건넸다. 운영자는 바다에 방생할 물고기가 든 통을 가지고 항구 근처에서 손님들을 기다렸다. 손님 중에는 남자도 있고 여자도 있었으며, 때때로 할머니들도 찾아왔다. 이들은 통 위로 몸을 구부려 살핀 다음 운영자의 손에 돈을 꼭 쥐어주었다. 누가 가장 많은 죄를 용서받는지 단박에 알 수 있었다. 바로 제일 비싼 공물인 문어를 사는 사람이다.

운영자가 말없이 서 있으면 물고기가 든 통을 들고 고객들이 배에 탑승했다. 배는 통통거리며 정박지를 벗어나 항구 중간쯤까지 갔다가 돌아왔다. 배 안에서 들려오는 염불 소리가 수면 위로 울려 퍼졌다.

사람들은 통에 든 물고기를 방생하면서 생명을 살리고 복을 기원했다. 수많은 물고기가 펄떡이며 바다로 떨어졌다. 영리한 어부들은 작은 어선을 타고 나가 물고기가 방생되기를 기다렸다가 다시 잡았다. 나는 생명을 살리면서 면죄를 받는다는 생각이 마음에 들었다. 복을 구하는 사람들. 수평선을 바라보며 자신의 불운이 사라지기를 비는 사람들. 저들은 어떤 기분이었을까?

나라면 점쟁이에게 무엇을 물어보았을까? 어떻게 빌어야 내 불운이 사라졌을까? 배에 타고 있는 내 모습을 상상해보았다. 항구를 향해 서서 바다 냄새가 나는 공기를 느끼고, 면죄를 약속하며 은빛 물고기들이 물속으로 줄줄이 떨어지는 모습을 바라보고 있다.

"오늘은 운이 좋은 날이네요." 에마가 데이브에게 말한다.

"당연하지." 그가 말한다. "당연해. 다시 한번 해봐요."

홍콩에서 버지니아로 돌아왔을 때 나는 가족에게 무슨 일이 있었는지 말하지 않았다. 공항으로 마중 나온 어머니는 나를 꼭 안아주었다. 내 몸에 닿는 그녀의 골격을 느낄 수 있었다. 내 기억보다 더 연약하게 느껴졌다.

버지니아로 돌아왔을 때 나는 유배당한 기분이었다. 내 자리라고 여겨지지 않았다. 바깥세상에서는 시간이 흘러갔는데, 돌아와보니 모든 것이 여전히 그대로인 것 같았다. 전부 다 꿈처럼 느껴졌다. 일요일마다 알츠하이머 환자를 위한 지역 요양원에서 바이올린 연주를 하기로 했다. "정말 멋진 연주예요." 간호사 한명이 내가 방문할 때마다 이렇게 말했다.

빅토리아 양식으로 지어진 하얀색의 아름다운 요양원 건물에는 둥근 베란다가 있는데, 이 베란다는 사람 한명 없이 언제나 텅 비어 있었다. 정원에도 사람이 없기는 매

한가지였다. 건물은 몇개의 층으로 나뉘어 있었다. 환자들이 1층의 주 휴게실에 앉아 TV를 시청했다.

나는 엘리베이터를 타고 올라가 비밀번호로 잠겨 있는 문을 지나갔다. 내가 연주하는 장소는 선샤인 방으로 중증 환자들이 있는 곳이었다. 이 방의 분위기는 혼란스러웠다. 잔잔한 음악이 스피커에서 흘러나왔고 누군가가 계속해서 흥얼거리는 소리도 들렸다. 때로는 비명과 고함도 들렸다. 이 모든 소리가 방 안에 갇힌 것처럼 느껴졌다.

환자 대부분이 거실에 앉아 있었다. 이 병동 중앙에 위치한, 카펫이 깔린 작은 방이었다. 환자들은 서로 대화하지 않았고 간혹 간호사에게만 말을 걸 뿐이었다. 몇몇은 인형을 무릎에 올려놓고 앉아 있고, 몇몇은 신문이나 잡지를 올려놓고 페이지를 획획 넘겼다. 그렇게 하는 것이 당연하다는 듯이 보였다.

이들은 내가 바이올린 활에 송진을 바르고 악기를 턱 밑에 대는 모습을 바라보았다. 반주도 없고, 연주를 시작한다는 안내도 없었다. 나는 그냥 일어서서 연주를 시작했다. 방 안에는 정적이 감돌았다. 바이올린과 노래는 사람들의 마음을 움직였다. 환자들은 차분하게 앉아서 단순한 곡조에 귀를 기울였다. 「테네시 왈츠」Tennessee Waltz 「섬웨어 오버 더 레인보우」Somewhere Over the Rainbow 「어메이징 그레이스」Amazing Grace. 사람들이 곡에 관심을 보이면 반복해서 연주했다. 같은 곡을 세번이나 연주한 적도 있었다. 이들이 이미 들었던 곡이라도 상관없었다. 어떤 날은 연주에 박수를 쳐주었고, 어떤 날은 깜박했다.

노래를 따라 부르는 사람도 있었다. 한 여성은 모든 노래의 가사를 알았다. 그녀는 내가 「대니 보이」^{Danny Boy}를 연주할 때 소리를 질렀다. 다른 사람들은 그녀가 보행 보조기를 밀면서 괴성을 질러도 무시했다.

바이올린 연주는 내 마음도 자유롭게 해주었다. 단순한 곡을 연주하면서 눈을 감고 유년 시절을, 반딧불이와 연을 떠올렸다. 나는 추한 곳으로 아름다운 무언가를 불러오고 있었다. 마치 시간을 초월하는 방법을 찾은 듯했다.

환자들은 내가 바깥세상에서 온 방문객이라는 사실을 알고 있었다. 내가 누구인지 잘 몰랐으면서도 내가 다른 곳에서 왔다는 것은 알았다. 이들은 돌아가면서 내게 말을 걸었다. 각자가 내게 질문할 시간을 가지고 싶어했다. 이들은 자신의 차례가 올 때까지 조바심을 내며 기다렸다.

한 여성은 항상 내 머리를 만졌다. "아주 기네요." 그녀가 말했다. 그런 다음에 짧게 깎은 자신의 머리를 만졌다. 또다른 사람은 내게 제자리에서 돌아보라고 했고, 손뼉을 치며 내 복장이 완벽하다고 선언했다.

대령도 있었는데, 그는 내게 자신의 소 농장 이야기를

즐겨 들려주었다. 그는 자신의 농장에서 키우는 소가 몇마리인지, 농장 크기가 몇 에이커인지 정확하게 알았다. 한때 대저택에서 오페라를 불렀다는 여성도 있었다. "내 딸이 나와 가깝게 있고 싶어해서 여기에 있는 것뿐이에요." 그녀는 자신에 찬 어조로 내게 이렇게 말했다. "어려운 일이라 해도 자식을 위해서라면 못할 게 뭐가 있겠어요."

어떤 여성은 자신의 무릎 위에 항상 핸드백을 올려놓았다. 안에 무엇이 들어 있는지 알 수 없었지만, 그녀는 핸드백을 꽉 움켜잡고 한시도 곁에서 떼어놓지 않았다. "저분은 항상 준비되어 있어요. 언제든 집으로 가기 위해서요." 간호사가 설명했다. 그녀는 이 말을 하며 웃었지만 나는 웃지 않았다.

나는 환자들의 이야기에 빠져들었다. 그러나 대부분은 시간이 존재하지 않는 이 장소에 빠져들었다. 이곳은 기억의 장소였으며 상실의 장소이기도 했다. 각각의 소중한 기억은 고작 몇분밖에 지속되지 않았다.

"저 사람은 누구죠?" 누군가가 내 반짝이는 바이올린 케이스에 비친 자신의 모습을 손가락으로 가리키며 물었다.

이들은 한번도 내가 누군지 또는 우리가 만난 적이 있는지 묻지 않았다. 어쩌면 돌아올 대답이 무서웠는지도 모르겠다.

이들은 모두 내게 오늘이 집으로 돌아가는 날이라고 말

했다.

　나는 우리, 즉 이 정신병동의 환자들에 대해 생각한다. 우리가 이곳을 얼마나 간절히 나가고 싶어하는지 떠올린다. 매번 나갈 수 없음을 기억하기 위해 기억을 잃는 것은 어떤 느낌일까? 정신병동의 양쪽 끝에는 굳게 잠긴 문이 있다. 마치 나침반의 바늘 같다. 다만 어느 곳으로도 인도하지 못한다는 점이 다를 뿐이다.

버지니아로 돌아온 후 의회에서 로비스트로 일하게 되었다. 사무실은 하얀 대리석 건물들에 둘러싸인 낡은 타운하우스에 있었다. 매일 지하철을 타고 직장으로 향하는 길은 우울했다. 브루탈리즘(brutalism, 원재료를 가공하지 않고 사용하거나 노출 콘크리트를 적용하는 등 기존의 형식을 파괴하는 야수적이고 거친 스타일의 건축 양식—옮긴이) 양식의 지하철역이 억압적이고 냉혹하게 느껴졌다. 국회의사당 건물의 그늘 아래에서 일하면서 내가 하는 일의 대부분이 서류 작업이라는 사실을 떠올렸다. 나는 보톡스를 맞아 얼굴이 빵빵해진 여성 밑에서 일했다. 그녀는 배고픔을 달래기 위해 얼음 조각을 깨물어 먹었다. 정당 하나의 주요한 기금 모금자였고, 매일 보는 내 이름은 기억 못해도 부유하고 유명한 사람들의 이름은 빠짐없이 기억하는 엄청난 능력의 소유자였다.

나는 부모님 집에서 나와 클래런던에 있는 작은 아파트로 이사했다. 내 룸메이트는 연방 공무원이었는데 음주 문제가 있었다. 이 사실을 깨닫기까지 일주일이 걸렸다. 그녀는 다량의 보드카를 알록달록한 플라스틱 컵에 담아 레모네이드를 넣고 빨대를 꽂아 음료수로 가장해 마셨다. 우리는 이 문제에 관해 이야기해본 적이 없었다. 그녀는 외출하거나 친구를 만나지도 않았다. 그저 TV 앞에 앉아 리얼리티 쇼를 보며 취해 곤드라질 때까지 술을 마셨다.

나는 주말이면 아파트에서 나왔다. 워싱턴 D. C.에 친구라고는 없었다. 그래서 토요일 오후를 레이건 국립공항의 입국장에서 보냈다. 나는 언제나 공항을 좋아했다. 공항은 가능성과 흥분을 느낄 수 있는 곳이었다. 그중에서도 입국장이 제일 좋았다. 공항으로 가는 지하철에서 책을 읽었고, 공항에 도착해서는 비행기가 착륙하는 모습을 지켜보았다. 그리고 폭풍우가 치는 바다에서 파도가 밀려들듯이 들어오는 사람들을 바라보며 그곳에서 몇시간씩 앉아 있었다. 사람들이 재회하는 모습이 좋았다. 서로를 발견하기 전 기대감에 찬 얼굴이 좋았다. 사랑하는 사람들이 포옹하는 모습이 좋았다.

나는 그들의 사연을 상상해보았다. 그들은 누구일까? 어디에 갔었던 것일까? 그들은 돌아왔다. 재회는 정말로 아름다워 보였다. 불협화음이 화음을 맞춘 것 같았다. 완벽한 결말. 반복되는 순환에 마침표가 찍혔다.

남북의 이산가족이 재회하는 모습을 보여주었던 한국의 다큐멘터리 프로그램이 생각났다. 선택된 소수에게만 연락이 허락되었다. 가슴 아픈 장면이었다. 사람들 대부분이 심하게 흐느껴 우느라 말도 제대로 잇지 못했다. 분단과 불확실성이 그들의 삶을 가로막았다. '형!' 그들이 외쳤다. '여보' '임자' '우리 딸' '살아 있었네, 살아 있었어' '오늘 같은 날이 오기만을 기다렸어.'

어머니는 이 프로그램을 보며 흐느끼시곤 했다. "상상이 가니?" 어머니가 말했다. "상상이 가?"

나는 조부모님이 누구를 남겨두고 왔는지 정확히 모른다. 그들은 이야기에서 사라졌다. 온전한 기억은커녕 희미한 흔적으로만 남았을 뿐이다. 수년간 그들에 대한 단편적인 이야기를 들었다. 아내와 남편의 속삭임, 남겨진 아이들. 그들은 마치 평행우주에 존재하며 경계선 반대쪽에서 만날 날만 학수고대하는 사람들 같았다.

"상상이 가니?" 어머니가 내게 물었다. 나는 상상할 수 없었다. 어떻게 모른 채 살아갈 수 있을까? 막혀 있는, 해결책이 없는 삶을? 어떻게 정지된 순간을 살아갈 수 있을까? 어떻게 유령처럼 살 수 있을까?

우리는 점심밥을 먹기 위해 12시에 구내식당에서 줄을
서서 기다리고 있다. 식탁에는 똑같은 음료가 놓여 있다.
이 음료를 마시면 내 이빨이 흐물흐물해지는 것 같다. 오
래된 설탕처럼 금속 맛이 난다. 이 맛을 제거하기 위해 나
는 몇시간마다 양치질하는 버릇이 생겼다. 제프와 로니가
음식을 나누어주기 위해 장갑을 끼는 동안 줄을 서서 기다
린다. 오늘의 메뉴는 피자다. 내 몫으로 두조각을 받는다.

나는 문 가까이에 있는 뒤쪽 식탁 중 하나에 앉는다. 대
런과 알리의 옆자리다.

우리 뒤쪽 식탁에는 피부가 벗겨진 시각장애인 여성이
앉아 있다. 얼굴은 까져서 옅은 붉은색을 띤다. 그녀를 쳐
다보지 않으려고 애쓰지만 방 안의 흐릿한 얼굴들 사이에
서 그녀의 얼굴이 자꾸 눈에 들어온다. 다른 사람들도 나
와 마찬가지다. 우리는 시선을 돌리려고 노력한다. 그녀는

식사 시간을 제외하면 자신의 방에서 나오지 않는다. 휠체어를 탄 그녀 옆에 24시간 함께하는 간병인이 파란색 고무장갑을 끼고 앉아 있다. 그녀는 간병인에게 피자를 작은 조각으로 잘라달라고 부탁한다. 그리고 한입 크기의 삼각형 모양이어야 한다고 말한다. 그녀는 손을 사용해 피자의 크기가 적당한지 확인한다.

믹에게도 간병인이 있다. 그의 말을 빌리면 '당신 같은 폭력배들이 내게 달려들지 못하게' 한명을 고용했다고 한다. 그는 미소를 지으며 이 말을 했지만, 경고에 더 가깝게 들렸다. 대런은 콧방귀를 끼었지만 멋진 미소를 가진 젊은 운동선수인 에밋은 믹을 무섭게 노려보았다.

간병인의 유무가 그 사람의 지위를 보여준다. 추가로 비용을 지불해야 하기 때문이다. 믹은 재향군인 수당 덕분에 간병인을 고용할 수 있는데 데이브는 왜 없는지 모르겠다. 어쩌면 그를 도와 서류를 작성해줄 사람이 없었는지도 모른다.

대런이 몸짓으로 내가 남긴 피자를 자신이 먹어도 되는지 물어본다. 나는 고개를 끄덕인다. 직원들이 눈살을 찌푸리고, 나는 규칙을 위반했음을 깨닫는다.

구내식당에 긴장감이 흐른다. 나는 더 많은 직원들이 조용히 식당을 쳐다보면서 문가에 모여 있음을 알아차린다.

이들의 인이어가 목 주변에 걸려 있다. 제프와 로니가 팔짱을 끼고 구내식당 앞쪽에 서서 우리가 먹는 모습을 지켜본다. 타미라가 실수로 믹의 휠체어를 발로 찬다. "조심해, 복지금이나 타 먹는 여자야." 믹이 말한다. 그가 소리 내어 웃지만, 타미라는 웃지 않는다.

새로 입원한 샘이 식탁을 주먹으로 치기 시작한다.

"어른을 공경하세요." 타미라가 톡 쏘듯이 말한다.

당장이라도 무슨 일이 터질 것 같은 분위기가 감돈다. 나는 숨을 참고 숫자를 센다. 직원 한명이 타미라에게 산책을 제안하고 분위기가 진정된다.

"캣, 전화요!" 대런이 나를 향해 외친다. 나는 활동실에 앉아 노트에 필기하는 중이다. 모든 사람의 이름을 기억하려고 애쓰고 있다. 테이블 위에는 사인펜과 크레용이 여기저기 뒹굴고 있다. 나는 누가 내 어깨 너머로 글을 읽지 못하게 손으로 노트를 가린다. 펜의 잉크가 다 떨어져간다.

나는 노트를 겨드랑이에 끼고 공중전화가 있는 복도로 느릿느릿 걸어간다. 사람들의 시선이 느껴진다.

"여보세요?"

"안녕, 캣?"

목소리가 희미하고 익숙하다. 제임스의 목소리다. 나는 심호흡을 하며 기억하려고 노력한다. 제임스. 내 남편. 내 남편의 목소리다.

"안녕." 내가 말한다.

"당신과 이야기할 수 있어서 정말 기뻐." 그가 말한다.

금방이라도 울음을 터트릴 것 같은 목소리다.

나는 그를 안심시키고 반갑게 말을 건네고 싶었으나 눈을 감고 듣기만 한다.

그가 내게 질문들을 쏟아낸다. "잘 먹고 있는 거야? 잠은 잘 자? 사람들이 친절하게 대해줘? 당신이 개인실에서 지낸다는데 맞아?"

질문들이 밀려온다. 집중이 안 된다. 그의 말이 내 위로 쏟아져 내리는 가운데 나는 오직 그의 목소리에만 집중한다. 마치 먼 곳에서 들려오는 것 같다. 그는 어디에 있는 걸까? 내 정신이 이상해졌을 때 그의 목소리를 들은 기억이 난다. 내 손이 닿지 않는 곳에 있는 것처럼 항상 멀리 있었다. 나는 가만히 듣는다.

"당신을 보러 갈 거야, 괜찮지? 내일 갈게. 방문이 허락되는 날이래. 어제도 갔었는데 당신이 자고 있어서 병원에서 당신을 못 만나게 하더라."

나는 머리로 내용을 이해하려고 애쓴다. 면회 시간이 있다는 사실을 그동안 몰랐다.

"몇시에 올 거야?"

"내일 오후 5시 30분. 그 시간에 갈게." 그가 말한다.

아기의 옹알이 소리가 들린다.

숨이 목구멍에 걸린다. 나는 울고 싶지만, 다른 한편으로는 아무것도 느낄 수 없다. 내 마음에 끊임없이 열렸다

닫혔다 하는 문이 있는 것 같다. 케이토.

"보고 싶어." 제임스가 말하고 전화를 끊는다.

나는 천천히 수화기를 내려놓는다. 눈에 눈물이 맺히는 느낌이 들지만 흘러내릴 정도는 아니다. 내일 제임스를 보게 될 것이다. 기뻐해야 한다는 걸 알지만 무덤덤하다. 어딘가에 감정의 불꽃이 있을 텐데 점화할 수가 없다.

활동실로 돌아가서 내가 그린 가계도를 다시 펼쳐본다. 제임스. 남편.

뉴저지의 결혼식장에서 제임스를 처음 만났다. 홍콩에서 돌아온 지 수개월이 지난 후였다. 나는 그때까지도 워싱턴 D. C.에서 로비스트로 일하고 있었고, 알코올중독자 룸메이트가 있는 아파트에서 나와 다시 부모님 집으로 들어갔다. 더는 그녀와 함께 살 수 없었다. 그녀가 취해서 바닥에 쓰러져 자는 동안 소파 밑에는 플라스틱 컵이 굴러다녔다. 나는 그녀가 비밀 정보 취급 허가서를 받았고, 그래서 우리가 함께 사는 아파트에 총이 있다는 사실을 알게 되었다. 그 이유 때문에 이사를 결심했다. 일을 그만둘 준비도 했다. 후폭풍 없이 그만둘 수 있는 가장 좋은 방법을 찾기 위해 애썼다. 방아쇠를 당길 준비가 거의 다 되어 있었다.

가끔은 광대뼈가 쑤셨지만, 홍콩은 다른 누군가의 삶에 있던 한 장면처럼 느껴졌다. 그러나 그러다가도 피부밑에 남아 있는 멍이 생각났다.

　결혼식이 있기 몇주 전 내 친구, 즉 신부가 신랑 들러리 중 한명을 만나보라고 제안했다. "교수야." 그녀가 말했다. 나는 재킷 팔꿈치에 엘보 패치가 붙은 옷을 입고 심각한 표정을 짓고 있는 남자의 모습을 상상했다.

　"그런데 브레이크 댄스를 춰. 두 사람이 아주 잘 어울릴 것 같아." 그녀가 말했다. "지금 런던에 살아."

　나는 제임스가 뉴저지 출신의 한국계 미국인이라는 정보를 들었다. 런던으로 이주하기 전에는 옥스퍼드에 살았고, 과학과 관련된 무언가를 연구하고 있다고 했다.

　나는 망설였다. 바다 건너 사는 또다른 남자는 필요 없었다. 그리고 뉴저지 출신의 한국계 미국인 남자라면 뻔했다. 그들은 평범함 그 자체였다. 적어도 내 생각에는 그랬다.

　훗날 나는 제임스도 처음에는 나와의 만남을 거절했다는 사실을 알게 되었다. "나는 런던에 살잖아." 그가 말했다. "장거리 연애는 내 체질이 아니라서."

　결혼식이 끝나고 본격적인 피로연이 시작되기 전이었다. 결혼 서약이 끝났고, 지평선 너머로 해가 지기 시작했으며, 신랑과 신부는 황홀한 시간을 맞이할 준비를 마쳤다. 내 친구가 나를 끌고 제임스에게로 다가가 소개했다. 그를 처음 보았을 때 나는 깜짝 놀랐다. 큰 키에 새기커트 헤어 스타일을 한 그는 유쾌한 미소를 지었다. 그는 한 무리의 사람들과 웃고 있었는데, 나는 그가 어딘가 다르다는 점을 눈치챘다. 그는 무리에서 살짝 떨어져 있었고, 손에는 무늬가 새겨진 반짝이는 버번위스키 잔이 들려 있었다.

"안녕하세요." 그는 마치 우리가 원래 친구였던 것처럼 활짝 웃으며 말했다. 함박웃음에 눈매가 서글서글했다. 나는 그의 눈동자에 비친 내 모습을 보았다. 그가 내게 생명줄을 던져주는 것처럼 느껴졌다. 지금까지 바다에 혼자 떠 있었다는 사실을 깨닫지 못하고 있었는데 누군가가 갑자기 나를 발견한 것 같았다. 제임스는 생애 처음으로 누군가가 자신을 '알아봐준' 것처럼 느껴졌다고 말했다.

우리는 서로를 알아보았다.

내 친구가 우리를 소개하면서 뭐라고 말했는지 기억나지 않지만, 우리는 대화를 시작했다. 처음에는 천천히, 그러다가 점점 빨라졌다.

우리는 런던과 극장, 박물관에 관해 이야기했고 어릴 적 이야기도 했다. 그는 뉴저지에서 보낸 어린 시절 이야기를 해주었고 대학에 진학하기 위해 미시간으로 이주했을 때 느낀 문화 충격도 말해주었다. 나는 켄터키에 대해, 내 동생 테디와 뒷마당에서 보낸 시간에 대해 들려주었다.

우리는 대화에 심취해 결혼식을 깜박 잊고 있었다. 제임스는 들러리의 의무를 다하지 못할 뻔했지만, 다행히 제시간에 자리를 지킬 수 있었다. 우리 주변은 결혼식장의 조명으로 밝게 빛났고 사람들로 북적거렸다. 나는 저녁노을이 완전히 사라지기 전에 마지막 빛을 잠깐 볼 수 있었고 음악과 춤추는 소리를 들을 수 있었다. 그는 자리를 뜨면서 나를 돌아보고 미소를 지으며 손을 흔들었다. "잠시만요. 이따 다시 올게요." 그가 말했다.

나는 그가 그렇게 하리라는 것을 알았다. 제임스의 어떤 점이 마음에 들었을까? 그에게는 상대를 무장해제시키는 무언가가 있었다. 결혼식 이후로 며칠간 이에 대해 더 생각할 시간이 있었을 때 나는 그가 내가 만난 그 누구보다도 가장 진실한 사람임을 깨달았다. 그는 완전히 마음을 열었고, 당당하게 있는 그대로의 모습을 보여주었다.

"내일 아침에 런던으로 돌아가요." 내게로 다시 돌아온 그가 이렇게 말했다. 내일 아침이라고? 나는 생각했다. 시간이 전혀 없는 것이나 마찬가지였다. 그러나 그는 내게 미소를 지었고, 너무나 침착해 보여서 나는 시간에 대해 생각하지 않으려고 노력했다. 매시간을 천천히 세면서 순간순간이 더 오래 지속되도록 했다. 결혼식은 순조롭게 흘러갔다. 신부가 아버지와 첫 춤을 추었고, 남편과는 왈츠를 추었다. 닭고기와 소고기 요리가 차려졌고 축하 연설이 있었고 칵테일이 제공되었지만 우리와는 상관이 없었다.

우리는 둘만의 시간에 사로잡혀 있었다.

우리에게 주어진 시간이 하룻밤이었기 때문에 우리는 대화하며 시간을 보냈다. 나는 제임스의 꿈에 대해 알게 되었다. 그는 초음파를 이용한 비침습 수술 방법을 개발하고 싶어했다. 그의 가족 이야기도 했다. 캘리포니아와 뉴욕에 퍼져 있는 대가족이었다. 매주 모여 함께 저녁을 먹은 이야기와 여름에 바비큐와 수영장 파티를 연 이야기를 들려주었다. 그의 아버지가 청력이 좋지 않다는 사실을 알게 되었다. 나는 웃음을 터트렸다. 그는 청각장애인의 아들이고 나는 시각장애인의 딸이었다.

"당신의 꿈은 뭐죠?" 그가 내게 물었다.

"없어요." 내가 말했다. "하지만 있으면 좋겠어요." 나는 그의 확고한 성격과 희망과 미래를 향한 열정의 일부를 원했다. 내가 과거에 매료되어 기억을 되새기고 또 되새기는 사람이라면, 그는 언제나 앞날을 생각하고 미래를 보는 사람이었다. 과거와 미래가 만나 매시간이 꿈처럼 흘러갔다. 시간은 우리를 비껴갔다.

그는 우리의 미래에 대해 언급하지 않았지만, 나는 그가 이에 대해 생각하고 있음을 알았다. 나도 같은 생각을 하는지 추측하려고 애쓰는 사람처럼 그는 무언가를 살피는 듯한 눈길로 나를 바라보았다. 그러다가 갑작스럽게 내게 말했다. "그러니까, 우리 정말로 하는 건가요?"

"무슨 뜻이에요?" 내가 물었다.

"데이트 말이에요. 저는 런던에 살고 당신은 이곳에 있지만 말이죠."

나는 웃었다. "왜 안 되겠어요?"

그도 함께 웃었다.

훗날 제임스는 자신이 우리의 첫 대화에서 사랑에 빠졌다고 했다. 방 안의 모든 것이 흐릿했고 온통 나만 보였다고 말했다. 통하는 것이 있었다고도 했다. 우리는 그랬다. 이야기하는 방식과 대화의 흐름. 오래된 노래의 잘 알려진 멜로디처럼 모든 것이 익숙했다.

다음 날 아침 제임스는 런던으로 날아갔다. 그는 자신의 이메일 주소와 휴대폰 번호, 사무실 번호, 홈페이지, 집과 사무실 주소를 알려주면서 변명은 통하지 않을 것이라고 했다. 그는 런던에 도착해서 내게 전화했다. "당신을 생각하고 있었어요." 그가 말했다. "돌아오는 비행기 안에서도 당신을 생각했고 지금도 생각하고 있어요."

그는 내게 자신을 만나러 런던으로 오라고 했고, 나는 한달 뒤에 퇴사하면 만나러 가겠다고 했다. 이미 직장을 그만두기로 다짐한 상태였지만 런던으로의 여행은 내 다짐을 확실히 지켜야 하는 명분을 제공해주었다.

런던에서 만날 날을 기다리는 동안 우리는 시간 가는 줄 모르고 전화와 영상통화를 했다. 우리는 질문 놀이를 했는데, 제시된 질문에 대한 상대의 답을 추측하는 놀이였다. 그날 가장 좋았던 부분은 무엇이었나? 가장 고대하는 것은 무엇인가? 완벽한 데이트란 무엇이라고 생각하는가? 우리는 피크닉을 계획했고, 내가 런던에 머무는 동안 방문할 장소의 목록을 머릿속에 저장했다. 밀레니엄브리지에서 아이스크림 먹기, 테이트 모던 미술관 방문하기, 국립극장에서 연극 관람하기, 리치먼드 공원 산책하기. 우리는 이 목록을 마치 이미 추억이 되어버린 것처럼 소중히 여겼다. 기다림은 아름다웠다.

6주간 사용할 물건들을 가방에 챙겼다. 런던은 가을이었다. 비행기에 탑승하기 전에 나는 행운을 빌며 기체의 측면을 만졌다. 무언가가 반복되는 느낌을 받았다. 재현되는 상황. 그러나 아니었다. 아닌가? 이번에는 새로운 사람을 만나기 위해 대서양을 건너갔다.

제임스가 공항 입국장에서 나를 기다리고 있었다. 나는 주변 사람들의 눈에 우리가 어떻게 보일지를 생각하려고 노력했다. 지금까지는 공항 벤치에 앉아서 우리 같은 연인들이 재회하는 장면을 바라보기만 했었다. 나는 그들의 사연을 알 수 없었으나, 두 삶이 교차하는 그 순간에 그들이 무슨 생각을 했을지 궁금했다. 그러다 갑자기 부끄럽게 느껴지면서 확신을 잃었다. 내가 무슨 짓을 하고 있는 거지? 내가 이 남자를 제대로 알기는 하나? 이 남자를 실제로 대면한 건 겨우 열두시간밖에 되지 않는데 지금 이곳에 왔다. 우리는 앞으로 6주 동안 함께 지낼 것이다. 여전히 새기커트 헤어스타일을 한 그가 미소를 짓고 있었다. 나는 발걸음을 멈추고 머뭇거렸다. 그가 나를 포옹하기 위해 앞으로 다가왔다. 그리고 그가 나를 안았을 때 모든 의구심이 사라졌다.

우리는 하이드 파크 인근의 그의 아파트에서 지냈다. 제임스는 내게 두개의 노트를 보여주었다. 하나는 내게 줄 것이었고, 다른 하나는 우리가 함께 작성할 것이었다. 우리의 모험을 기록하기 위해서라고 그가 말했다.

런던은 우리의 놀이터가 되었다. 우리는 데이트 목록에 있던 장소들을 찾아다니며 이전에는 그저 상상만 했던 순간들을 만끽했다. 카페에 앉아 느긋하게 커피를 마셨고, 손을 잡고 하이드 파크를 거닐었으며, 금박을 입힌 돌과 대리석으로 지어진 박물관을 구경했다. 매 순간이 소중했다. 내가 다시 뉴욕으로 돌아갈 것을 알았기에 더욱 헛되이 보내지 않았다.

우리는 함께하는 내내 많은 이야기를 했다. 대화를 나누었다.

제임스는 대화를 좋아한다고 말했다. 그의 집은 늘 시끌

벅적했다. 대화와 고함으로 정신이 없었다. 막내였던 그는 한번도 제대로 말을 꺼내볼 기회가 없었다. 혼돈 자체였다. 그는 이런 소란스러움을 사랑했지만, 한편으로는 고요함을 갈망했다.

나는 이것이 재미있다고 생각했다. 우리 집과는 정반대였기 때문이다. 나는 정적에 숨이 막힐 듯했고 시끌시끌한 소리를 원했다.

제임스와 사랑에 빠지는 것은 자연스러웠다. 우리가 항상 같은 공간에 존재해왔던 것처럼 느껴졌다. 마치 거울처럼 서로의 모습을 비추고 있는 것만 같았다.

런던에서 돌아왔을 때 우리는 우리가 미래를 함께 만들어가게 될 것을 알았다. 제임스가 내게 런던으로 이주하는 것을 생각해보라고 했지만 나는 누군가를 위해 또다시 이주할 수 없다고 말했다. 그는 실망하면서도 이해한다고 했고, 나는 "시간이 조금 더 필요해요"라고 말했다.

한 친구가 홍콩 때와 다를 것이 없다며 내게 경고했다. 나도 동일한 패턴을 보았다. 드루처럼 제임스도 가능성을 제시했다. 그는 바다 건너편에 살았고 자신을 위해 런던으로 와달라고 했다. 그런데 나는 왜 제임스가 다를 거라고 확신했을까? 내가 뭘 안다고?

제임스는 드루가 아니었다. 그 이상이었다. 이 사실만큼은 분명했다. 그는 진실했고 명석했으며 진정한 과학자였다. 나의 어머니가 아버지의 사랑이 진짜였음을 알았던 것과 마찬가지로 나는 제임스와 함께라면 모든 것이 논리적이고 확실할 것임을 알았다. 제임스는 삶이란 무언가를 건설하고 창조하는 것이라고 생각했다. 그리고 그와 함께하는 삶에서는 이미 결정된 규칙에 따르지 않아도 되었다. 그와 내가 함께 삶을 창조하게 될 것이다.

제임스는 순간에 충실했다. "이 순간을 즐겨요." 그가 말했다. 우리는 숨을 들이마시고, 소리와 냄새, 고요함을 받아들였다. 그는 내가 시간을 손에 넣을 수 있게 도와주었다.

나는 제임스와 함께하는 시간이 너무나 행복했다. 이 행복의 대가가 무엇일지 생각하지 않을 수 없었다. 순수한 기쁨의 대가로 운명은 무엇을 요구할까? 할머니의 경고가 귓가에 맴돌았지만, 나는 그 기분과 의심을 밀어내고 믿음을 가지기로 했다.

크리스마스 시즌에 제임스의 가족을 만났다. 뉴저지에 있는 제임스 부모님의 집은 반짝이는 장식 조각들과 플라스틱 조명등으로 장식되어 있었다. 제임스의 어머니는 그처럼 키가 크고 호리호리하며 에너지가 넘쳤다. 그녀는 평상시에도 끊임없이 움직였다. 제임스는 이 가족의 막내였고, 의심의 여지 없이 어머니의 사랑을 가장 많이 받았다. 그녀는 자녀 중 그가 유일하게 자신의 모험심을 물려받았다고 했다.

제임스의 아버지는 뉴욕에서 개인병원을 운영하는 소아과 의사였다. 그는 쾌활했고 큰 소리로 웃었으며 언제나 얼굴에 미소가 만연했다. 그는 독실한 기독교인이었다. 우리에게 신앙심에 대한 인용문을 보여주기를 좋아했고 집 벽에 성경 구절을 적어놓았다.

처음에는 이들을 만날 생각에 긴장되었다. 나는 한국 며느리의 규칙을 알았다. 고분고분하고 순종적이며 조용하고 명령에 이의를 제기해서는 안 되었다. 이들도 분명히 이 규칙을 잘 알 것이라고 생각했다. 하지만 얼마 가지 않아 내 걱정이 기우에 지나지 않았음을 알게 되었다. 이들은 친절하고 따뜻했으며, 제임스가 집으로 초대한 여자를 만나게 되어서 진심으로 기뻐했다. 제임스는 이들에게 우리가 첫 대화에서 사랑에 빠졌다고 이야기했지만, 이들은 우리의 만남의 속도에 대해서는 신경 쓰지 않는 것 같았다. 어쩌면 두분이 만난 지 일주일 만에 결혼했기 때문일지도 모르겠다. 제임스의 부모님은 중매결혼을 했다.

우리는 영어로 대화했기 때문에 한국어의 높임말을 쓰지 않아도 되었다. 이들은 나를 꾸짖어야 하는 며느리가 아닌 친구처럼 대했다.

"제임스의 어떤 점이 가장 마음에 들었죠?"제임스의 아버지가 내게 물었다.

나는 잠시 생각에 잠겼다. 드루를 떠올렸고, 다시 제임스를 생각했다. 제임스에게서 무엇을 본 것일까?

"세가지 점이 마음에 들어요." 내가 말했다. "친절함과 의리, 신념이에요."

그는 정말로 재미있다는 듯이 웃었다. "신념이라고요? 제임스는 신념이 아주 강하지. 그것이 삶을 어렵게 만들 수도 있어요." 그는 인자한 표정을 지었다. "하지만 친절하죠."

크리스마스 시즌 동안 나는 제임스의 다른 가족들도 만났다. 소란스럽고 정신없는 가족이었다. 뉴저지에 있는 집에 사촌과 이모, 삼촌이 전부 모여 정말 즐거운 시간을 보냈다. 우리는 카드 게임을 하고 맥주를 마셨다. 테이블에는 언제나 음식이 차려져 있었고, 일회용 접시에 담아 무릎 위에 올려놓고 먹었다. 아이들이 괴성을 지르며 방 안을 휘젓고 다녔고, 어른들은 소리를 지르고 큰 소리로 웃었다.

어느날 오후에 제임스가 내게 산책하러 나가자고 제안했다. "숨 돌릴 시간이 필요해." 그가 말했다. "정신이 하나도 없네." 우리는 코트를 걸치고 차가운 공기를 마시며 걸었다. 쌓여 있는 눈더미를 따라 터벅터벅 걸으며 크리스마스 장식용 전구를 달아놓은 집들을 구경했다.

나는 제임스에게 우리 부모님을 소개해주기 위해 집으로 초대했다. 우리는 열차를 타고 워싱턴 D. C.로 갔다. 마치 전혀 다른 세상으로 들어가는 것 같았다. 부모님 집은 금욕적이고 조용했으며 나무 바닥 위로 정적이 내려앉아 있었다. 아버지는 제임스에게 잘 볼 수 있도록 더 가까이 다가오라고 말했다. "시력이 좋지 않다네." 아버지는 이유를 설명한 다음 안경을 벗고 제임스를 뚫어지게 쳐다보았다.

제임스는 긴장한 것처럼 보이지 않았다. 그는 아버지와 수학과 피아노 이야기를 했다. 아버지는 자신이 잘 아는 주제라 안도하는 눈치였다. 어머니는 흥분감을 감추지 못한 모습으로 나와 함께 차를 마시며 수다를 떨었다.

중간에 나는 제임스에게 말했다. "정말 조용하지? 기분이 이상할 거야."

"아니야, 마음에 들어." 제임스가 말했다. "생각할 수 있는 여유를 주네."

그리고 우리는 조용히 새해를 맞이했다. TV도 보지 않았고, 새해맞이 행사도 없었다. 그냥 저 멀리 어디쯤에서 들려오는 불꽃놀이 소리만 있었다.

나는 직장을 그만두고 프리랜서로 일하기 시작하면서 뉴욕으로 이사했다. 퀸스에 있는 작은 거실에서 생활했는데 바닥에 침낭을 깔고 잠을 잤다. 뉴욕은 무질서하고, 무

관심에 익숙한, 피난처를 찾는 사람에게 언제나 열려 있는 도시였다.

나는 이 도시에서 제임스의 어머니를 자주 만났다. 어쩌다 보니 시작된 만남이었다. 어느날 그녀가 내게 전화를 걸어 함께 커피를 마시자고 제안했다. 그녀는 나를 리틀 이탈리아에 있는 카페로 데려갔다. 우리는 그녀가 최고의 빵을 맛볼 수 있다고 자신했던 그 장소를 찾을 때까지 좁은 골목길을 헤매야 했다. 그리고 그곳에서 에스프레소를 마시면서 디저트로 카놀리를 나누어 먹었다. 그녀와 시간을 보내면서 제임스가 떠올랐다. 그녀는 버스를 타고 뉴욕으로 오는 것과 혼자서 이 동네 저 동네 돌아다니는 것을 정말로 좋아한다고 했다. 그녀는 새로운 동네를 찾아서 탐험했고, 모든 상점에 들어가 구경했으며, 뒷골목을 걷다 길을 잃기도 했다. "제임스가 어렸을 때는 나를 따라오곤 했죠." 그녀가 말했다. "나랑 함께 걷는 것을 좋아했어요." 그녀의 목소리에는 그리움이 묻어 있었다.

그날 이후로 우리는 뉴욕에서 자주 만나기 시작했다. 그녀는 브롱크스에 있는, 그녀가 좋아하는 카페로 나를 데려갔고, 그곳에서 갓 구운 따끈한 빵과 엠파나다 파이를 함께 먹었다. 우리는 테이블에 앉아 사람들이 스페인어로 이야기하는 소리를 들었다.

"아르헨티나를 떠오르게 해요." 그녀가 말했다. "내가 자란 곳이죠." 제임스의 어머니는 열세살에 한국을 떠났다. 그녀의 중매결혼을 결정한 사람은 그녀의 어머니였다. 제임스의 아버지를 선택한 이유는 그가 의사이고 기독교 신자라서였다. 좋은 남편감이 될 요소들이었다.

"그 사람을 만난 건 행운이에요." 그녀가 말했다. "그는 좋은 사람이죠." 그녀가 미소를 지었다.

우리가 서로를 이해하지 못하는 때도 있었다. 제임스의 어머니에게는 나를 짜증 나게 만드는 지적이나 비평을 하는 습관이 있었다. "왜 이 신발을 신었어요?" 플랫슈즈를 신고 제임스 가족의 생일 파티에 갔던 날 그녀가 내게 물었다. "좋은 인상을 심어주려면 쇼핑을 해야겠네요." 나중에 안 사실이지만 그녀는 내가 그녀의 시어머니, 즉 제임스의 친할머니에게 좋은 인상을 심어주지 못할까봐 걱정했다고 한다.

사람들이 어떻게 생각할지에 대해 왜 나는 좀더 신경 쓰지 않았을까? 그녀의 지적과 지적에 담긴 의미는 나를 의기소침하게 만들었다. 나는 내가 규칙들과 싸우지 않아도 된다고 생각했었다. 하지만 전통이 주는 부담이 느껴졌다. 경계가 무너져 내렸고, 수 세대에 걸친 기대가 나를 짓눌렀다.

그중에서도 '항복'하는 법을 배워야 한다는 말이 나를 가장 괴롭혔다.

"결혼한 뒤에는 맞춰줘야 해요." 그녀가 내게 경고했다. "항복할 줄 알아야 하죠."

그녀는 '내가 항복할게요'라는 말을 자주 했다. 그녀는 남편이나 아들에 대해 이야기하면서 이 말을 하고 웃었다. 왜지? 나는 동의하지 못했다. 왜 항복해야 하지? 그리고 나라면 어떨까 생각해보았다. 나는 거부할 것이다. 어떤 경우라도.

나는 내 불만을 어머니에게 말하지 않았다. 어머니가 무슨 말을 할지 뻔했기 때문이다. 화를 내며 내가 시어머니란 존재에 대해 경고하지 않았느냐고 할 것이다. 그리고 그들이 얼마나 못되게 구는지에 대한 한국의 이야기를 들려줄 것이다. "시댁이란 그래." 불만에 찬 어조로 말하는 어머니의 눈은 어둡게 번쩍일 것이다.

어머니가 아버지의 가족에 대해 했던 이야기가 생각났다. 결혼한 후에 한국을 방문했을 때 어머니는 혼자 시가에 가서 할아버지의 60번째 생일 상차림을 도와주어야 했다. 그들은 어머니의 여권을 가져갔고, 어머니의 의사와는 상관없이 집에 머물게 했다. 좋은 아내와 며느리가 되도록 가르치려는 의도였다. 그들이 마침내 어머니를 미국으로 돌려보냈을 때 어머니는 병원 신세를 져야 했다. 극도의 피로 때문인지, 스트레스 때문인지는 확실하지 않았지만 아버지는 이 일로 몇년간 가족과 연락을 끊었다.

제임스의 어머니가 항복에 관해 이야기할 때마다 나는 한국의 시가 문화를 떠올리지 않을 수 없었다. 어머니가 해준 이야기가 생각나서였다. 그러나 우리는 다시 커피를 마시고 웃으며 대화를 나누었고, 나는 이 긴장감이 그저 내 상상일 뿐일지도 모른다는 생각이 들었다. 한편 제임스와 나는 번갈아 가며 서로를 방문했다. 나는 항공권 구매에 필요한 돈을 모으기 위해 파티장에서 설거지를 했다. 과외와 프리랜서 일도 계속했다. 런던을 방문할 때마다 시간이 조금도 흐르지 않은 것처럼 느껴졌다. 나를 기다리는 또다른 공간이 존재하는 것 같았다. 이상한 기분이 들었고, 어디가 내 집인지 헷갈렸다. 공항으로 발을 들여놓을 때마다 다른 공간으로 이어지는 출입문을 통과하는 것 같았다.

제임스는 그해 내게 청혼했다. 봄이었고, 나무 끝에 서리가 내려앉아 있었다. 그는 수개월 동안 우리의 관계를 기록한 일지와 별처럼 빛나는 반지를 내밀었다.

제임스가 나의 어머니에게, 아버지께 결혼 허락을 받아야 하느냐고 물었을 때 어머니는 신경 쓸 필요 없다고 말했다. "캐서린이 결정할 일이지."

우리는 테디에게 소식을 전하기 위해 전화를 걸었다. 테디는 네팔에서 하이킹 중이었다. "잘됐네." 전화기 너머로 들려오는 테디의 목소리에는 아쉬움이 담겨 있었다.

어머니는 나를 위해, 우리를 위해 기뻐했다. 부모님 중 누구도 제임스가 아버지처럼 교수라는 점을 언급하지 않았다. 우리 이야기에서 어떠한 유사점을 보았더라도 아무 말 하지 않았을 것이다. 어머니는 홍콩에서 무슨 일이 있었는지 물어본 적이 없었다. 이미 끝난 일이라는 사실을 받아들인 것 같았다.

제임스와 나는 우리가 만난 지 정확히 1년째 되는 날에 샌프란시스코 시청에서 결혼했다. 샌프란시스코를 선택한 것은 순전히 우연이었는데, 또다른 친구의 결혼식 장소였기 때문이다. 제임스는 런던에서, 나는 뉴욕에서 비행기를 타고 날아왔다. 우리는 친구의 결혼식에 참석해서 재즈 선율에 맞추어 춤을 추었고, 슬로우모션으로 영상을 찍어주는 카메라 부스에 들어가 신나게 즐겼다. 다음 날 우리는 처음 만났던 날 밤에 입었던 옷을 입고 택시를 타고 시청으로 향했다. 턱시도에 신랑 들러리를 설 때 맸던 타이를 한 제임스는 긴장한 모습이었다. 나는 무채색 드레스를 입고 친구의 결혼식 장식용으로 썼던 옅은 파란색 수국을 들었다. 우리 두 사람과 증인이 되어줄 친구 두명이 전부였다. 나는 긴장으로 몸이 떨렸다. 천천히 호흡을 가다듬으려고 노력했다.

시청 계단을 오르면서 우리가 처음 만났던 순간을 기억

했다. 나는 우리를 어린아이의 모습으로 떠올렸다. 제임스
는 세 형제 중 막내로 고요함을 갈망했고, 나는 테디와 반
딧불이를 쫓는 아이였다. 제임스와 함께하는 내 삶은 안정
적이고 안전하며 분명하게 느껴졌다. 슬픔도 없고 희생할
필요도 없었다. 손을 잡고 대리석 계단을 올라가는 우리의
모습을 외할머니가 본다면 무슨 생각을 할지 궁금했다.

우리는 거울을 보듯이 서로를 마주 보고 섰다. 판사가
몇마디 말을 했고, 우리는 부부가 되었다.

나는 들고 있던 수국을 나가는 길에 마주친 연인에게 주
었다. "이제는 당신 거예요. 게다가 파란색이에요!" 내가
말했다. "다른 사람들에게도 건네주세요!" 제임스와 나는
서로를 바라보며 활짝 웃었다. 우리는 한껏 들떠 있었다.
근처 레스토랑에서 팬케이크와 샴페인으로 결혼을 축하했
고, 그런 다음에 공항으로 향했다. 나는 뉴욕으로, 제임스
는 런던으로 날아갔다.

나는 몇달 후에 런던으로 이주했다. 기이하게도 새해 전
날이었다. 이번에는 태평양이 아닌 대서양을 건넜고, 상대
는 드루가 아닌 제임스였다. 거울. 비행기 안에서 새해를
알리는 카운트다운은 없었다. 다시 한번 시간이 우리를 비
껴간 것 같았다. 런던에 도착하면 아침일 것이다. 새 삶의
시작이었다.

나는 두개의 여행 가방을 끌고 제임스의 작은 아파트로 들어갔다. 하이드 파크를 거닐고 빅토리아 앨버트 박물관 전시실을 둘러보며 하루를 보냈다. 나는 그곳의 수집품들이 신기했다. 부서지기 쉬웠지만 오랜 시간이 지나도록 잘 보존되어 있었기 때문이다. 손거울과 펜, 의복들. 내 삶이 물건들의 모음이라면 무엇으로 채워질까. 나는 나를 옭아매던 밧줄에서 풀려났다고 느꼈지만, 이제는 제임스를 통해 세상과 연결되었다. 그는 나를 놓아주지 않을 것이다.

가족과 친구들을 위해 1년 뒤에 런던에서 결혼식을 올렸다. 우리는 첫 춤으로 레이 찰스의 음악에 맞추어 스윙 댄스를 추었다. 제임스는 바지에 멜빵을 멨고, 나는 운동화를 신고 무대를 빙글빙글 돌았다. 무늬가 새겨진 유리잔은 버번위스키로 채워졌다. 보석처럼 빛나는 밤이었다.

이 이야기는 동화가 아니다. 나는 여전히 악몽을 꾸었다. 너무나 생생해서 달리기라도 한 사람처럼 땀에 흠뻑 젖어 깨어났다. 악몽에서 깬 나는 내가 여전히 드루와 함께 홍콩에 있다고 확신했다. 숨이 막히는 느낌에 비명을 지르고 고함을 쳤다. 제임스는 이런 나를 참아주었다. 내 이야기를 들어주었고 우리가 함께 있음을 부드러운 목소리로 상기시켜주었다. 내 두려움이 사라질 때까지 우리는 대화를 나누었다.

저녁이다. 약을 먹어야 할 시간이기 때문에 알 수 있다.

나는 줄을 서서 기다리다가 쓴 물약을 순순히 삼킨다. 곧바로 달콤한 주스가 제공된다. 눈은 무겁고 입안은 건조하다.

나는 제임스가 다시 전화하지 않을까 기다리지만 수화기를 집어 들어도 신호음은 울리지 않는다.

누군가가 TV 시청실로 들어와서 불을 끈다. 우리는 한 사람씩 느릿느릿 걸어 나간다. 내 방 밖에 있는 직원이 차트에 기록을 하고 방문을 닫으면서 내게 고개를 까닥인다.

나도 사실이 아님을 안다. 그러나 마치 오늘이 이 병동에서 보내는 첫번째 밤처럼 느껴진다. 이곳의 소리와 정적, 침대에 깔린 이불의 감촉이 익숙하다. 나는 침대 옆에 조용히 서서 옷을 벗어야 할지 망설인다. 어떤 부분에서는 내 몸이 자동으로 움직인다. 양치질을 하고, 칫솔을 꽂아 세면대의 수도꼭지를 틀어 물이 나오게 한다. 형광등 아래에서 피부가 적나라하게 드러난다. 나는 떨리는 손으로 재빠르게 모유를 세면대에 짜낸다.

옷을 벗지 않았다. 익숙한 스웨터가 안정감을 준다. 이불을 뺨까지 끌어올리고 누워 있으니 갑자기 집이 그리워진다. 내 침대가 그립다.

복도의 불빛이 문틈으로 새어 들어온다. 문이 닫히는 소리가 들린다. 누군가가 비명을 지르자 다른 누군가가 소리를 죽여 화를 낸다. 내 방 문이 열린다. 나는 긴장한 채 눈을 감고 꼼짝하지 않고 누워 있다. 문이 다시 닫히고 나는 참았던 숨을 내뱉는다. 인원을 확인 중인 직원이었을 것이다.

피곤하다. 몸이 무겁고 눈이 감기는 것이 느껴진다. 집 생각을 해본다. 이전의 삶을, 이곳에 오게 된 이유를 기억해보려고 애쓰지만 아무것도 모르겠다. 생각들이 마구 뒤엉킨다.

이곳에 오지 않았다면 나는 지금 무엇을 하고 있을까? 케이토가 생각난다. 내 마음속에 아기의 모습이 어렴풋이 남아 있다. 품에 아기를 안고 있던 기억이, 느낌이 각인되어 있다. 아기의 얼굴을 떠올려보려다가 강한 통증이 몰려와 몸을 꽉 웅크린다. 마치 내 일부가 텅 비어 있는 것 같다. 나는 생각을 멈추고 어둠에 감사한다.

주변 환경에 좀더 관심을 가지기로 한다.

직원들의 얼굴이 뚜렷하지 않다. 나는 먼저 이들을 헤어스타일로 알아보고, 그러다가 마지막에 익숙해지면 얼굴로 기억한다. 직원 대부분이 카리브해 지역과 아프리카에서 건너온 이민자들이다. 이들은 강한 억양이 섞인 영어를 구사하며, 때때로 자기들끼리 웃기도 하고 모국어로 이야기하기도 한다.

진이라는 이름의 직원은 똑 떨어지는 단발에 앞머리는 가지런하다. 그녀는 '허튼짓은 용납하지 않는다'는 태도를 보이는 강한 성격의 여성이다. 말투는 딱 부러지지만 병동에서 가장 마음씨 좋은 직원으로 손꼽히기도 한다. 그녀는 우리를 위해 사비를 들여 산 간식거리를 엄격한 표정으로, 마지못해서 하는 체하며 구내식당의 식탁 위에 올려놓는다. 우리를 향한 그녀의 태도와 연민은 그녀가 복지 제도의 도움을 받으며 성장한 것은 아닐까 하는 궁금증이 들게 만든다.

노나는 가늘고 물결치는 짙은 머리카락과 새처럼 지저귀는 목소리를 가진 직원이다. 나를 제일 먼저 샤워실로 안내했었다. 샤워실로 들어간 다음에 그녀는 내 옷을 벗기고 어설픈 영어로 재잘거렸다. "안 돼요, 안 돼요." 내가 물을 틀려고 하자 그녀가 외쳤다. 그러고는 물을 틀기 위해 샤워기의 수도꼭지가 빠진 부분에 꽂아야 하는 칫솔을 건네주었다. 물은 얼음처럼 차가웠다.

"가슴이요, 가슴." 그녀가 가슴을 누르는 시늉을 하면서 큰 소리로 말했다. 나는 조심스럽게 그녀의 말대로 했다. 가슴이 퉁퉁 부어올라 있었다.

"빨리 좋아져야지 아기를 보러 집에 갈 수 있어요." 그녀가 말했다.

직원들이 우리 때문에 당황하는 일은 없어 보이며, 내가 알기로 환자들은 이 점에 있어서 직원들을 존경한다. 유일한 예외가 있다면 순환근무를 하는 금발의 젊은 간호사 클레어다. 그녀는 우리가 곁에 있으면 긴장한다. 우리는 긴장의 냄새를 맡을 수 있다. 우리 눈을 똑바로 바라보지 않고, 우리와 몸이 스치지 않도록 조심한다. 말실수도 자주 한다. "타미라? 또 입원하신 거예요? 제가 올 때마다 항상 계시는 것 같네요!" 그녀는 농담조로 말하더니 움찔한다.

믹이 터져 나오려는 웃음을 애써 참는다. 타미라가 그를 노려본 다음 가짜 미소를 짓는다. 지나치게 밝게. 그녀는 클레어를 졸졸 쫓아다니기 시작한다. 클레어의 몸에 닿지 않으면서 최대한 가깝게 접근하고, 목에 코를 가져다 대고 쿵쿵거리며 냄새를 맡는다. 클레어는 미친개를 마주친 사람처럼 그 자리에서 얼어붙는다.

클레어는 매일 아침 우리의 혈압과 체온을 측정한다. 유리 공간 앞에 의자를 가져다 놓고 차트에서 이름을 확인한 다음 한 사람씩 호명한다. 내가 의자에 앉자 그녀는 곤란한 일은 만들고 싶지 않다는 듯이 호들갑을 떨며 재빨리 일을 끝낸다. 나는 그녀에게 진정하라고 말하고 싶어 미소를 지어 보이지만, 그녀는 내가 전염병을 옮기기라도 할 것처럼 조심스럽게 내게서 시선을 돌린다.

우리는 점심밥을 먹으러 가는 중이다. 제니가 복도 바닥에 앉아 울고 있다. 너무 심하게 몸을 떨어서 그녀의 입술까지 덜덜거린다. 제니는 오늘 아침에 도착했다. 두 자녀를 둔 30대 초반의 예쁜 엄마다. 검은 머리는 헝클어져 있고 아이라이너가 번졌다. 두개의 앞니를 제외하면 나머지는 모두 누렇거나 썩었다.

오늘 아침에 입원했을 때 그녀는 방 안을 흘낏 둘러보고 에마와 내게로 다가와 말을 걸었다. 제니는 백인이고, 대형마트에서 일한다. 그녀는 이를 내세워 다른 사람들과 어울리지 않는다. 내 생각에 제니와 타미라는 아는 사이인 것 같다. 두 사람은 서로에게 눈인사를 하지만 거리를 유지한다.

나는 이 병동의 모든 환자가 궁금하다. 우리가 밖에서 만났다면 어땠을까? 여기 있는 사람들이 내가 자기들과 다르다고 생각한다는 것을 안다. 대학원 학위 때문이 아니라 내가 입고 있는 유명 브랜드의 레깅스 때문이다. 내게는 집이 있다. 나를 기다리는 사람들도 있다. 나는 특권층에 속한다. 이빨이 썩고 손을 떠는 제니도 이곳에서는 특권층이다.

나를 바라보는 사람들의 시선에 죄책감이 들기도 한다. 나는 운이 좋다. 나도 안다.

"다 보여요." 오늘 아침에도 알리가 이렇게 말했다. "당신이 뭘 하고 있는지 나는 다 알아요. 똑똑하게 굴려는 거지."

나는 무슨 뜻인지 물어보지 않는다. 이미 알기 때문이다. 그도 같은 행동을 하고 있다.

우리는 이곳에 어울리지 않는다. 우리는 계속 고개를 숙이고 있다.

바닥에 앉아 몸을 떨고 있는 제니를 보며 이 생각을 한다.

"괜찮아요?" 월이 묻는다.

제니가 떨면서 고개를 젓는다. "저 사람들이 제 약을 주려고 하지 않아요." 그녀가 말한다.

우리가 밥을 먹고 구내식당에서 나오니 응급의료사가 와 있다.

"무슨 일이죠?" 에마가 양말을 신으며 묻는다.

"발작을 일으킨 것 같아요." 월이 목소리를 낮추어 말한다.

"물러나세요." 직원이 다시 말한다. 응급의료사가 시야를 가려 제니의 모습이 보이지 않는다. 저들은 우리가 보고 있다는 사실을 모르는 사람처럼 행동한다.

오늘의 디저트는 깡통에 든, 썰어놓은 파인애플이다.

어머니는 할아버지가 술에 취하면 파인애플 통조림을 사 왔다는 이야기를 들려주곤 했다. 어머니의 가족에게 파인애플은 호사였고, 할머니는 할아버지에게 잔소리하며 울었다. 이번 주에 아이들에게 먹일 음식을 어떻게 장만하라는 말인가? 그러나 어머니는 손뼉을 치며 기뻐했다. 파인애플이다!

내가 아플 때 어머니는 약의 쓴맛을 없애기 위해 타이레놀을 으깨어 가루로 만든 다음 오렌지 주스에 섞어서 마시게 했다. 그리고 파인애플 몇조각을 크리스털 접시에 담아주었다.

하지만 어머니는 한조각도 손대지 않았다.

타미라가 내 파인애플을 원하지 않아서 나는 혀로 단맛을 음미하며 최대한 천천히 먹는다.

대런이 활동실 테이블로 와서 내 곁에 앉는다. 그는 눈을 돌려 방 안을 재빠르게 둘러본다. 손을 떨고 있다. 테이블 위에는 다이아몬드 게임판이 놓여 있다. "선생님, 이 게임 할 줄 알죠?" 그가 묻는다.

나는 고개를 끄덕인다. "가르쳐줄까요?" 내가 묻는다.

그가 미소를 짓자 짧은 순간 그의 잘생긴 얼굴이 아이처럼 순수해 보인다. 대런이 에마에게 달려든 이후로 에마는 지금까지도 그를 피해 다닌다. 나는 다른 환자들도 그와 거리를 유지한다는 사실을 깨닫는다. 범죄 조직과 연관이 있을지도 모르겠다는 생각이 들다가 내가 편견을 가지고 무의식중에 그를 범죄자로 보고 있는 것은 아닌지 궁금해진다. 히스패닉 환자 한명이 대런을 '트레이본'(Trayvon, 2012년 17세의 흑인 소년 트레이본 마틴이 길에서 라틴계 미국인 남성이 쏜 총에 맞아 숨지는 사건이 있었다. 이후 후드티를 입은 트레이본의 사진이 언론에 공개되었다 — 옮긴이)이라고 불렀는데, 그가 입는 짙은 색 후드티 때문에 그런 것 같다. 대런의 미소 너머로 나는 불안정한 기색을 감지할 수 있다. 손이 닿지 않는 곳에서 풀려나기를 기다리는 무언가가 도사리고 있는 것 같다. 그는 내가 쉽게 부서지기라도 할 것처럼 내 곁에서는 조심스럽게 행동하고, 내게 이야기를 할 때는 교장 선생님에게 하듯이 공손하게 말한다.

다이아몬드 게임의 말들이 지나치게 밝은 형광색이어서 우리 둘 다 게임판에서 눈을 뗀다.

규칙이 기억나지 않는다. 그래서 나는 게임을 엉망으로 가르쳐준다. 앞으로 건너뛰어야 하는지 뒤로 건너뛰어야 하는지 기억나지 않지만, 우리는 게임판을 따라 말을 움직인다. 대런이 내 말을 건너뛸 때마다 재미있어하며 웃는다.

내가 그의 말을 건너뛰면 기분이 상한 것처럼 보이는데, 그럴 때면 긴장한 사람처럼 턱 근육이 씰룩거린다. 하지만 곧 나를 쳐다보며 장난스럽게 혀를 내밀고는 편안한 모습으로 돌아간다.

"쟤가 남동생인가요?" 그가 내게 묻는다.

"남동생이요?"

대런이 고개를 끄덕이며 유니콘 그림에 색칠 중인 하루를 가리킨다. 하루는 동양인 혼혈처럼 생겼다. 그가 이 병동에 언제부터 있었는지 잘 모르겠다. 그는 이곳에 사는

148

사람처럼 행동한다. 하루는 다정하고 신중한 성격이지만, 그가 가장 좋아하는 TV 드라마인 「크리미널 인텐트」^{Criminal} ^{Intent}를 보지 못하면 성질을 부릴 때가 있다. 그는 이 드라마를 빼놓지 않고 챙겨 본다.

하루는 어리둥절해 보인다. "제가 저분의 동생인 줄 알았다고요?"

그가 나를 바라본다. "그런가요?"

"아니요." 내가 말한다. "아니에요, 하루. 우리는 가족이 아니에요."

알리의 가족이 병동을 방문한다. 이들은 지친 눈을 하고 있고, 크리스틴과 함께 활동실의 테이블에 앉아 있다. 크리스틴은 사회복지사다. 알리가 들어가서 유리창 근처에 선다. 그는 키가 크고 호리호리한 그의 아버지를 닮았다. 알리의 아버지는 한쪽 팔로 알리의 어머니를 안고 있다. 베일을 쓴 알리의 어머니는 시선을 바닥에 고정한다. 두 사람 중 누구도 알리가 서 있는 방향으로 눈길 한번 주지 않으면서 마치 그가 존재하지 않는 사람처럼 행동한다.

"당신 가족인가요?" 믹이 알리에게 묻는다. 그가 휠체어를 끌고 유리창으로 간다.

"맞아요."

"괜찮대요?"

"아니요. 걱정하고 있어요. 걱정 중이죠."

믹이 고개를 끄덕인다. 알리는 누군가가 알아봐주고 인사해주기를 바라는 어린아이처럼 보인다. 그의 부모님은 그를 쳐다보지도 않고 떠난다. 나는 나중에 그를 찾아보지만, 그는 자신의 방에 누워 있다. 저녁밥을 먹으러 나온 그의 눈이 붉게 충혈되고 퉁퉁 부어 있다.

나는 만날 날을 기다리거나 퇴원할 수 있게 도와주는 가족이 없는 환자들도 있다는 사실을 알게 되었다. 흔한 상황은 아니다. 믹의 경우 그를 도와주는 형제가 있지만 그가 퇴원한 후에 그를 돌보고 싶어하지 않는다. "비난할 생각 없어요." 믹이 무뚝뚝하게 말한다. 타미라의 남자친구는 그녀의 아이들을 보살피고 있다. 그는 하루에 한번씩 전화를 거는데 그녀가 전화를 받지 않을 때도 있다. "바쁘다고 전해주세요." 그녀는 눈알을 굴리며 이렇게 말한다. 에마의 아버지는 전화가 연결되어 있는 동안 몇시간에 한번씩 전화한다. 나는 에마의 아버지 역시 '아보카도'를 가지고 있는 것이 아닐까 추측해본다.

우리는 어떻게 이곳에서 나갈 것일지에 대해 이야기하지 않는다. 이 병동 바깥에 세상이 존재한다는 사실을 인정한다는 뜻이기 때문이다. 그러나 모두가 그 생각을 하고 있음을 안다. 내 추측일 뿐이지만 분명히 그럴 것이다. 이곳에서 나가는 방법에 대해 질문해서는 안 된다는 분위기가 감지된다. 복귀 환자들은 방법을 아는 것 같지만 우리에게 정보를 주지 않는다. 그리고 에마가 서류를 휙휙 훑어보고 새로 작성한 서류를 내게 보여주는 모습을 조용히 지켜본다.

이곳에서 나가는 방법에 관해, 자신의 전략과 예정일에 관해 이야기하는 사람은 에마가 유일하다. "2단계까지 올라갈 거예요." 그녀가 말한다. "여기에 서명해줄 사람만 있으면 돼요. 내가 새 친구를 사귀었다고 적혀 있어요. 서명 세 개를 받아야 한대요. 서명해줄래요?"

"내 아보카도가 우리 모두를 이곳에서 나가게 해줄 거예요." 그녀가 말한다. "모두를요."

그녀의 말을 믿는 사람은 데이브밖에 없다. 그는 휠체어를 타고 그녀를 따라다닌다. 나머지 사람들은 그냥 그녀의 말을 무시한다.

우리는 우리가 이곳으로 오게 될 운명이었던 것처럼 행동한다. 그냥 오게 된 것이다. 우리는 이곳에 존재한다. 달리 갈 곳이 없다.

나는 유리 공간 안의 의사와 직원들을 빤히 쳐다보지만, 이들은 조심성 있게 나와 눈을 마주치지 않는다. 그리고 고개를 들었을 때는 마치 내가 투명 인간인 것처럼 안 보이는 척한다. 유리 공간 앞에서 서성거리기를 포기하고 돌아선다. 그리고 이들에게 소리치는 내 모습을 상상해본다. "내보내줘요, 내보내줘요." 물론 이런 행동을 했다가는 오히려 이곳에 더 오래 머물게 될 것이다.

나는 보라색 사인펜으로 사자 그림에 색칠하고 있다. 내 옆에서는 에마가 다시 한번 서류를 훑어보고 있다. 페이지에 무언가를 붙여서 표시해놓으려는 모양인데 절대 불가능해 보인다. 그녀는 휴지를 이용하고 있다.

"캐서린." 제프가 말한다. "남편이 왔어요." 타미라가 비웃는 듯한 콧소리를 낸다. 주변을 둘러보지만 방문객을 만나기 위해 일어서는 사람은 없다.

복도를 걸어가면서 내 발걸음을 센다. 쉰네걸음이다. 한발짝, 한발짝 구내식당으로 향한다.

나는 잠시 저 안에서 누굴 만나게 될지 몰라 두려워진다. 드루는 아닐까? 그러나 구내식당 문에 달린 창으로 제임스의 걱정스러운 얼굴이 보인다. 그는 초췌해 보였으나 나를 보자 반갑게 활짝 웃는다.

"만지는 게 허락돼요?" 내가 묻는다.

"네." 제프가 고개를 끄덕인다.

제임스가 나를 포옹한다. 마치 그가 바깥공기를, 산소를 이 안으로 가져온 것 같다.

나는 크게 숨을 들이마시고 제임스를, 확실한 무언가를 붙들려고 노력한다. 제임스만큼 확실한 존재는 없다. 과거와 현재를 느낄 수 있다. 튼튼한 토대처럼 안전한 느낌이다. 그의 품에 안겨 이대로 사라지고 싶다.

중얼거리는 소리가 들리고 에마와 믹이 보인다. 이들을 찾아온 방문객들이 있지만 나는 오직 제임스만 바라본다.

제임스는 아무 말이 없다. 그저 내 손만 붙잡고 있다.

우리는 자리에 앉는다. 나는 이 순간에 그저 숨만 쉴 뿐이다.

"당신 스웨터 고마워." 내가 말한다. "당신은 뭘 입고 있어?" 내가 묻는다. "옷은 충분해?"

"그만." 그가 말한다. "내 걱정은 그만해. 노트는 받았어?"

"응." 내가 답한다.

그는 매일, 하루에도 몇번씩 병동으로 전화해 나를 데려가기 위해 노력했고, 내 상태를 물어보았다고 말해준다.

"나는 이곳에서 아주 성가신 존재가 되어버렸지." 그가 말한다.

나는 웃는다. 그는 분명 자신의 연구를 진행할 때와 마찬가지 방식으로 이 문제에 접근했을 것이다. 내게 노트를 주는 생각은 그의 머리에서 나왔다. 이를 위해 병원 측을 설득해야 했고 내게 펜을 주는 문제로 언쟁해야 했다. 내게 안경이 없음을 알고 가져다준 사람도 그였다.

"보험은 내가 알아서 처리하고 있어." 그가 머뭇거리며 말한다. "그러니 그 문제는 걱정하지 않아도 돼." 그는 필요한 서류를 요청하기 위해 영국의 담당 지역 보건의와 통화했고, 여행 보험사와도 통화했으며, 내 컴퓨터에 접속하고 신용카드 정보를 얻기 위해 내 비밀번호를 사용한 이야기를 해준다. 그가 해주는 이야기는 바깥세상을 생각나게 한다. 멈추지 않고 끊임없이 움직이는 세상. 모든 제도와 메커니즘이 잘 작동하고 있다.

"케이토가 궁금하지 않아?" 그가 묻는다.

"궁금해. 어떻게 지내?" 잊고 있었다. 내게 그 이름은 큰 의미가 없다.

"좋아. 잘 지내고 있어. 휴대폰을 가지고 들어오지 못하게 하더라. 그래서 인화한 사진을 몇장 가지고 왔어." 그가 내게 사진 뭉치를 넘겨준다. 나는 사진을 힐끗 본다. 큰 눈에 살이 통통하게 오른 얼굴이 눈에 들어온다. 알아보지 못하겠다. 나는 후드티 주머니에 사진을 쑤셔 넣는다.

"간호사와 이야기했는데 사진을 가지고 있어도 된대." 제임스가 말한다. "당신에게 도움이 될 거라고 말했어."

그가 잠시 말을 멈춘다. "무슨 일이 있었는지 기억해? 꼭 지금 이야기할 필요는 없어." 그가 재빨리 말을 마친다.

"기억나는 것은 많아." 내가 말한다. "그런데 온통 뒤죽박죽이야."

그가 다음 말을 기다린다.

"가계도를 그려봤어." 그에게 그림을 보여준다.

그는 눈물을 흘리기 시작한다. 마음 한곳이 쿡쿡 쑤시는 느낌이지만 무엇을 해야 할지 모르겠다. 그래서 그저 그의 손을 토닥여준다.

"그냥… 우리는 계속해서 당신에게 가계도를 그려보도록 했었어. 하지만 당신은 그리지 못했지."

면회 시간이 끝난다. 이제 막 자리에 앉은 것 같은데 벌써 끝이다. "시간이 다 되었어요." 제프가 무심하게 말한다. 그러나 그의 눈빛은 부드럽다. "여러분, 이제 그만 마무리할게요."

제임스가 한숨을 쉰다.

그는 마지막 헤어지는 순간까지 내 손을 잡고 놓지 않는다. 그가 활짝 웃어 보이지만, 여전히 울고 있음을 알 수 있다. "곧 다시 올게. 약속해." 내게 손을 흔들면서 문을 향해 걸어간다. 그리고 문이 닫힐 때까지 그에게 손을 흔드는 내게서 눈을 떼지 않는다.

그에게 내가 얼마나 더 오래 이곳에 있어야 하는지 물어보지 않았다는 사실이 떠오른다.

나는 천천히 구내식당에서 나와 병동으로, 기다림의 장소로 돌아간다.

낭만적인 사랑에 대한 한국 동화가 하나 있다. 견우와 직녀 이야기다. 옥황상제의 손녀인 직녀는 목동인 견우와 사랑에 빠진다. 은하수 건너편에서 그를 바라볼 수밖에 없었던 그녀는 그와 결혼하게 해달라고 옥황상제에게 간청하고, 옥황상제는 이를 허락해준다.

두 사람은 결혼하지만, 신혼의 즐거움에 빠져 게을러지고 의무를 소홀히 한다. 몹시 화가 난 옥황상제는 은하수를 사이에 두고 서로 떨어져 살게 하는 벌을 내린다. 그러나 한줄기의 자비를 베풀면서 매년 칠석날이 되면 서로를 볼 수 있게 허락한다.

칠석날이 다가오면 부부는 서로를 보고 싶은 마음이 간절하지만, 은하수를 건널 방법이 없다. 이를 딱하게 여긴 까마귀와 까치 무리가 두 사람이 만날 수 있게 다리를 만들어준다.

이들은 매년 단 하룻밤만 재회할 수 있다. 이날부터 장마철이 시작된다고 한다. 밤에 비가 내리면 견우와 직녀가 상봉해서 흘리는 기쁨의 눈물이라고 전해진다.

나는 2월의 어느 흐린 날에 임신 사실을 알게 되었다. 생리가 늦어지고 있었지만 그냥 일시적인 현상이라고 생각했다. 임신 테스트를 해보기로는 했는데, 늘 그렇듯 이 테스트에 돈을 쓰면 보란 듯이 다시 생리가 시작될 거라 여겼다. 그러나 테스트 결과는 양성이었다. 화요일 아침이었고, 남편은 오늘 회의에 입을 셔츠를 다리는 중이었다.

얼떨떨했다. 내 나이는 서른살이었다. 어머니가 나를 임신했던 나이와 같았다. 또 외할머니가 어머니를 임신한 나이도 서른살이었다. 마치 내 운명이 이미 정해져 있는 것처럼 느껴졌다. 엄마가 된다는 건 항상 남의 이야기 같았다. 원하기는 했지만 한번도 진지하게 고민해본 적은 없었다. 지금까지 생각만 했던 일이 이제 현실이 되었다.

나는 지역 보건의와 진찰 약속을 잡았다. 임신 5주 차였다. 아기는 양귀비 씨앗 크기의 세포 덩어리였다.

부모님에게 소식을 전했을 때 어머니는 믿기지 않는 눈치였다. "정말이니?" 그녀가 말했다. 아버지는 아무 말 없었다. 제임스의 부모님은 소리를 지르며 손뼉을 쳤다. "정말 멋지구나." 두분이 말했다. "정말 멋진 일이야."

나는 주 단위로 시간을 세기 시작했다. 매주 새로운 과일이 등장했다. 나는 아기가 양귀비 씨앗에서 수박만 해지는 모습을 지켜보았다.

초음파 검사를 받으러 병원에 갔다. 임신성 당뇨 진단을 받았던 나는 하루에 몇번씩 손가락을 따서 혈당 검사지로 혈당을 측정했다. 피 한방울을 짜낼 때마다 백설공주가 생각났다. 나는 내 아이를 위해 무엇을 바라야 하는지 궁금했다.

배 속의 아기가 아들이라는 사실을 알게 되었을 때 드루가 생각났다. 더 정확히는 그의 어머니인 리아였다. 그리고 처음으로 분노가 아닌 연민을 느꼈다. 내가 잉태한 아이가, 아름다운 존재가 뒤틀리고 추잡하며 폭력적으로 변해가는 모습을 지켜보는 것은 어떤 기분일까?

드루로 인해 생긴 내 안의 감염 부위는 여전히 그 자리에 남아 있을까? 아기에게 전염되지는 않을까? 앞 세대의 경험이 다음 세대의 DNA에 각인된다는 이야기를 읽은 적이 있다. 앞으로 닥칠 일에 대한 경고로 들렸다. 폭력이 있

었나? 고통을 받아들였나? 내 아들은 고소공포증이 있을
까? 질식하는 악몽을 꾸게 될까? 끝나지 않는 과거의 고리
에서 어떻게 벗어날 수 있을까? 이들을 몇번이고 마주하
면서?

나는 나의 가족을, 나의 직계 조상을 생각했다. 이들은
내가 알지 못했던, 언어와 바다로 분리된 미스터리한 존재
였다. 그저 내 모습에서 그들의 모습을 볼 뿐이었다. 어머
니를 임신했을 때 외할머니는 어떤 기분이었을까? 두려움.
아들을 바라는 마음.

어떤 이유에서인지 나는 삼대에 걸쳐 이야기가 이어져
내려가기 위해 딸을 낳을 것이라고 생각했다. 그러나 어쩌
면 아들을 임신함으로써 외할머니의 바람이 이루어진 것
인지도 모른다. 세대에 걸쳐 각인된 할머니의 바람이. 나
는 내 복부에 손을 가져다 대고 작은 다리의 움직임과 맥
박을 느끼려고 했다. 이것이 아기가 살아 있음을, 생명체
임을 느끼게 해주었다.

임신 중에 태교 음악을 들려주면 아기의 성격이 차분해
진다는 연구를 읽은 제임스는 내 복부에 대고 음악을 들려
주었다. 우리는 라흐마니노프 음악을 들려주면 아기가 뛰
고, 브로드웨이 뮤지컬 노래를 들려주면 몸을 뒤집는다는
사실을 깨달았다. 아기가 내 안에서 재주넘기를 할 때마다
피부에 물결이 이는 모습을 지켜보는 기분은 희한했다.

임신으로 내가 내 몸과 분리되는 느낌이 들었다. 내 몸이 미리 프로그램된 길을 따라 내 의지와 상관없이 움직였고, 나는 통제권을 상실했다. 어떤 손이 내 영혼을 내 몸으로 확 잡아끄는 것처럼 느껴졌다. 임신이라는 현실로의 복귀였다. 임신은 내가 사라지는 것이기도 했다. 나는 더이상 '나'를 느끼지 못했다. 나라는 존재가 나뉘고 공유되는 것처럼 느껴졌다. 내 몸은 내 것만이 아니었다. 나는 운반자였고 생명을 품은 자였다. 임신은 내 몸이 피와 뼈의 집합체라는 점을 상기시켜주었다.

"저는 자궁경관이 좋아요." 조산사가 미소를 지으며 내게 말했다. 그녀의 손이 여전히 내 자궁 안에 들어 있었는데, 나는 4차 내진을 받는 중이었다.

나는 예정일 이틀 전에 유도분만을 했다. 임신성 당뇨가 있는 데다가 아기가 커서 의사가 고민 끝에 내린 결정이었다.

"아기의 쇄골이 부러질 수도 있습니다." 의사는 나에게 유익한 정보라도 되는 듯 말했다. 의사들이 무시무시한 일들을 덤덤하게 사무적으로 말할 줄 안다는 사실을 깨달았다. 나는 유도분만에 동의했다.

우리는 호텔에 체크인하듯이 병원에 입원했다. 짐가방과 아기를 위한 카시트, 그리고 책과 잡지도 여러권 챙겼다. 전등의 윙윙거리는 소리와 모니터의 삑삑거리는 소리를 들으며 입원실에 앉아 있다가 얼마 후 네명의 여성들이 입원해 있는 병동의 방으로 안내되었다. 우리는 모두 유도분만을 기다리고 있었다. 혈압과 심박수를 관찰하기 위해 내 몸에 기계를 연결했다. 유도분만은 분만을 촉진하는 호르몬인 프로스타글란딘을 함유한 질좌약을 주입하는 것으로 시작했다. 조산사가 탈지면을 내 안에 삽입하는 동안 나는 침대에 누워 아이를 낳는 것이 어떤 느낌일지를 궁금해했다. 여성들이 자세를 이리저리 바꾸는 소리와 이들의 몸에 연결된 모니터 소리가 들렸다. 몇시간마다 간호사가 와서 내 체온과 심박수를 확인하고 갔다.

진통 간격이 빨라지기 시작했다. 나는 모니터 화면에 일렁이는 물결을 바라보았다. 작게 볼록한 부분들은 내 몸이 잔뜩 긴장했다는 뜻이다. "고통을 아주 잘 참네요." 조산사가 쾌활하게 내게 말했다. "봐요!" 그녀는 최고점에 가까워지는 선을 손가락으로 가리켰다. "좀 걷는 게 좋겠어요. 분만을 촉진하는 데 도움이 될 거예요."

나는 아기가 얼마나 빨리 나오는지로 유도분만의 성공 여부가 판가름 난다는 사실을 알게 되었다. 질좌약이 효과가 없으면 열두시간 뒤에 다시 삽입해야 한다. 아기가 나올 때까지 유도분만 촉진 과정은 계속된다.

제임스와 나는 병실을 나와 흐릿하게 보이는 복도를 따

라서 왔다 갔다 하기 시작했다. 외부에서 들어오는 빛은 없었다. 병원의 환한 형광등 불빛만 복도를 비추고 있었다. 텅 빈 공간처럼 느껴졌다. 나는 걸었다. 그리고 몇걸음을 옮길 때마다 진통이 덮쳐와 발걸음을 멈추어야 했다.

"아직 2센티미터밖에 열리지 않았어요." 조산사가 진행 과정을 확인하며 말했다. "내진을 한번 더 할까요?" 나는 동의하며 그녀가 손을 내 안에 집어넣는 동안 긴장을 풀기 위해 노력했다. 나는 몸이다. 나는 강하다. 나는 할 수 있다. 다시 한번 질좌약을 삽입한 다음 다시 복도로 나와 걷기 시작했다.

우리는 질문 놀이를 했다.

"아기가 어떤 자질을 가졌으면 좋겠어?" 제임스가 물었다. "나는 당신이 강인함과 친절함이라고 할 것 같은데."

"응, 당신 말이 맞아." 강인함과 친절함이 있으면 세상을 두려워하지 않아도 된다.

우리는 아기의 이름을 이미 정해놓았다. 제임스는 로마 정치인의 이름인 케이토를 선택했고, 나는 가운데 이름을 내 대부의 이름과 같은 웨스트브룩이라고 지었다. 대부는 제2차 세계대전에 참전했던 재향군인으로 언어학 교수였다. 강인함과 친절함.

나는 천천히 서성거리면서 몇번이고 숨을 멈추고 진통이 가라앉을 때까지 몸을 구부린 채 숫자를 셌다.

발걸음을 세면서 홍콩의 1천 계단 산책로를 떠올렸다. 계단을 끝까지 다 오르고 나면 무슨 일이 일어날 거라 생각했던 것일까?

사랑하는 남자를 만나기 위해 은하수의 오작교를 건너는 직녀의 모습이 그려졌다. 나는 생각했다. 딱 한걸음만 더. 한걸음만 더 가면 엄마가 된다. 엄마가 되는 것이 어떤 기분일지 여전히 알 수 없었다. 상상이 가지 않았다.

아침이 되었을 때 분만을 시작할 수 있을 정도로 자궁이 열려 있었다. 우리는 짐가방을 들고 조산사와 대화를 나누면서 다른 층으로 이동했다. 그녀는 아이를 낳는 일이 파티인 것처럼 이야기했다.

"양수를 터트려야 해요." 그녀가 말했다. "불편하게 느껴질 수 있어요." 나는 그녀의 목소리에서 그녀가 거짓말을 하고 있음을 감지할 수 있었다.

그녀는 우산 크기의 기다란 고리를 이용해 양수를 터트렸다.

내 몸에 더 많은 기계를 달았고, 진통을 촉진하는 호르몬을 주입했다. 벽에 시계가 걸려 있었다. 나는 시간을 세보려 했지만 중간중간 모니터의 윙윙거리는 소리와 진통이 끼어들어 방해했다.

한시간 정도 강한 진통이 왔다. 파도를 타듯이 흘려보내려고 노력했다. 내가 숨을 들이마시고 내쉬며 무통주사를 기다리는 동안 남편이 손을 잡아주었다. 무통주사는 척추의 경막외강에 가는 관을 삽입해 약물을 주입하는데, 다리의 감각은 사라졌지만 나는 여전히 느낄 수 있었다. 진통이 멀리서 들리는 메아리처럼 느껴졌고 통증이 사라졌다.

내 체온과 심박수가 위험한 수준으로 상승하기 시작하면서 패혈증 증상이 나타났다. 조산사는 내 옆에 앉아 심박을 측정하며 걱정이 표정으로 드러나지 않게 노력하고 있었다.

의사가 들어와 자신을 소개했다.

의사가 왜 온 거지? 나는 생각했다.

"혹시나 제 도움이 필요할지도 모르는 상황에 대비하는 겁니다."

그녀는 의료진 전체를 내게 소개했다. 마취 전문의와 수련의 두명, 소아과 간호사였다.

"이따가 다시 올게요."

나는 이들이 제왕절개가 필요하다고 생각하고 있다는 느낌이 들었다.

한시간이 또 지나갔고, 의사가 돌아와서 자궁경관을 확인했다.

"4센티미터밖에 열리지 않았네요." 그녀가 말했다. "게다가 더이상 진행되고 있는 것 같지 않아요. 지금으로선

제왕절개를 해야 할 것 같은데, 어떻게 생각하세요?"

그녀의 팔에 묻은 피가 보였다. 나는 수술에 동의했다.

"좋아요." 그녀가 말했다. 그리고 내가 무슨 일인지 깨닫기도 전에 의료진이 방 안으로 몰려들어와 나를 이동식 침대로 옮겼다. "하나, 둘, 셋."

내 옆에서 제임스가 수술복을 입었다.

마침내 때가 왔다고 우리는 생각했다.

시간이 정신없이 흘러갔다. 의료진은 침대를 밀며 쏜살같이 달려 나를 수술실로 데리고 들어갔다.

"서늘하게 느껴질 거예요." 마취과 의사가 말했다. "흔들리는 치아가 있나요?"

나는 고개를 저었다.

"좋습니다." 마취과 의사가 말했다. 그녀는 내게 스프레이를 뿌렸다. "느껴지는 게 있나요?"

"아니요." 내가 답했다.

내 의지와 상관없이 몸이 오들오들 떨리고 이빨이 딱딱 부딪히기 시작했다. 마취과 의사가 내 귀에 대고 차분하게 말했다.

"배 속에서 누군가가 가방 안에서 무언가를 찾는 것 같은 느낌이 들 거예요." 그녀가 말했다.

우리 아들을 처음 본 순간을 기억한다. 아기의 피부는 붉었고, 우렁차게 울어대고 있었다. 나는 몽롱한 상태에서 생각했다. **정말로 내 아이라고?** 아기는 우리 중 누구와도 닮지 않았다. 아기의 숨소리에 문제가 있었다. 제임스가 나와 아기 사이를 왔다 갔다 했다. 나는 헛구역질을 하면서 통에다 토를 하려고 했다. 내 몸은 여전히 통제가 안 되게 떨리고 있었다.

의료진이 아기의 호흡을 확인하기 위해 데려갔고, 나는 회복실로 이송되었다. 전날 밤부터 먹은 것이 없었기 때문에 샌드위치를 주문했다. 제임스가 누울 수 있는 침대가 없어서 내 옆의 의자에 앉아서 잤다.

나는 예전에 제임스에게 사람들이 하나같이 산모와 아기가 모두 행복하고 건강하다고 말하는 것이 재미있지 않냐고 말한 적이 있었다.

"우리는 뭐라고 말할까?" 그가 다음 날 아침에 물었다.

"그냥 산모와 아기 모두 행복하고 건강하다고 말해." 내가 말했다. 왜 모두가 이렇게 말하는지 알고 있었다. 따로 더 설명할 필요가 없기 때문이다.

한국에서 아이를 낳은 산모는 곧장 침대에 누워 이불을
덮고 몸을 따뜻하게 한다. 그리고 사골 국물로 진하게 끓
인 미역국을 먹는다. 미역이 기운을 회복시켜준다고 생각
하기 때문이다. 그리고 이 국은 친정어머니가 끓여주는데,
미역에 묻은 바닷모래를 여러번에 걸쳐 깨끗이 씻는다.

매년 생일이 되면 고생한 어머니를 기리며 이 국을 먹는
다. 이 국은 '엄마의 국'이다.

내 생일에 어머니가 내게 미역국을 끓여준 적이 있다.
어머니는 한국 식료품점에서 신중하게 고른 마른미역을
물에 불렸다. 나는 어머니가 고깃국을 끓이는 동안 미역을
씻고 또 씻는 모습을 지켜보았다. 그리고 맛을 보았을 때
바다를 맛보는 느낌이었다.

어머니도 내가 태어날 때 제왕절개를 했다. 내가 어머니

에게 매달려서 떨어지지 않으려 했다고 어머니가 직접 말해주었다. 나는 예정일보다 1개월 늦게 태어났다. 의사가 멜론을 자르듯이 어머니의 복부를 수직으로 절개했다. 성장하면서 나는 어머니의 수술 흉터가 멋지다고 생각했다. 어머니의 몸을 따라 땋은 머리를 붙여놓은 것처럼 보였다.

골반을 따라 생긴 내 흉터는 수평으로, 길이는 손바닥만하다. 상처가 아물면서 흐려지고 볼록하게 튀어나온 분홍색 선으로 남는다. 조개껍데기와 같은 색이다.

조산사가 케이토를 데려왔을 때 얼굴은 붉었고, 머리는 검은 머리카락으로 덮여 있었다. 아기는 동그랗게 뜬 놀란 눈으로 나를 보았다. 마치 내가 이미 누구인지 안다는 표정이었다.

애정이 샘솟는다거나 막중한 책임감이 들거나 하진 않았다. 내가 기대했던 감정은 없었다. 그 대신 지금 막 낯선 사람을 소개받았을 때처럼 호기심이 들었다. 아기는 어떤 생명체이고 관념이었다. 아직 인간이 아니었다. 그저 존재였고 생명이었다.

간호사가 내 환자복 단추를 끄르고 아기를 가슴 쪽에 내려놓았다.

나는 생명이 몰려오는 것을, 이 순간 살아 있음을 느꼈다. 시간이 멈추었다.

내 배의 모양은 사각형이었고 의사가 자궁 수축을 위해

복대를 채워놓았다.

주변에서 여성의 비명과 아기의 가냘픈 울음소리가 들렸다.

"아기를 잠시만 안고 계세요." 간호사가 말했다.

나는 아기를 가깝게 안았다.

내 피부에 닿는 숨결을 느낄 수 있었다. 아기는 마치 우리가 서로에게서 갈라져 나간 것을 알기라도 하는 듯 작은 손으로 나를 움켜잡았다. 나는 소리의 떨림이 아기를 진정시켜주기를 바라며 콧노래를 불러주었다. 제임스가 내 어깨에 손을 올리고 심호흡을 하며 옆에 서 있었다. 케이토는 아주 작았다. 내 품 안에서 금방 부서질 것 같았다. 마치 이 세상에 속하지 않는 존재처럼 느껴졌다. 머리카락은 검었다. 칠흑 같은 밤의 색으로 은빛과 붉은빛이 감돌았다. 아기가 눈도 깜박이지 않고 나를 올려다보았다. 깊이를 알 수 없는 바다와 같은 눈이었다. 아기는 무표정한 얼굴로 나를 보았고, 나는 경이로운 눈으로 아기를 바라보았다.

나는 우리가 곧 집에 갈 수 있다고 생각했다. 그러나 케이토가 항생제 치료를 끝마칠 수 있게 병원에서 한주를 더 지내야 했다. 의사는 내 패혈증으로 아기가 감염되었을지도 모르는 상황을 우려했다. 이들은 예방조치를 취하고 있었다.

출산병동의 병실은 밝았고, 플라스틱 커튼으로 분리된 여덟개의 침대가 놓여 있었으며, 산모와 아기들로 소란스러웠다. 매일 의사가 차트를 들고 와서 내게 퇴원해도 좋다고 말하며 짐을 싸게 만들고는 다시 와서 좀더 있어야 한다고 번복했다.

내 몸에는 방광 카테터(catheter, 체강이나 각종 기관 내의 내용액을 배출하거나 약물을 주입할 때 사용하는 관—옮긴이)가 달려 있었지만, 누구도 이것을 곧바로 제거해야 한다는 사실을 알려주지 않았고, 내 것을 깜박 잊고 제거하지 않았다. 결국 나는 소변 주머니를 교체해달라고 간호사를 호출했다. "여태 카테터를 달고 있었던 거예요?" 그녀가 물었다. "지금 빼야 해요!" 나는 다음 날 소변을 누려고 하다가 당황하고 말았다. 소변이 나오지 않았기 때문이다. 이러다가는 내 방광이 터질 것이 분명했다.

사람들이 계속해서 나를 더듬고 찔러대고 아기와 피부를 맞대라고 말하는 통에 나는 결국 옷을 벗고 아기를 가슴에 안은 채 침대에 앉았다. 아기를 위해 존재하는, 하라는 대로 하는 포유동물처럼 느껴졌다.

수술 부위가 욱신거렸다. 내 복부를 가로지르는 길게 베인 부분을 느낄 수 있었다. 상처를 봉합한 금속 물질이 느껴졌다. 벌어진 상처를 살펴보고 싶을 때가 있듯이 손으로 만져보고 싶었으나 행동으로 옮기지는 않았다. 수술 부위가 아파서 일어나 앉기 힘들었고, 케이토가 내게 기댈 때마다 배의 모퉁이 부분이 각진 모양으로 바뀌었다.

출산 후 내 몸을 되찾을 수 있을 거라고 생각했는데 그대신 이제 생명을 유지하기 위한 도구가 되고 말았다. 나의 육체는 단지 주기 위해, 새 생명체에 영양분을 공급하기 위해 존재했다. 소모되는 것 이상이었다. 내 몸과 정신은 모두 케이토에게 맞추어져 있었다. 이런 모호한 시간 속에서 나는 내게 이름이 있다는 생각을 멈추었다. 나는 몸일 뿐이었다. 정체성이 없었고, 칠판에 적힌 숫자이며, 생명 유지 기관의 집합체에 지나지 않았다. 매시간 간호사가 와서 내 혈압과 심박수를 확인했다. 그녀는 말없이 차트에 기록한 다음에 몸을 돌려 커튼을 닫고 떠났다. 저 커튼이 시도 때도 없이 열리는 것 같았다. 새로운 얼굴이 등장해 내가 무엇을 하고 있었으며, 어떻게 하고 있었는지를 물어보았다.

커튼으로 가려진 다른 침대에서 몇몇 여성들이 외치는 소리를 들을 수 있었다. "저는 동물이 아니에요." 그들 중한 명이 말했다.

"왜 제 말을 안 듣는 거죠?" 또 다른 여성이 말했다.

안타까운 일이었다. 우리의 정체성은 뭉뚱그려졌다. 우리는 하나의 독립체로서 이 세상에 새로운 생명을 탄생시켰지만, 누구 하나 이런 경험을 피해갈 수 없었다.

다른 산모들을 보게 되는 일은 거의 없었다. 그저 그들의 목소리만 들릴 뿐이었다. 나는 그들을 신음이나 조용히 훌쩍이는 소리로 인지했다. 가끔은 복도에서 마주치기도 했는데, 우리는 종이 슬리퍼를 신고 고통스럽게 한발씩 내디디면서 서로에게 묵례를 했다. 모두가 힘겨운 시간을 보내고 있었고 이곳에서 떠날 날만을 기다리고 있었다. 이곳은 유배지나 다름없었다. 우리는 그저 존재할 뿐이었다.

우리의 일상은 수유하는 시간과 수유하지 않는 시간으로 나뉘었고, 중간중간 약물 복용 시간이 끼어들었다. 내 몸이 고통을 도저히 참을 수 없는 지경까지 이르는 것으로 약 시간이 되었음을 알 수 있었다. 약을 실은 카트가 덜거덕거리는 소리가 들렸고, 조산사가 작은 플라스틱 컵에 약을 담아 나누어주었다. 내 옆 침대에서 약이 도착하기를 기다리는 여성의 훌쩍이는 소리가 들렸다.

"저 산모한테 먼저 주세요." 내가 말했다.

조산사는 나를 보며 고개를 저었다. "다들 자기 차례가 있는 법이에요."

매일 같은 일과가 반복되었다. 수유하고, 수유하지 않고. 나는 날짜 개념을 잊어버렸다. 그냥 아무 생각 없이 지나갔다. 케이토는 배고픔에 자지러지게 울어댔다. 끈질기고 원초적이었다. 모유 수유는 무자비했는데, 케이토에게 젖을 물리는 데에만 한시간이 걸리기도 했다. 그리고 마침내 수유가 끝나면 얼마 지나지 않아 또다시 이어졌다. 온몸이 쑤셨고, 수술 부위는 화끈거렸으며, 가슴은 퉁퉁 부었고 쓰라렸다.

나는 다리를 꽉 감싸주는 압박 양말을 신었다. 내 발이 물로 가득 채워진 것처럼 부어올랐다.

나는 병동을 떠나지 않았지만, 제임스는 들락날락했다. 그가 초밥과 시원한 맥주를 사 왔다. 우리는 아기를 위해 건배했다. 우리만의 비공식 축하 파티였다.

밤에도 불이 계속 켜져 있었고 기계음과 형광등이 희미하게 윙윙거리는 소리가 들렸다. 나는 커튼이 열리는 소리와 환자의 상태를 확인하러 들어오는 간호사들의 발걸음 소리, 아기들이 쉬지 않고 우는 소리에 익숙해졌다.

날씨는 추웠고, 히터는 고장이 났고, 환풍구에서는 차가운 공기가 뿜어져 나왔다.

케이토는 내 옆에 놓인 플라스틱 아기 침대에 누워 있었다. 나는 모로 누워, 모자를 쓰고 담요에 꽁꽁 둘러싸여 있는 아기를 빤히 바라보았다. 주먹을 턱 아래에 밀어 넣어 권투 자세를 취하고 있는 아기는 세상과 대결할 준비를 마쳤다는 듯이 싸매놓은 담요에서 탈출하려고 애썼다. 아기는 자고 있지 않았다. 모자를 쓴 머리를 떨면서 동그란 눈을 뜨고 나를 쳐다보았다.

"우리는 한배를 탔어." 아기에게 말했다. 나는 우리가 죄수 같다고 느꼈다. 우리는 이곳에서 탈출할 거라고 말했다. 나는 아기에게 손을 뻗었지만 아기 침대가 너무 멀었다. 그렇다고 침대에서 나오기에는 몸이 너무 아팠다. 그래서 아기가 담요 안에서 허우적거리고 고집스럽게 필사적으로 울고 또 우는 모습을 그저 보고만 있었다. 잠시 뒤에 조심스럽게 침대 밖으로 나와 아기를 안아주기 위해 몸을 숙이다가 밀려오는 통증에 숨이 턱 막혔다. 앉은 자세에서 케이토를 품에 안을 수 있게 손잡이를 돌려 침대 상단부를 세웠다. 나는 잠이 들지 않게 내 몸을 꼬집으며 케이토가 잠을 자는 동안 이야기를 속삭여주었다. 내가 제일 좋아하는 서양 동화를 들려주다가 어머니와 할머니가 내게 들려주었던 이야기를 해주었다. 간을 원했던 용왕을 속이고 도망친 토끼 이야기와 선녀의 날개옷을 감추어 아내로 맞이하고 두 아이를 낳았으나 선녀가 아이들을 데리고 하늘로 올라간 이야기를 들려주었다. 너무 사랑해서 오히려 고통을 안겨준 이야기나 희생에 관한 이야기를 해주었다.

외할머니는 어머니에게 이런 이야기를 어떻게 들려주었는지 궁금했다. 다음 세대도 이런 이야기들을 듣게 될 거라 짐작이나 했을까? 다른 언어로, 두개의 대양을 건너야 하는 구대륙에서? 품에 안겨 있는 케이토를 바라보면

서, 우리가 이 하나의 생명에 품고 있는 모든 희망을 생각
하면서, 나는 드루의 어머니를 떠올렸다. 드루도 한때는
케이토처럼 타락하지 않은 순수한 아이였을 것이다. 그녀
도 그에게 이야기를 들려주고 사랑을 약속하며 그의 미래
를 꿈꾸었을 것이다. 그의 눈에서 바다를 보았을 것이다.

종종 케이토가 잠을 자지 않을 때면 나는 종이 슬리퍼를
신은 뒤 담요로 감싼 아기를 안고 복도를 서성였다. 나는
케이토를 가깝게 꼭 끌어안고 불이 켜진 복도를 걸었다.
형광등의 윙윙 소리와 아기와 간호사들의 웅얼거리는 소
리가 들렸다. 아기를 안고 걷는 동안 내 심장이 뛰는 것을
느낄 수 있었다. 나는 아기가 혼자라고 느끼기 시작했는지
궁금했다. 그의 세상은 이제 막 확장되었고, 한걸음을 내
디딜 때마다 더 많은 볼거리와 발견, 그리고 더 많은 두려
움이 그를 기다리고 있었다.

우리는 금요일 해 질 녘에 퇴원했다. 병원에 입원하고
일주일이 조금 넘어서였다. 나는 승리감을 맛보았다. 마침
내 병원을 나서는 기분이 상쾌했다. 나는 길가에 서서 차
들이 달리는 소리를, 도시의 소음을 들었다. 순수한 기쁨
에 소리라도 지르고 싶었다. 제임스가 나를 포옹했을 때
그는 케이토를 안고 있었다. 우리는 당혹스러운 표정으로
서로를 보았다. 우리가 이 인간 생명체를 데리고 떠나게

해주다니. 이제부터 우리는 무엇을 해야 하지?

우리는 카시트에 태운 케이토를 데리고 택시에 앉았다.

"축하합니다." 택시 기사가 말했다. 그는 서행하겠다고 약속하며 활짝 웃었다. 신생아를 태우고 운전하게 되어서 기뻐 보였다. "엄마가 된 기분이 어때요?" 나는 뭐라고 답해야 할지 몰라 도시의 불빛을 응시했다. 불빛이 날카롭게, 공기는 더 깨끗하게 느껴졌다. 내 앞에 세상이 펼쳐진 것 같았다. 나는 갑자기 엄마가 되었다. 언제 이렇게 된 거지? 어느 순간에?

케이토를 보았다. 크게 뜬 눈에 차창을 통해 들어온 불빛이 반사되었다. 손가락을 오므린 채 허공을 잡고 있었다. 테디가 생각났다. 달이 떠오르기를 기다리며 동그랗게 뜨고 있던 그의 눈이 떠올랐다. 나를 깊이 누르는 무게가 느껴졌다. 이제 되돌아갈 수 없다. 이것은 현실이었다. 나는 케이토와 의무감으로 묶여 있었다. 나라는 존재는 더이상 나만의 것이 아니었다. 나는 이 사실을 알지도 못하고, 경고를 듣지도 못한 채 변해버린 것 같았다.

부모가 되는 것은 더이상 관념으로만 존재하지 않았다. 수개월 동안 분만을 걱정했던 마음은 새로운 생명을 탄생시켰다는 감정의 무게에 비하면 아무것도 아니었다.

밤에 경찰이 출동했다.

폴란드 남자가 문제를 일으켰다. 조용하지만 TV 광고를 보며 킥킥거리거나 조롱을 하는 사람이다.

그는 이동식 침대에 똑바로 앉아 있고, 손은 움직이지 못하게 묶여 있다. 저항은 없다.

한 무리의 경찰이 침대를 둘러싸고 있다. 바닥에서 핏자국을 본 것 같다.

우리는 복도의 한쪽으로 이동해 기다리라는 지시를 받았다. 직원들이 유리 공간 안에서 상황을 지켜보고 있다.

구경하는 환자 중에서 입을 여는 사람은 없다.

복귀 환자들은 무슨 일이 있었는지 아는 분위기지만, 누구도 묻지 않는다. 윌이 말한다. "뭐, 놀랄 일도 아니에요."

다음 날 아침에 복도로 나와 보니 바닥이 깨끗하다.

어리둥절한 상태에서 시간이 흐른다. 제니가 떠나는 날이다. 그녀는 우리를 한 사람씩 포옹하고 내게 남은 치약을 준다. 그녀에게 고맙다.

나는 2인실로 옮길 수 있는지 물어본다. 한국에서 동계올림픽이 시작되었고, 광고와 중계방송을 할 때마다 사람들의 시선이 내게로 쏠리는 것을 느낄 수 있다. 누군가가 '스파이'라고 하는 말이 들린다. 저 사람들이 나를 북한의 스파이라고 생각하는 건 아닌지 궁금하다. "왜 노트에 항상 무언가를 적고 있는 거지?" 내 어깨 너머로 나를 주시하는 눈길이 느껴진다. 나는 작고 알아보기 힘든 글씨로 적기 시작한다. 어쩌면 사람들은 내가 의사에게 주려고 기록하고 있다고 생각할지도 모른다.

"오, 저 여자가 남편 몰래 바람을 피우고 있어요." 타미라가 TV 드라마를 보며 떠들고 웃다가 나를 힐끗 쳐다본다.

아시아 여성이 등장하는 광고가 나올 때마다 나를 보는 시선이 느껴진다. 내가 복도를 거닐고 있을 때 뒤에서 발걸음 소리가 들리기 시작한다.

아니면 그저 피해망상인 걸까?

에마가 내게 몸을 기댄다. "저는 약을 뱉었어요." 그녀가 속삭인다. "저를 그런 식으로 어떻게 하지 못할 거예요."

나는 약물이 내게 미치는 영향을 알게 되었다. 이전에는 입이 마르는 증상 외에는 몰랐다. 밤에 약을 복용하면 눈꺼풀이 무거워지면서 소등 후에 곧바로 눈이 감긴다. 시력이 흐릿해지기 시작했는데, 글을 쓰면서 이 사실을 깨달았다. 잉크가 번지듯이 단어들이 겹쳐서 보였기 때문이다. 나도 약을 뱉어야 하는 것은 아닌가 하는 생각이 든다. 하지만 내가 복용하는 약은 물약이라서 어쩔 수 없이 그냥 삼킨다.

"방을 바꾸고 싶어요." 내가 샤라에게 말한다. 곱슬머리와 피곤한 눈을 가졌지만 언제나 미소를 잃지 않는 직원이다. 내 병실 문을 열었을 때 누군가가 안에서 기다리고 있을 것 같아 불안해지기 시작했다.

"무슨 일이죠?" 그녀는 휴대폰에서 눈을 떼지 않는다.

"방을 바꾸고 싶어요. 다른 사람과 함께 쓰고 싶어요." 내가 말한다. 피해망상이 아니라 사실적인 문제로 들리도록 최대한 노력한다.

"왜요?" 그녀가 문자를 보내다 말고 고개를 들어 나를 본다.

"다른 환자들이 저에 대해 이야기하고 있어요. 그게 제 기분을…" 나는 적절한 단어를 고르기 위해 잠시 말을 멈춘다. "… 불편하게 해요."

"뭐, 다른 환자들이 당신 이야기를 할 수도 있어요. 하지만 질투 때문일지도 몰라요." 그녀가 나를 응시한다. 우리는 말로 표현하지 않은 속뜻을 이해하고 있다.

"알아요." 내가 말한다. "저도 이해해요. 하지만 정도가 심해지고 있어요."

그녀가 고개를 끄덕인다. "이걸 기억해요. 다른 사람들이 어떻게 이야기하는지를 통제할 수는 없지만, 남에게 좌지우지되지 않을 수는 있어요."

기운이 빠져나가는 것을 느낀다. 어쩌면 방을 옮길 수 없을지도 모른다. 그러나 한시간 후에 직원이 내 이름을 외친다. "캐서린." 그리고 복도에 서서 내게 손짓한다.

나는 이것이 방을 바꾸라는 신호라고 받아들인다. 방에서 노트와 잠바, 속옷 등의 소지품을 챙겨 들고 다른 직원이 기다리고 있는 복도로 서둘러 걸어간다. 내가 머물게 될 새 방이다.

내 기억들이 또렷해지는 것을 느낀다. 정신병원으로 오기 전의 날들은 여전히 흐릿하지만 내가 누구인지에 대한 인식이 점점 돌아오고 있다. 느리고 불안정하기는 하나 나에 대한 것들이 더 분명해진다. 현실에 발을 붙이고 내가 어디에 있는지, 누구인지 더 잘 인지하게 되었다. 시간을 인지하고 벽과 페인트칠이 벗겨진 부분들을 알아차린다. 나는 밀실 공포증을 느낀다. 서서히 숨통이 조여온다.

병동의 다른 환자들에 대해 더 많이 생각해본다. 이들도 내가 느끼는 것을 느낄까? 이곳의 일상에, 기다림에 익숙해진 사람처럼 이들은 이 장소에 대해 궁금해하지 않는 듯 보인다. 모두가 경험을 공유하고 있지만 이들도 이렇게 생각하는지는 모르겠다. 바깥세상에도 내 삶이 존재한다. 좋은 삶이다. 그리고 이곳에서 얻게 된 정체성 외에 다른 정체성이 존재한다. 구내식당에 함께 앉아 말없이 몸을 숙이고 밥을 먹으면서 나는 우리가 만나게 된 상황과 어떻게 이곳으로 오게 되었는지에 대해 생각한다. 데이브를 뉴욕의 거리에서 마주친다면 그를 한번쯤 더 쳐다볼까? 아니면 피하려고 길을 건널까? 알리에게 말을 거는 일이 있을까? 대런은 어떤가? 타미라를 보면서 그녀가 좋은 엄마가 아니라는 생각을 할까? 마지막 생각에 현실을 자각하고 부끄러움이 느껴지며 가슴이 콕 쑤셔온다. 내가 이런 말을 할 자격이 있는가? 누군가가 나를 보면 무어라고 말하겠는가? 나는 좋은 엄마가 아니다.

제임스는 하루에도 몇번씩 전화한다. 우리의 대화는 내 정신이 또렷해지면서 더 정상적이 되었다. 그는 무슨 일이 있었는지 이야기하지 않는 대신 그날 우리가 무엇을 먹었고, 어떻게 잠을 잤는지 같은 일상적인 일들을 이야기한다. 제임스는 케이토 이야기도 해준다. 아기는 잠을 잘 자고, 더 많이 웃으며, 울지 않으면서 제임스의 배 위에 더 오래 누워 있을 수 있게 되었다.

나는 수화기의 줄을 손가락으로 빙글빙글 꼬면서 제임스와 대화한다. 전화기에서 찰칵하는 소리가 난다. 우리의 대화가 녹음된다는 사실을 알고 있다. 나는 전화기를 독차지하지 않기 위해 대화를 짧게 끝낸다. 제임스에게 내가 언제 나갈 수 있는지 묻기로 한다.

"집으로 언제 돌아갈 수 있는지 알아?" 내가 묻는다.

"진심으로 당신이 집으로 돌아오면 좋겠어." 그가 한숨을 내쉬며 말한다. "하지만 내가 결정할 문제가 아니야. 의사들이 할 일이지. 담당 의사와 얘기해봤는데 당신을 볼 때마다 상태가 점점 호전되는 것 같다고 하더라."

담당 의사라고? 나는 의사를 만난 적이 없다. 아닌가? 아, 그녀가 나를 지켜보고 있다는 생각이 떠오른다. 내 뒤의 유리 공간을 바라본다. 사람들은 언제나처럼 컴퓨터 모니터를 보고 서류를 살피고 있다. 내게는 관심이 전혀 없어 보인다.

"아." 내가 말한다. 냉정함이 느껴진다.

"뭐, 좋은 소식이네." 나는 웃으려고 노력한다.

제임스와의 통화를 끝내고 나는 상황을 파악하기 위해 생각에 잠긴다. 어떻게 이렇게까지 둔했던 거지? 물론 나는 감시받고 있다. 나는 환자다. 병원에서 나를 내내 지켜보고 있다. 나는 어떻게 해야 할까? 무슨 일이 벌어질까? 내가 제대로 행동하고 있는 건가? 정상으로 보일까? 노트에 글을 쓰지 말아야 하나? 나는 거울 앞에 서서 내 모습을 떠올려보려고 노력한다. 후드티와 잠옷을 입고 있기는 하지만 옷매무새는 단정하다.

아들과 떨어져 있는 엄마라고 하기에는 너무 침착해 보

이는 건 아닌지 궁금하다. 집에 가고 싶어하는 사람으로 보여야 하지 않을까? 초조해 보여야 하는 것은 아닐까?

최대한 차분해 보이기로 한다. "여기서 나가는 가장 빠른 방법은 나가고 싶지 않은 사람처럼 행동하는 거죠." 윌이 한 말이 귓가에서 맴돈다. 직원들이 나를 보는 시선이 느껴지기 시작한다. 내가 지나갈 때마다 이들의 시선이 나를 따라온다. 나에 대해 문자를 주고받을까? 무슨 말을 할까? 나는 이들의 시선을, 나를 지켜보는 눈을 무시하려고 애쓴다.

집에 있는 그리운 것들을 떠올리기 시작한다. 집은 내가 상상할 수 있는 장소다. 런던에 있는 우리의 아파트를 마음속에 그려본다. 이전에는 특별해 보이지 않았던 물건들이 이제는 너무나 소중하게 느껴진다. 내 인지력이 확장되는 것 같다. 전에는 그림자에 가려져 있던 것들이 형태를 띠게 되고, 나는 천천히 눈을 뜨기 시작한다. 이 순간 이외의 무언가를 알게 된다. 플라스틱 컵에 담긴 약물, 파란색 슬리퍼를 신고 서성거리기, TV 소리.

나는 그리운 것들의 목록을 작성한다. 앞으로는 이것들을 대수롭지 않게 여기지 않겠노라고 다짐한다.

뜨거운 샤워

꿀을 넣은 차

라디오 청취

레드 와인 한잔

책

도시 산책

부드러운 침대보

제임스와 손잡기

케이토를 그리워해야 마땅하지만, 아기를 생각해보아도 여전히 떠오르는 것이 없다. 글을 쓰면서 케이토의 이름이 점점 더 많이 등장한다. 아기가 곁에 없다는 사실이 뚜렷하게 느껴진다. 케이토를 떠올리려는 노력은 메아리를 잡으려는 것과 같다.

제임스가 준 사진들이 노트 뒷면에 끼워져 있다. 사진은 비밀이다. 누구에게도 보여주고 싶지 않다. 가끔 내 방으로 돌아가서 사진을 본다. 눈을 감고 케이토의 얼굴을 그릴 수 있는지 시험해보지만, 실패한다. 아무것도 그려지지 않는다.

그래서 다시 눈을 뜨고 사진 속 아기를 본다.

여전히 알아보기 힘들다. 아기의 눈이 바다와 같다고 생각했던 기억이 있다. 나는 아기의 얼굴 이미지가 왜곡되면서 더는 인간처럼 보이지 않을 때까지 아기의 눈을 뚫어지게 응시한다. 내 품에 케이토를 안았을 때의 느낌을, 아기

의 울음소리를 기억하려고 애쓰지만 소용이 없다. 그리움
도 슬픔도 없이 그저 빈자리를 인식할 뿐이다. 어쩌면 약
물 때문인지도 모르겠다. 어떤 면에서 감사하는 마음이 든
다. 상처라는 사실은 알지만 감각이 없어 이 상처가 얼마
나 깊은지를 알 수 없기 때문이다.

사진 한장이 유난히 나를 힘들게 한다. 이 사진을 맨 뒤
에 놓았다. 다른 것들보다 더 공허하게 느껴지기 때문이
다. 내 품 안에 잠들어 있는 케이토와 나의 사진이다. 사진
속 여성(나 자신에게 상기시켜주어야 하는 나다)은 열렬
하고 밝아 보인다. 눈 밑은 피곤으로 그늘져 있지만, 눈빛
은 초롱초롱하고 얼굴에서 빛이 나는 것 같다. 아기는 눈
을 감고 포동포동한 얼굴을 내게 기대고 있다.

내 복부에 생긴 상처를 손으로 만져본다. 가늘고 살짝
굴곡이 져 있으며, 골반뼈를 따라 이어진다. 케이토가 현
실임을, 내 몸에서 나왔음을 보여주는 증거다. 나는 엄마
다. 다른 인간을 돌보는 것이 어떤 느낌일지 기억하려고
노력하지만 지금은 상상이 가지 않는다. 불가능한 일처럼
보인다.

이 병원을 나가면 나는 아기와 함께하게 될 것이다. 이
유는 알 수 없지만, 이 생각은 내게 편안함이 아닌 두려움
을 안겨준다. 그리고 이 감정은 내가 이곳에 있어야 하는
사람일지도 모른다는 생각이 들게 만든다. 이전에는 한번

도 고려해본 적 없는 생각이다. 나는 제정신이 아닌가? 이런 질문을 하는 것만으로도 내 정신이 온전함을 증명하는 것 아닐까? 숨이 가빠지기 시작한다. 나는 누구인지에 대한 생각. 내가 존재하기는 하나? 내가 진짜가 맞나? 나는 진짜다. 나도 내가 진짜임을 안다. 내 진실이 적힌 종이를 주머니에서 꺼낸다. 접히고 구겨져 있다. 그리고 글자들을 따라 손가락으로 문질렀던 부분이 반질반질하다.

내 부적을 보며 리아가 나를 점쟁이에게 데려갔던 날을 떠올린다. 그녀는 그해가 내 띠이기도 한 호랑이의 해이며, 불길하기 때문에 부적이 중요하다고 말했다. 내게 금색 체인이 달린 부적을 사주었는데, 소 모양이 찍혀 있는 메달이었다. 불행을 막아주는 부적이라고 했다. 나는 부적 메달을 목걸이로 만들어 목에 걸었다. 메달은 마치 낙인처럼 쇄골 사이에 매달려 있었다. 습한 날씨에도 이 금속성 물질은 차가웠다.

점쟁이는 대머리에 안경을 쓴 마른 남성이었다. 그의 사무실은 그가 사는 아파트에 마련되어 있었고 큰 방에는 책이 놓인 선반들이 줄지어 있었다. 그는 조심스럽게 종이를 꺼내서 내게 생년월일을 적으라고 말했다. 그는 영어를 잘하지 못해서 리아가 통역을 해주었고, 손짓으로 소통했다. "한국인." 그가 말했다. "한국인은 슬픈 민족이죠." 그는 방에 있는 TV를 손가락으로 가리켰다.

"그래요, 한국 드라마." 그가 말했다. "내용이 슬퍼요."

그는 종이에 도표를 그렸고, 내게 피해야 할 숫자를 알려주었다. 또 내가 불과 땅의 성질을 가지고 있다고 말했다. 양기의 균형을 잘 맞추어야 하며, 리치나 멜론 같은 '따뜻하거나 차가운 성질의 음식'을 피해야 한다고 했다. 또 내가 물가에 살아서는 절대로 안 된다고도, 바다를 피하라고도 했다. 나는 내가 외할머니랑은 다르구나라고 생각했다.

그는 내 손바닥을 살펴보더니 고개를 저었다. "손금은 변하죠." 그가 말했다. "운명은 변해요."

나는 그가 내가 결혼을 잘할지 아닐지, 자식을 많이 낳을지 아닐지에 대해 이야기해줄 줄 알았다. 그러나 그는 더 할말이 없다는 듯이 단호하게 책을 덮었다. 그러고는 금시계를 만지작거리는 리아를 보았다.

점쟁이가 내 눈을 뚫어지게 쳐다보았을 때 나는 들통이 난 듯한 기분이 들었다. 전날 밤에 내가 울었다는 사실을 알고 있는 사람처럼 보였기 때문이다. 나는 그의 시선을 마주 보았고, 그는 종이에 한자를 몇자 적어준 다음에 영어로 항상 몸에 지니고 다니라고 말했다.

지금 그를 다시 만난다면 내게 무슨 말을 해줄지 궁금하다.

출산병동에서 퇴원한 첫날부터 나는 케이토에게 온 신경을 집중했다. 의무감의 무게는 무거웠다. 모든 순간과 행동이 아기를 해로운 것들로부터 안전하게 지키고 생존하게 해주는 일에 맞추어졌다. 나는 우리 아파트가 아기 양육 장소로 변모하는 모습을 지켜보았다. 모든 모퉁이마다 기저귀와 면직물이 널렸고 케이토의 울음소리가 방을 가득 채웠다. 도망칠 곳은 없었다. 아기의 비명은 끈질기고 원초적이었으며 다른 생각이 들지 않게 만들었다.

　케이토는 밤과 낮을 구분하지 못했다. 우리는 시간을 과제에 따라 나누었다. 먹이고, 갈고, 자고. 먹이고, 갈고, 자고. 이렇게 세개의 범주로 분류한 과제를 마치 군사훈련하듯이 멈추지 않고 반복했다. 다른 것은 깊이 생각해보거나 수용할 기회가 없었다. 케이토가 잠이 들면 우리는 기다리면서 기운을 회복하려고 노력했다. 똑같은 일이 반복될 것을 알았기 때문이다.

케이토와 떨어져 있는 유일한 순간은 저녁에 모유 수유를 마친 후 주어지는 한시간의 휴식 시간이었다. 케이토를 제임스에게 넘겨주고 욕실로 달아났다. 따뜻한 물에 몸을 담근 다음 눈을 감고 고요함을 꿈꾸었다. 이 한시간은 소중했다. 나 자신을 잃지 않고 생각하며 기억하는, 나라는 존재가 엄마가 전부가 아님을 상기하는 혼자만의 시간이었다.

그러나 엄마가 전부가 아니라는 것은 현실이 아니었다. 나는 엄마였고, 여전히 내가 엄마라는 것이 무슨 의미인지 알아내기 위해 노력하고 있었다. 나를 정의하는 단 하나의 정체성이었을까? 나를 따라오는 그림자였을까? 나를 설명하기 위해 내 이름 뒤에 붙는 단어였을까? 옷처럼 입었다 벗었다 할 수 있는 무언가였을까? 확신할 수 없었다.

내 정체성, 내 존재는 내가 깨닫기도 전에 바뀌었다. 내 세상의 중심이 이동했다. 모든 것이 이제는 이 다른 생명체와 연관되었다.

"안녕하세요, 어머니." 집을 방문한 조산사가 이렇게 말했다. 그리고 나는 이것이 나를 향한 말임을 깨달았다.

이 시기에 나는 기진맥진했었다. 이런 신체적 상태는 정서적 감각까지 제거했다. 육아가 얼마나 사람을 피곤하게 만드는지 왜 아무도 이야기해주지 않았단 말인가? 아니면 말해주었는데, 내가 그저 관심을 기울이지 않았던 걸까?

빛이 드는 순간도 있었다. 우리는 케이토에게 너서리라 임(nursery rhyme, 어린아이들을 위한 전통 시나 노래 — 옮긴이)을 읽어주었다. 그의 작은 손과 발을 사랑스럽게 바라보았다. 케이토를 데리고 술집에 갔고, 차가운 공기를 뚫고 걸었으며, 작은 아기를 품에 안은 우리에게 정답게 인사하는 낯선 이들에게 미소를 지어주었다.

케이토가 태어나고 몇주 지나서 어머니가 방문했다. 어머니는 버지니아에서 비행기를 타고 히스로 국제공항에 도착한 다음 우리 아파트까지 왔다. 케이토가 내 옆의 아기 침대에 누워 있는 동안 나도 침대에 누워 있었던 것으로 기억한다. 우리는 노크 소리를 들었고 어머니가 재빨리 방 안으로 들어왔다.

"아." 그녀가 짧게 숨을 내쉬고는 손뼉을 쳤다. 어머니는 어린아이처럼 순수하게 기뻐했다. 그 모습을 보면서 나는 모든 일이 가치 있다고 느꼈다. 어머니는 내가 기운을 회복할 수 있게 곧바로 미역국을 끓였고, 집 안에 있지 않고 밖으로 나간다고 꾸짖었다. 왜 양말을 신고 있지 않은 거니? 그녀는 내가 몸을 따뜻하게 유지해야 한다며 잔소리했다. 나는 정말로 아무것도 몰랐나?

"현관문에 고추를 달아놓아야 하지는 않아요?" 내가 장난스럽게 물었다. 어머니는 웃기만 했다. 그리고 내가 미역국을 다 먹을 때까지 옆에서 지켜보았다.

어머니는 2주간 머물렀다. 밤에 케이토를 돌보았고, 아기 침대 옆의 바닥에서 자다가 수유 시간이 되면 내게 아기를 건네주었다. 그녀는 케이토와 헤어질 때 눈물을 흘리며 동화 속 요정이 축복을 내리는 것처럼 아기의 이마에 입을 맞추었다. 어머니가 떠났을 때 나는 가슴이 아팠다. 어머니. 나는 이 단어가 가진 의미를 새롭게 이해하게 되었다.

임신 사실을 알게 된 이후로 줄곧 나는 머릿속으로 미국으로 장기 여행을 떠나는 계획을 그렸다. 지금이 완벽한 기회라고 생각했다. 제임스와 내가 모두 육아휴직을 낼 수 있고 가족과 친구를 만날 수 있었다. 제임스는 머뭇거렸지만, 이런 기회는 다시 오지 않을 거라며 내가 고집했다.

나는 세부적인 사항까지 완벽하게 계획을 세웠다. 친구의 결혼식 참석을 시작으로 태평양 연안에 사는 제임스의 가족을 방문하고, 다시 우리 부모님을 보러 버지니아로 이동한다. 그러고 나서 뉴저지로 가 제임스의 나머지 가족과 뉴욕에서 온 친구들을 만난다.

우리는 크리스마스가 지나고 새해 며칠 전에 출발하기로 했다. 런던에서 보낼 수 있는 날이 남아 있어서 나는 케이토와 함께 남은 시간을 마음껏 즐기기로 마음먹었다. 제임스가 출근하기 전에 소파에 내 자리를 만들었다. 나는 그 자리를 '전투기지'라고 불렀다. 베개와 수건 뭉치, 빨대를 꽂은 물이 담긴 대용량 텀블러, 아이패드, 휴대폰 충전기 등 모든 것이 팔을 뻗으면 닿을 만한 거리에 있었다. 정리가 끝나면 소파에 자리를 잡고 앉아 수유 쿠션을 깔고 케이토를 눕혔다. 그리고 넷플릭스를 보면서 모유 수유를 했다. 제임스가 집으로 돌아왔을 때 내가 처음 자세 그대로 앉아 있는 모습을 본 적도 있었다. 온종일 케이토에게 모유를 먹이느라 움직일 수 없었기 때문이다.

제임스가 직장에 있는 시간에 대한 불만은 없었다. 케이토와 함께 앉아 있으면 아기가 아직도 나와 하나로 연결되어 있는 것 같았다. 아기의 얼굴을, 그 통통한 볼을 바라보면서 내게 전달되는 아기의 체온을 느꼈다. 아기가 자면서 입꼬리를 살짝 올리며 작게 미소를 짓는 모습이 좋았다. 손가락으로 아기의 눈썹을 만져보았다. 케이토는 나에게서 나왔다. 내 몸에서. 이것은 기적이었다.

내가 느끼는 사랑을 어떻게 묘사해야 할지 모르겠다. 무언가 더 큰 것이었다. 더 원초적이고 격렬하며 독점하려는 애착이었다. 케이토는 우리 것이었다. 내 것이었다.

제임스는 퇴근해 집으로 돌아오면 케이토를 안고 노래를 불렀다. "우리 세 사람이란다. 케이토와 엄마, 아빠. 우리 셋이 한 가족이란다." 그리고 그 말은 사실이었다. 우리 세 사람이었다.

제임스의 부모님은 아기를 데리고 미국을 횡단하는 여행 계획을 들었을 때 걱정을 많이 했다. 문자 메시지가 폭풍처럼 쏟아졌다. 아기와 비행기를 타는 것은 위험하다. 독감 시즌에 여행하는 것은 위험하다. 사람들이 많이 모이는 결혼식장에 아기를 데리고 가는 것은 위험하다. 어떻게 이렇게 무모할 수 있니? 아기의 건강은 신경 쓰지 않는 거니?

당혹스러웠다. 내 발목을 잡는 것처럼 느껴졌다. "우리가 100일 동안 집에만 머물 거라 생각한다면 잘못 아신 거야." 내가 제임스에게 말했다.

제임스도 내 말에 동의했지만, 그 역시 미국 여행에 대해 걱정하고 있었다. "좀 과하다는 생각은 안 들어?" 그가 물었다.

"안 들어!" 내가 말했다. "멋진 여행이 될 거야. 케이토에게 모두를 소개해줄 특별한 기회라고. 이런 일을 할 수 있는 기회는 한번뿐이야."

내가 흥분하며 말하자 그는 마지못해 동의했다.

샌디에이고로 향하는 비행기에 탑승하면서 불안감 같은 것은 느끼지 않았다. 기대감만이 있었다. 저들도 이해하게 될 거라고 생각했다. 일단 케이토를 만나면 가족들도 우리의 방문을 기뻐할 것이다.

새해 이틀 전에 샌디에이고에 도착했다. 이곳의 공기는 기대했던 그대로였다. 야자수와 코코넛 향으로 가득했다. 우리는 해안가에 자리 잡은 리조트에서 머물렀고, 12년간 알고 지내온 내 대학 친구 두명 중 한명의 결혼식에 참석했다.

케이토는 시차를 인지하지 못했고, 이번만은 시차증이 문제가 되지 않았다. 우리의 일상은 지속되었다. 먹이고, 갈고, 자고. 먹이고, 갈고, 자고. 나는 집에서 챙겨온 비닐봉지에 모유를 담아 냉동 도시락통에 보관했다. 이 도시락통은 제임스가 들고 다녔다. 어느날 밤 호텔 방에서 케이토가 울음을 멈추지 않았다. 나는 아기를 품에 안고 잠이 들 때까지 자장가를 불러주었다.

결혼식 주제는 새해 전야제였다. 공기에서 소금과 프리지어 향이 느껴졌다. 신부 들러리였던 나는 스팽글로 장식된 드레스를 입었다. 케이토는 아기띠를 멘 제임스의 품 안에 안겨 달팽이처럼 웅크린 채 자고 있었다. 우리는 색종이 꽃가루가 흩날리는 가운데 새해를 맞이했다.

항구에서 신랑이 흐느끼며 결혼 서약서를 읽었다. 우리도 그와 함께 눈물을 흘렸다. 우리는 케이토를 안고 춤을 추었고, 밤하늘에 터지는 폭죽을 보며 환호했다. 신랑 들러리가 신랑과 신부가 앉은 의자를 들어 올렸다. 반짝이는 빛을 보며 나는 또다른 장소에서 보냈던 또다른 밤을 생각했다. 홍콩이었다. 그날 밤 발코니에서 별을 바라보며 희망이 사라졌다고 느꼈었다. 왜 내 사랑은 그런 종류밖에 없다고 생각했을까? 나는 내게 안겨 있는 케이토를 보았다. 내 몸에 닿아 있는 손을 바라보며 승리감을, 맹렬한 사랑과 기쁨의 감정을 느꼈다. 나는 새롭게 태어났다.

우리 몸의 세포 대부분이 7년에서 15년마다 재생되면서 몸이 새로워지지만, 깊은 곳에 있는 어떤 부분은 절대로 새롭게 교체되지 않는다는 이야기를 들은 적이 있다. 그러나 나는 정화된 새로운 생명체로의 변화를 생각했다.

우리는 케이토가 새로운 사랑의 해를 맞이하는 이 축하 파티를 직접 볼 수 있어서 운이 좋다고 생각했다. 신랑과 신부가 전통에 따라 차를 대접하고, 부모에게 절하고, 조상들에게 공물을 바치는 의식을 거행하는 모습을 보면서 이것 역시 뜻밖의 인연처럼 느껴졌다. 케이토는 우리의 행운의 부적이었다.

나는 케이토의 백일잔치를 생각하고 있다. 물가에서 치러질 예정이었다. 제임스의 어머니는 뉴욕시의 전경을 감상할 수 있는 해산물 레스토랑을 예약했는데, 테이블에 앉아서 다양한 배들이 오가는 모습도 볼 수 있는 곳이다.

우리는 떡과 과일, 풍요를 상징하는 대추를 쌓은 탑을 주문했다. 케이토에게는 금박으로 장식한 남색과 분홍색 비단 한복을 입힐 생각이었다. 오후에는 뉴저지의 파티 용품점에서 반짝이는 풍선과 파티용 모자를 고르며 시간을 보냈다. 알록달록한 종이 깃발과 리본, 종이 파인애플이 달린 빨대를 샀다. 잔치 느낌을 더욱 살리기 위해 이모티콘이 그려진 스티커도 샀다. 지금 생각해보면 모든 것이 플라스틱과 종잇조각들로 채워진 겉치레에 불과했다.

이 잔치를 생각하면 죄책감이 든다. 무엇을 축하하고 있었던 것일까? 무모하게 내 운명을 시험하고 있었나? 할머니라면 내게 엄중히 경고했을 것이다. 소중하고 기뻐해야 할 무언가를 가지고 있다면 남의 눈에 띄지 않게 하라. 모두가 아는 말이었다. 나는 행복감을 주체하지 못해서 너무 경솔했고 소란스러웠다. 그래서 이제 우리는 모두 벌을 받게 되었다. 이야기의 균형을 맞추기 위해.

정신병원에 입원해서도 나는 죄책감을 떨쳐내지 못한다.

"캐서린?"

나는 대런과 색칠을 하는 중이다. 그는 표범 그림에, 나는 유니콘 그림에 색칠하고 있다.

사회복지사인 크리스틴이었다. 모두가 그녀를 알고 있다. 그녀가 유리 공간을 나올 때마다 환자들이 곧바로 그녀의 뒤를 쫓는다. 환자들은 이 방에서 저 방으로 그녀를 따라다닌다. "크리스틴, 크리스틴." 이들이 그녀의 이름을 부르고, 그녀는 이들을 외면한다. 그녀는 평소 지친 모습을 하고 있다.

지금은 긴장한 모습이다.

"저와 함께 가요." 그녀가 말한다. 나는 활동실을 나와 그녀를 따라간다. 내 뒤를 쫓는 다른 환자들의 시선이 느껴진다.

크리스틴은 분홍색 비니를 쓰고 있다. 내게 말을 하면서 입술을 깨문다.

나는 자연스럽게 행동하려고 노력한다. 조심스럽게 의자에 앉으려다가 잠시 멈춘다. 잠깐. 너무 조심스럽게 앉으면 안 돼. 일부러 그렇게 하는 사람처럼 보이고 싶지 않아. 내가 언제 나가게 될지 크리스틴이 결정하나? 아니면 의사 혼자서 하나?

안경을 쓰고, 꼼꼼하게 머리를 묶고, 후드티를 입은 내가 어떻게 보일지 상상해본다. 그녀 옆에 바인더가 놓여 있다. 나에 대해 무어라고 적혀 있을지 궁금하다.

우리는 자리에 앉아서 서로를 본다. 그녀는 나와 눈을 완전히 마주치지 않는다. 마치 허공을 보고 있는 것 같다.

"음." 그녀가 말을 시작하며 내게 미소를 짓는다.

나도 살짝 미소를 지어 보인다. 우리는 비즈니스 미팅을 위해 앉아 있는 사람들 같다.

"기분이 어때요?"

"좋아요." 내가 말한다. "기분 좋아요."

그녀가 바인더를 훑어보기 시작한다. "남편이 많은 서류를 주었어요. 지금까지 매우…" 그녀가 잠시 말을 멈춘다. "적극적이었죠."

나는 미소를 짓는다. "그 사람 성격이 그래요." 내가 말한다. "매우 철저하죠." 제임스가 이들에게 무슨 서류를 주었는지 궁금하다. 그가 여백에 적어놓은 메모가 보인다.

크리스틴이 고개를 끄덕인다. "제게 궁금한 것이 있나요?" 그녀가 묻는다.

나는 언제 퇴원할 수 있는지 묻고 싶지만 월의 조언이 생각나 다른 질문을 먼저 한다.

"제가 먹는 약이 무엇인지 알 수 있나요?" 내가 말한다.

"그럼요. 서류를 보니 할로페리돌과 베나드릴을 복용하고 있네요."

할로페리돌이란 단어는 들어본 적도 없다.

"할로페리돌은 항정신병약이에요." 크리스틴이 내 생각을 읽은 듯하다.

"베나드릴은요?" 내가 묻는다.

"모유 분비를 멈추게 해주는 약 같아요." 그녀가 말한다. 이 말을 하는 그녀에게서 아무런 감정이 드러나지 않는다.

그녀는 내가 말을 꺼낼 때까지 기다린다.

"퇴원은 언제 할 수 있는지 알고 싶어요." 내가 말한다. 방 안의 분위기가 변하고, 크리스틴이 긴장하고 있음이 느껴진다. 하지만 나는 태연한 척한다.

"언제 퇴원할 수 있을 것 같은데요?" 그녀가 묻는다.

"모르겠어요." 내가 말한다. "의사 선생님께 달린 것 같아요." 나는 문장의 끝을 살짝 올리면서 질문의 형식을 취한다.

크리스틴이 즉각 손사래를 친다.

"아, 아니에요. 의사 선생님께 달려 있지 않아요! 환자분께 달렸죠. 한 팀으로 함께 노력하는 우리에게 달렸어요. 남편과 저, 환자분. 우리는 모두 한 팀이에요. 그러니 함께 이 문제를 헤쳐나갈 겁니다." 그녀가 말한다. 무슨 뜻인지 분명하지 않았지만 나는 침착함을 유지하려고 노력한다.

데이브가 우리의 대화를 방해한다. 그는 휠체어를 문에 박고 있다. "당신과 할 말이 있어요!" 그가 말한다. "내 준법률가 양반하고 논의 중인 것 같은데, 이제는 나와 얘기할 차례예요." 크리스틴이 한숨을 내쉰다.

그녀가 내게 고갯짓을 한다. 대화 시간이 끝났다는 뜻이다. 이제 어떻게 되는 거지?

나는 복도를 서성거리면서 호흡을 가다듬기 위해 노력한다.

내가 여전히 복도를 왔다 갔다 하며 걷고 있을 때 윌이 내게 다가온다. 그는 빛바랜 트레이닝바지와 얼룩이 진 후드티를 입고 있다.

"크리스틴을 만났다면서요." 그가 말한다.

윌이 다정하게 나를 바라본다. 나는 그가 농담을 하거나 이곳에 어떻게든 더 있고 싶어하는 자신보다 내 처지가 좋다고 말할 줄 알았다. 그러나 그는 그저 미소를 짓는다.

"내 방에 사과가 있어요. 원하면 하나 줄게요." 그가 말한다.

그의 몸짓에서 친절을 읽을 수 있다. 나는 고개를 끄덕인다. "고마워요." 내가 말한다.

그는 반쯤 뛰어가듯이 방으로 들어가서 손에 사과를 들고 돌아온다.

직원 한명이 그를 향해 얼굴을 찌푸린다.

"여기요." 그가 말한다. "걱정하지 말아요. 다른 환자들 앞에서 먹지 않는 한 신경 쓰지 않을 거예요."

사과는 새콤하고 살짝 미지근하지만 햇살을 떠올리게 한다.

윌이 내 기분을 살피며 바라본다. "잘될 거예요." 그가 말한다. "당신을 걱정해주는 사람들이 있잖아요."

맞다. 내 생각에도 그런 것 같다.

사과의 맛을 음미하면서 제임스를, 그리고 임신을 확인한 날 밤을 떠올린다. 우리는 식탁에 앉아 함께 사과를 깎았다. 껍질이 동그란 모양으로 벗겨졌다. 우리는 미래와 희망, 기대하는 것에 대해 이야기했다. 모든 것이 손에 닿을 것처럼 보였다. 손안에 든 사과처럼.

나는 여기서 무얼 하는 거지? 집에 가고 싶다. 제임스와 함께 있고 싶다. 케이토와 함께 있고 싶다. 그리움이 너무나 깊어 주저앉고 싶다. 바닥에 앉아 울고 싶다. 윌이 반쯤 미소를 지으며 연민의 표정으로 나를 본다. 나는 눈물을 보이지 않는다.

그 대신 내 손에 든 사과 속의 숨겨진 별을 생각한다. 테디와 나는 어머니가 사과를 가로로 잘랐을 때 안에서 드러나는 별 모양을 보며 손뼉을 쳤다. 우리만의 별이 기다리고 있었다.

샌디에이고에 이은 다음 목적지는 로스앤젤레스였다. 새해 전날, 산불이 맹렬히 불타오르고 있을 때 이 도시에 도착했다. 제임스의 형인 맷은 도시 근교의 하얀 벽돌로 지어진 아름다운 집에서 살았다. 이 집은 1년 전에 지어졌다. "당신이 가서 원하는 집을 골라요." 맷이 말했다.

각 구역의 집들은 모두 입구에 있는 모델하우스를 조금씩 변형해서 지어졌다. 맷의 집은 천장이 가파르고 온통 하얀색이었다. 가구는 물론이고 침대보와 바닥, 부엌의 아일랜드 식탁까지 하얬다. 아름답게 느껴졌다. 더러워지지만 않는다면 말이다. 이웃집들도 하나같이 하얀색이었다. 똑같이 생긴 문과 창문이 달린 하얀색 상자 모양의 집들이 손가락만 한 공간을 사이에 두고 다닥다닥 붙어 있었다.

시아주버니는 의사다. 그는 호탕하고 자신만만하며 뽐내기를 좋아했다.

그의 아내는 간호사로 키가 크고 예쁘며 나긋나긋한 목소리를 가지고 있다. 그녀의 이름은 그레이스다. 하지만 제임스와 나는 그녀를 '형의 아내'라는 뜻의 형수님이라고 부른다. '님'은 상대를 높여 부를 때 붙이는 말이다. 나는 이들이 우리가 아기를 데리고 여행하는 것을 탐탁지 않게 생각한다는 사실을 알았다. "미역국을 좀 먹어야 해요." 우리를 맞이하면서 그녀가 한 말이었다.

제임스의 이모가 우리를 위해 새해 잔치를 열었다. 태평양 연안에 사는 제임스의 사촌과 이모와 삼촌들로 집 안이 가득 찼다. 우리는 행운을 빌며 떡국과 쫀득쫀득한 깨떡을 먹었다.

나는 제임스의 할아버지를 그때 처음 만났다. 그는 백두 살로 백발에 시력이 나빴다. 그의 눈은 제임스의 눈을 떠올리게 했다. 웃는 모습까지 똑같았다. 그는 떡국이 차려진 식탁에 앉아 있었다.

"할아버지." 제임스가 말했다.

할아버지가 우리 쪽으로 고개를 돌렸다. 그는 잠시 혼란스러운 것 같았다. 나는 집 안을 이리저리 뛰어다니는 아이들을 보는 할아버지의 기분이 어떨지 궁금했다. 그는 우리를 향해 미소를 지었고, 케이토의 볼을 쓰다듬어주었다. 그리고 나를 바라보았는데, 마치 먼 과거의 나를 알아보는 것처럼 보였다. 우리는 그의 손을 잡았고, 케이토는 할아버지의 볼을 향해 손을 뻗었다.

저녁밥을 먹은 뒤에는 나이순으로 줄을 서서 제임스의 할아버지에게 복을 기원하며 세배를 했다. 제임스의 이모와 삼촌이 먼저 절했고, 다음으로 사촌들이, 그리고 마지막에 사촌의 자녀들이 절을 했다. 자손들이 파도처럼 몰려와 차례로 절을 할 때마다 할아버지는 미소를 짓고 손을 흔들어주었다. 우리는 그의 앞으로 나가서 이마가 바닥에 닿을 정도로 몸을 숙였다. 내 이마가 바닥에 닿았던 것 같다. 나는 수세기 전부터 이 관습을 이어온 모든 세대에 대해 생각했다.

할아버지는 아이들의 손에 세뱃돈을 꼭 쥐여주었고, 안 받으려고 하면 고개를 저었다. 이 모습이 우리 할머니를 떠올리게 했다. 우리가 할머니 집을 방문했다 떠날 때마다 할머니는 항상 내 손에 돈을 쥐여주었다. 그러면 어머니가 다시 돌려주게 했는데, 그럴 때마다 할머니는 다시 내 호주머니에 돈을 찔러 넣으며 "맛있는 거 사 먹으렴" 하고 말하곤 했다.

우리가 떠날 때 제임스의 할아버지가 환하게 웃으며 손을 흔들어주었다.

우리는 맷의 집 앞 길 건너편의 카페에 앉아 하루하루를 보냈다. 제임스는 여행을 와서도 원격으로 업무를 보고 있었다. 컴퓨터에 접속해 제자들과 논의하며 연구 계획을 세웠다. 맷과 그레이스는 아침 일찍 일터로 떠났다. 차가 없었던 우리는 고속도로를 따라 걸어서 카페에 왔다. 야외 테이블에 자리를 잡은 다음 제임스는 커피를 마시며 일을 했다. 나는 케이토를 안고 캘리포니아의 태양을 만끽했다. 케이토는 내게 기대어 코를 골았다. 고개를 숙이자 아기의 얼굴이 내 몸에 닿아 눌린 모습과 동그랗게 꼭 쥔 주먹이 보였다.

햇살이 너무 뜨거워지기 시작할 때쯤 우리는 집으로 돌아왔다. 흰색 집은 시원했다. 열기로부터 우리를 보호해주는 피난처였다. 그때까지도 나는 모유 수유를 하고 있었지만, 가슴에 염증 증상이 보여서 공기가 통하게 하려고 셔츠를 허리까지 내리고 집 안을 걸어 다녔다.

얼마 후에 안 사실인데, 집 전체에 동작을 탐지하고 음성과 영상을 기록하는 감시 카메라가 설치되어 있었다. "캘리포니아에서는 그래." 맷이 설명했다. 그가 방범용이라고 말했지만 제임스는 불같이 화를 냈다. 나는 그저 웃기만 했다. 그러나 사실을 안 이상 신경이 쓰이지 않을 수 없었다. 모퉁이에서 깜박이는 불빛과 지붕 밑의 카메라가 눈에 들어오기 시작했다. 나는 제임스에게 했던 말을 되짚어보기 시작했다. 우리가 감시를 당하는 느낌이었다.

3일째 되는 날에 유방염이 생겼다. 가슴의 수유관이 막혀 생기는 염증성 질환이었다. 그래서 나는 케이토를 내 옆에 눕히고 함께 침대 신세를 지게 되었다. 유방염을 치료하려면 계속해서 모유 수유를 해야 해서 아기를 내 가까이에 두었다. 아기는 다시 한번 나의 수감 동료가 되었다. 나는 하얀 방에 갇힌 기분이었는데, 통증 때문에 옷을 입지 못해 방을 나갈 수 없었다. 케이토는 상관하지 않는 것 같았다. 울며 보채는 대신 평온하게 잠을 잤다. 아기의 볼이 하얀 침대보에 눌렸다. 나는 열 때문에 몸을 떨면서 옆으로 누워 아기가 자는 모습을 지켜보았다. 햇살을 받으며 내 시선은 아기의 속눈썹과 볼의 곡선, 검은 머리를 따라 움직였다.

시간은 더이상 중요하지 않았다. 케이토는 모유를 먹거나 먹지 않았고, 나는 의식이 들었다 나갔다 했다. 제임스가 내 몸의 열을 식히기 위해 얼음물을 가져다주었다. 나는 하얀 벽을 바라보며 시간이 얼마나 흘렀는지 궁금해했다. 케이토에게 이야기를 들려주고 내가 기억하는 흉내지빠귀와 다이아몬드 반지 노래를 불러주었다. 또 코끼리와 푸른 달에 대한 한국 노래도 불러주었다. 아기가 눈을 찌푸리는 모습을 바라보았고, 손으로 내 손가락을 쥐게 놔두었다. 강한 손아귀 힘에 놀랐다.

제임스는 카메라의 모니터를 끄려고 해보았지만, 절차

가 복잡해서 결국에는 흰 종이로 가능한 한 많은 카메라를 덮는 것으로 해결했다.

밤이 되면 제임스와 케이토는 잠 속으로 빠져들었지만 나는 침대에 누운 채 깨어 있었다. 카메라에서 나는 윙윙 거리는 소리가 들리기 시작했다.

심청전에서 심청이 자신의 몸을 팔아 인당수에 바치는 제물이 되기로 자처한 뒤에 그녀는 아버지에게 자신이 먼 곳으로 떠나게 되었다고 거짓말한다. 그녀는 소리 없이 흐느끼면서 아버지가 자신의 볼을 타고 흐르는 눈물을 알아채지 못하게 조심한다.

　폭풍으로 물살이 거칠었고, 어부들이 몸이 빨리 가라앉도록 심청의 발에 닻을 묶는다. 고통 없이 조금이라도 편히 죽으라는 마지막 배려다. 번개와 천둥이 치고 파도가 빠르고 강하게 덮치는 가운데 그녀가 배 밖으로 몸을 던진다.

　그리고 기적이 일어난다. 그녀는 용궁에서 용왕을 만나고, 연꽃을 타고 수면 위로 떠올라 왕비가 된다.

　나는 이 동화에서 심청이 바다에 몸을 던지기 직전의 순간이 항상 궁금했다. 그녀가 눈물을 흘렸을 것이라고 믿지만, 그건 다시는 아버지를 만날 수 없다는 생각 때문이었

으리라. 그녀는 자신의 운명에 항복했고 자신의 희생에서
승리감을 느꼈다.

한국의 해녀는 모두 여성이다. 수영해서 바다로 나가 산
소통을 매지 않고 물속 깊은 곳까지 잠수한다. 가족의 생
계를 위해 강한 해류에 휩쓸리는 위험을 무릅쓰고 바다 밑
으로 들어가 전복을 딴다. 이들이 파도를 헤치고 깊이 잠
수해 들어가면서 심청을 떠올릴지 궁금하다. 나는 이들이
진주를 발견하는 상상을 하곤 했다. 눈물과 같은 진주. 바
다 여왕의 선물.

우리는 강한 눈보라가 몰아치는 날에 버지니아에 도착
했다.

나는 버지니아에 가는 것을 우려했다. 아버지를 만났을
때 무슨 일이 벌어질지 알 수 없다는 것이 가장 큰 이유였
다. 제임스가 우리 아들이 태어났음을 알리기 위해 케이토
의 사진을 문자로 보내주었을 때 아버지는 '그래'라는 답
장을 보냈다.

아버지가 아기와 있는 모습이 상상되지 않았다. 케이토
를 멀리할까? 아기의 울음소리에 짜증을 내지는 않을까?

우리가 현관문 앞에 당도했을 때 어머니가 문을 열고 나
와서 나를 안았다.

아버지는 어머니 뒤에 머뭇거리며 서 있었다. 아버지의
얼굴이 보였다. 표정에서 간절한 기대감을 읽을 수 있었다.

"여기요." 내가 말하며 케이토를 아버지에게 안겨주었다.

"아." 아버지가 말하며 팔을 뻗어 케이토를 가깝게 안았다. 안경이 미끄러져 떨어졌지만 아버지는 아기를 정면으로 마주 보고 함박웃음을 지었다.

"안녕." 아버지가 어른에게 하듯이 케이토에게 인사했다. 그리고 케이토를 피아노가 있는 곳으로 데려가 바흐의 전주곡 도입부를 연주했다. 버지니아에서 머무는 동안 수유할 때를 제외하면 케이토는 언제나 아버지의 품에 안겨 있었다.

평생 검소하게 살아온 부모님이 커다란 종이 상자를 케이토의 아기 침대로 바꾸어놓았다. 아버지는 여기에 만화 캐릭터를 그렸는데, 그중에는 삐뚤빼뚤한 선으로 그린 디즈니 캐릭터도 있었다. 예전에 아버지가 레스토랑에서 만년필로 냅킨에 그림을 그렸던 모습이 기억났다. 우리는 아버지가 그리는 선들이 만화 캐릭터로 변해가는 모습을 지켜보았다. 나는 지난 수년간 이 기억을 떠올린 적이 없었다.

우리는 케이토를 데리고 눈이 쌓인 공원을 지나 숲을 산책했다. 아기는 나무 사이로 비치는 햇살을, 잿빛 하늘을, 나뭇잎 모양을 경탄하며 올려다보았다. 아기가 어떤 기분일지 생각해보았다. 누워서 세상을 올려다보는 기분을.

우리는 고요 속에서 몇주를 보냈다. 케이토마저도 이 집

에서는 조용히 해야 한다는 사실을 아는 것 같았다. 낮에
는 많이 울지 않았으나 밤에 잠을 자려고 하지 않아 나는
침대 위에서 내 곁에 웅크리고 있는 아기와 함께 깨어 있
었다. 우리 둘은 조용히 벽이 갈라지는 소리에, 밤의 소리
에 귀를 기울였다. 아기는 내 어깨에 대고 조용히 울음을
터트렸고, 나는 잠들 수 있게 아기를 토닥여주었다.

　아버지는 매일 아침 방문을 두드리고 들어와 케이토를
데리고 나갔다. 그 덕분에 나는 몇시간을 더 잘 수 있었다.
아래층으로 내려오면 아버지는 자신의 배 위에서 잠이 든
케이토와 함께 소파에 누워 있었다. 케이토의 머리가 아버
지의 턱 밑으로 파고들어 있었고, 볼은 가슴 위에 놓여 있
었다. 아버지는 팔로 케이토를 안은 채 천장을 응시했다.
이들은 미동도 하지 않았다. 세상과 분리된 사람들처럼 보
였다.

　어렸을 때 아버지가 테디와 나를 이렇게 안아주었을지
궁금해졌다. 무엇이 변한 것일까? 무엇이 잘못된 것일까?

　케이토를 보러 테디가 버지니아로 왔다. 머리카락이 어
깨에 스칠 정도로 길게 자란 그는 그 어느 때보다도 어머
니와 닮아 보였다. 나를 졸졸 쫓아다니던, 보조개가 있는
소년의 기억을 지워야 했다. 테디는 케이토를 어떻게 다루
어야 할지 몰랐고, 아기가 부서지기라도 할까봐 겁먹은 사

람처럼 한 손으로 아주 조심스럽게 토닥였다.

나는 우리 가족이 내게 엄마로서의 어떤 특정한 행동을 기대하고 있음을 깨달았다. "이제는 하고 싶은 대로 다 하면서 살 수 없단다." 내가 외출을 하고 싶다고 하자 어머니가 단호하게 말했다. "지훈이를 생각해야 해." 어머니는 케이토를 언제나 한국식 이름으로 불렀다.

그렇다. 나도 케이토를 생각했다. 매 순간 생각했다. "이곳에 오는 것도 아니었어." 어머니는 나를 야단치면서도 미소를 짓고 있었다. 케이토를 볼 수 있어서 기뻐하고 있다는 사실을 알았다. 어머니가 한숨을 쉬었다. "네 시댁 식구들이 어떻게 생각하겠니."

"캐서린?"

유리 공간 안에 있던 의사 중 한명이다. 나는 TV 시청실에서 노트에 글을 쓰는 중이다. 그녀를 따라 구내식당으로 들어가면서 침착하려고 애쓴다. 어쩌면 퇴원할지도 모른다.

그녀는 검은 머리에 말랐으며 안경이 코끝으로 미끄러져 내려와 있다. 얼굴의 나머지 부분은 분명하지 않다.

"크리스틴과 이야기했다면서요?" 그녀가 말한다.

그녀는 손을 꼼지락거리며 나를 지나 내 어깨 뒤의 시계에 시선을 둔다.

"기분은 좀 어때요?" 그녀가 묻는다.

"좋아요." 내가 말한다.

그녀가 내 기색을 살피고 있음이 보인다. 어쩌면 그녀는 내가 그녀의 얼굴을 뚜렷하게 보지 못한다는 사실을 알지도 모른다.

"그동안 상태가 많이 안 좋았어요." 그녀가 말한다.

"잠은 잘 자나요?" 그녀가 물어본다.

나는 고개를 끄덕인다. 그녀가 나를 주시한다. 나는 가만히 앉아 있으려고 노력한다.

"어떻게 하면 집에 갈 수 있는지 알고 싶어요." 지나치게 간절하게 들리지 않기를 바라며 내가 말한다. 침착하게 들리도록 노력한다.

그녀는 내가 말을 계속 이어가도록 기다린다. 나는 그러고 싶지만 입을 다물고 기다린다.

마침내 그녀가 입을 연다. "오직 환자분만이 언제 집에 갈 준비가 되었는지 알 수 있어요."

"무슨 뜻인지 이해를 못하겠어요." 내가 말한다.

"말 그대로예요. 남편과 이야기를 나누었는데, 환자분이 아직 본인의 온전한 모습으로 돌아온 것 같지 않다고 해요."

내 불쾌함이 드러난다.

"그는 완벽주의자예요." 내가 말한다. "저는 괜찮아요. 100퍼센트 온전한 저 자신이라고요."

이 말을 너무 격하게 내뱉었다는 것을 나도 안다.

"걱정 말아요, 캐서린. 환자분의 기분이 중요하지 환자분 기분에 대한 다른 사람의 의견이 중요한 것이 아니에요. 우리는 환자분의 말에 귀를 기울이고 있어요."

나는 등받이에 기대어 앉는다. 그녀는 듣고 있지 않다.

"퇴원하길 간절히 바라나요?" 그녀가 묻는다.

나는 당연하다고 생각한다. 당연하다. 지나치게 간절하지 않을 뿐이다. 나는 신중하게 뜸을 들이고 말한다. "가족이 보고 싶어요. 집에 갈 수 있으면 좋겠어요."

"뭐, 하루나 이틀 더 기다려보죠. 기분이 어떤지 지켜봅시다."

나는 억지로 차분한 미소를 지어 보인다. "좋아요." 내가 말한다.

제임스가 내가 나 같지 않다고 생각한다는 말이 무슨 의미일까? 이 모든 일이 일어나기 이전에 온전한 내 모습으로 있는 것이, 그것이 무슨 의미이든, 어떤 느낌이었는지 기억나지 않는다. 분노 비슷한 것이 느껴지지만 미약하다. 어딘가에 감정이란 것이 있을 텐데 나는 감정의 메아리만을 느낄 뿐이다. 이곳은 나를 숨 막히게 한다. 벽이 끝없이 이어지는 복도에 갇혀 있다. 제임스가 나를 믿지 않는 것일까? 그는 내가 이곳에 있어야 한다고 생각하는 것일까? 스스로가 무력하게 느껴진다. 소리를 지르고 싶지만 참는다.

전화를 하고 싶다. 제임스에게 전화를 걸고 싶지만 수화기에서 신호음이 들리지 않는다. 손에 들고 있는 수화기가 무겁다. 전화 시간이 아니다. 그래서 나는 걷기 시작한다. 왔다 갔다. 내 슬리퍼가 리놀륨 바닥에 부드럽게 부딪힌다. 발걸음을 옮길 때마다 호흡 시간을 측정해본다. 매 호흡마다 몇초가 흐른다. 들이마시고 내쉬고. 들숨과 날숨을 잊지 않고 길게 유지하려고 노력한다. 당황할 것 없다. 깊게 심호흡하며 내 몸을 공기로 채운다.

들이마시고 내쉬고. 이런 식으로 호흡하면 잠수하던 때
가 생각난다. 홍콩에 거주할 때 잠수를 배웠다. 나는 통제
하고 있다는 느낌을 원했다. 전에는 항상 바다를 두려워했
다. 바다는 너무 넓고 개방되어 있었다. 하지만 나는 길을
잃은 상태에서 오직 내 호흡만이 나를 인도하는 느낌을 원
했다.

바다 잠수 첫날, 수평선을 응시하며 심청을 떠올렸던 기
억이 난다. 몸이 떠오르는 상황을 방지하기 위해 내 몸에
금속 추를 달았다. "초보자들은 자꾸 위로 올라가려고 하
거든요." 강사가 내게 말했다. "밑에 머물러 있어요."

파도가 출렁였고, 파도가 칠 때마다 배가 흔들렸다. 강사
가 수면만 거칠 뿐 아래는 잔잔할 거라고 안심시켜주었다.

나는 뒤로 떨어져 물속으로 들어갔다. 내 몸이 가라앉는
것이 느껴졌다. 한기가 온몸을 덮쳐왔다. 나는 심호흡하려

고 노력했다. 발걸음을 세는 것과 다르지 않았다. 물 밑에서 나는 너무나 평온했다. 폭풍 전야의 고요함을 떠올리게 했다. 모든 것이 정지했고, 너무 조용했다. 우리는 해류에 휩쓸려 심해로 빨려 들어가지 않게 바위를 움켜잡으면서 더 깊이 내려갔다.

나는 산소량을 확인하면서 해류를 따라 자연스럽게 몸을 흔들려고 노력했다. 짙푸른 바다를, 광활한 어둠을 바라보며 공포감과 공허함이 몰려왔다. 아무것도 보이지 않는 바다 밑에서 벗어나 태양이 빛나는 수면 위로 올라가고 싶은 마음이 간절했지만, 바다가 희미한 빛을 집어삼키는 모습을 바라보며 밑에 머물도록 나 자신을 몰아붙였다.

우리는 올림픽 경기를 시청하고 있다. 스키점프다.

하루는 짜증이 난 상태다. 본인이 좋아하는 TV 드라마를 방영하는 시간이기 때문이다. "「크리미널 인텐트」. 28번이요." 그가 말한다. 그는 털 슬리퍼를 신고 목욕 가운을 입고 있는데, 가운이 흘러내려 어깨가 드러나 있다. 만화책에 등장하는 노인 같은 모습이다.

"안 돼요." 월이 말한다. 그는 소파에 다리를 꼬고 앉아 사과를 아작아작 씹어 먹고 있다. 온종일 자신의 방 안에 있다가 올림픽 경기를 보려고 나왔다. "「크리미널 인텐트」는 매일 방영해줘요, 하루. 올림픽은 4년에 한번이고요. 4년이에요, 하루!"

하루는 방 안의 직원을 쳐다본다. 왜소한 몸에 억양이 강하고 머리를 짧게 깎은 팀이 앉아 있다. 팀은 어깨를 으쓱해 보인다.

"하루, 당신이 좋아하는 그 멍청한 드라마를 보고 싶어 하는 사람은 없어요." 월이 말한다. "다수결의 원칙이죠." 타미라가 웃는다. 그녀는 귀가 아프다며 귀에 휴지를 꽂고 있다.

하루는 금방이라도 분노의 눈물을 흘릴 것처럼 보인다. 그는 몸을 돌려 유리 공간으로 쿵쿵거리며 걸어간다.

"맙소사." 월이 말한다. "이젠 가서 일러바칠 모양이네."

에마는 월의 말에 동의하는 것처럼 보인다. "하루는 오늘 아침에 「크리미널 인텐트」를 봤어요. 기억나요." 에마는 오늘 약을 복용했다. 적어도 내게 그렇게 말했다. 눈에 생기가 없고 말하는 속도도 느린 것으로 보아 사실인 것 같다. 에마가 소파에 털썩 주저앉는다. 그녀가 가지고 있던 종이들이 그녀 옆에 흩어져 있다. 나는 그녀에게 미소를 지어주려고 하지만, 그녀의 시선은 초점을 잃은 사람처럼 내게서 벗어나 있다. 그녀가 쿠션에 몸을 기댄다.

휠체어를 탄 믹이 문가에 있다. 허리를 꼿꼿이 펴고 앉아 있는 자세에서 여전히 군인의 모습이 엿보인다. 그가 손으로 자신의 빡빡 깎은 머리를 문지른다. "이런 걸 보면서 어느 편을 드나?" 그가 알리에게 말한다. 알리는 바르는 감기약 바포럽을 코 주변에 바른 채 눈을 감고 천천히 깊게 호흡하고 있다. 바포럽이 공황발작에 도움이 된다는 이야기를 들은 기억이 어렴풋이 난다. 오늘 복도를 걸어 다니는 모습을 볼 수 없었던 이유가 발작 때문인지 궁금하다. 알리가 눈을 뜨고 눈썹을 치켜올린다. "미국이죠… 당연히."

믹이 어깨를 으쓱한다.

내 옆에는 새로 입원한 환자가 앉아 있다. 처음 보는 여성이다. 검은 머리의 그녀는 아직 자신의 이름을 누구에게도 말하지 않았다. 몸을 웅크리고 떨고 있으며, 손을 덮을 정도로 소매를 끌어 내렸다.

우리는 조용히 올림픽 경기를 시청한다. 나는 내 옆의 여성이 울고 있음을 알아챈다.

타미라가 남자친구와 통화하고 있다. 다음 차례를 기다리고 있는 나를 보고 눈을 흘긴다. 나는 어깨를 으쓱하고 한발 뒤로 물러선다. 통화를 끝낸 그녀가 눈을 깜박이며 눈물을 참으려는 모습이 보인다. 그녀는 전화기 곁을 떠나지 않는다. 나는 그녀를 무시하고 제임스의 전화번호를 누른다. 수신자 부담이다.

"안녕, 여보." 그가 말한다.

"안녕." 내가 말하며 숨을 들이마신다. 우리의 통화 내용은 녹음되고 있다. 제임스도 이 사실을 아는지 궁금하다. 찰칵하는 익숙한 소리가 들린다.

"의사와 얘기했어." 내가 말한다.

"아, 그래?" 그의 목소리에서 기대감이 묻어난다. "뭐라고 해? 퇴원하게 된다고 그래?"

"뭐…" 내가 말한다. "당신이 내가 아직 온전하지 않아

보인다고 말했다고 하더라." 나는 비난조로 말하지 않으려고 노력한다. "그래서 잘 모르겠어. 좀더 기다려봐야 할 것 같아."

정적이 흐른다. 그리고 그가 천천히 말을 꺼낸다.

"하지만 캣, 당신은 온전하지 않아. 당신도 알고 있다고 생각했어."

나는 가벼운 어조로 말한다. "나는 기본적으로 온전하다고 느껴." 곁눈으로 타미라가 나를 보고 있는 모습이 보인다. 나는 몸을 돌려 그녀를 등지고 선다.

"그렇지 않아. 당신은 변했어. 그건 괜찮지만, 아직 온전한 건 아니야." 그가 잠시 말을 멈춘다. "케이토가 어떻게 지내는지 묻지도 않잖아. 존재하지도 않는다는 듯이. 내 생각에는 시간이 좀 걸릴 것 같아. 몇달 또는 1년이 걸릴 수도 있고."

"1년이나 기다릴 수 없어." 내가 쏘아붙인다. "이곳에서 나가고 싶어… 집에 가면 상태가 더 좋아질 거야. 집에 갈 준비가 되었다고."

"알아." 그가 말한다. "나도 당신이 집으로 돌아오면 좋겠어. 내가 말했잖아. 내가 어떻게 할 수 있는 일이 아니라고."

"알겠어." 내가 말한다. 제임스는 모른다. 마치 거울로 된 세상에 갇힌 느낌이다. 빠져나갈 길이 없다.

나는 그가 케이토에 대해 한 말을 외면한다. 그는 왜 이해하지 못하는 걸까? 케이토가 존재하지 않는 것 같다고? 나는 깊은 잠에 빠져 있다. 진실로부터 고립되어 있다. 비록 감각이 무뎌지기는 했지만 이 사실만큼은 안다. 이것이 유령으로 살아남는 방법임을 깨닫는다. 유령이 존재하는 방식이고, 항복하는 방식이다. 내 주변에서는 TV 소리와 유리 공간 안의 직원들이 속닥이는 소리밖에 들리지 않는다. 울부짖고 싶은 심정이다. 저 유리를 산산이 박살 내고, 유리 조각을 손안에 쥐고 싶다.

우리가 뉴저지에 도착했을 때 하늘은 잿빛이었다. 여행 31일째다. 샌디에이고에서 시작해 로스앤젤레스와 버지니아를 거쳐 마침내 뉴저지에 왔다.

나는 지쳐 있었다. 우리는 짐가방을 끌고 열차를 타고 워싱턴 D. C.에서 이곳까지 왔다. 열차 안에서 나는 여권과 내가 제임스와 만난 이후로 써오던 일기장이 든 배낭을 잃어버린 줄 알았다. 아기띠를 메고 케이토를 안고 있던 제임스가 배낭을 찾으러 열차 밖으로 뛰어나갔다. 열차 문이 닫히는 소리가 들렸다.

"돌아와!" 내가 소리쳤지만, 제임스는 손짓하며 말했다. "뉴저지에서 보자고!"

"열차에 타라고!" 나는 승무원에게 달려가 정신없이 소리를 질렀다. "제 남편이 탑승할 수 있게 해주세요. 아기랑 함께 있단 말이에요. 아기와 남편이 열차에 꼭 타야 해요!"

나는 제임스가 열차를 향해 전력으로 뛰어오는 모습을 보았고, 기적적으로 열차의 문이 열렸다.

"생각이 있는 거야?" 내가 말했다. "아기에게 먹일 우유도 없잖아. 게다가 표는 내가 가지고 있다고." 제임스는 어깨를 으쓱하고는 미소를 지었다. 내 심장이 미친 듯이 쿵쾅거렸다. 분명 정신이 나간 여자처럼 보였으리라.

"괜찮아." 제임스가 말했다. "전부 괜찮을 거야."

배낭을 찾았을 때 나는 유니언 역의 분실물 보관소와 연락을 취하던 중이었다. 배낭은 우리 자리 밑에서 발견되었다. 나는 안도감에 큰 소리로 웃었다. 그 순간 나는 이번 여행이 예상했던 것보다 더 나를 지치게 만들고 있음을 깨달았다. 잠도 제대로 못 자고 끊임없이 움직이며 모든 것이 과도했다. 세상의 빛깔이 지나치게 선명했고, 울다가 숨이 멎을 것처럼 느껴졌다. 나는 마지막 목적지에 도달한 것에 안도했다. 성취감을 느꼈다. 우리가 해낸 것이다.

시가는 뉴저지에 있었다. 이 동네의 집들은 모두 비슷한 지붕과 창문, 나무가 심어진 뒷마당을 가지고 있었다. 고속도로의 자동차 소리를 제외하면 조용했다. 뉴저지는 나를 불편하게 만들었다. 똑같이 늘어선 집들과 지나치게 휘황찬란한 번화가가 등장하는 영화의 장면들을 생각나게 했기 때문이다.

우리가 도착했을 때 시어머니는 나를 안아주었다. "어서 오너라. 마침내 집에 왔구나." 그녀가 말했다. 그리고 나도 그 말을 믿었다. 2월이었지만 벽에 아직도 크리스마스 장식이 걸려 있었다. 우리는 2층의 침실에 짐을 풀었다.

시가에 도착하고 몇시간 지나지 않아 나는 무언가가 잘못되었음을 깨달았다. 소음이 들렸다. 모니터에서 나는 듯한, 작게 윙윙거리고 삐 하는 소리였다. "누군가 지켜보고 있는 기분이야." 내가 제임스에게 말했다.

"뭐?"

"당신 부모님 집에도 카메라가 있어?"

"아니." 그가 말했다. "아닐걸. 걱정하지 마. 내가 확인해 볼게."

시아버지가 독감 시즌이라 집에 손 소독제 장치를 설치했고, 밖에서 들어올 때마다 손 소독제를 사용하라고 했다. 출산병동에서 반복적으로 흘러나오던 방송이 떠올랐다. '손 소독제를 사용하시기 바랍니다. 손 소독제를 사용하시기 바랍니다.' 그 목소리가 들렸다. 머릿속에서 합창하며 울려 퍼졌다.

시부모님은 어린 나이에 하는 여행이 아기에게 미칠 영향을 우려하며 케이토에 대해 이야기하기 시작했다. 시아버지는 체온계로 케이토의 체온을 측정했다. 또한 여행 중에 잃었을까봐 걱정하는 사람처럼 손가락과 발가락의 개수를 셌다. "백일잔치를 계획했단다." 시어머니가 말했다. "하지만 어느 누구도 아기를 안거나 너무 가깝게 다가오지 못하게 해야 한다. 독감 시즌이잖니."

"첫째를 낳았을 때 나는 4개월 동안 집 밖으로 나가지 않았단다." 그녀가 말했다. "그리고 방문도 모두 사절했지. 캘리포니아에서는 왜 그렇게 많은 사람들에게 아기를 안 아보게 했니? 누군가가 아기를 안고 있는 사진을 올릴 때마다 시아버지가 어찌나 깜짝 놀라던지… 아기를 떨어뜨리기라도 하면 어쩔 뻔했어?" 그런 다음에 그녀는 잔칫날 잘못해서 떨어뜨리는 바람에 죽은 아기의 이야기를 들려주었다.

"걱정 마세요." 내가 말했다. 나는 이들의 걱정을 누그러뜨리기 위해 모든 말에 응대하며 안심시키려 최선을 다했지만, 허공에 대고 말하는 것과 다르지 않았다. 의심과 걱정은 멈추지 않았다.

케이토가 왜 이렇게 뚱뚱한 거니? 여행만 하느라 운동을 충분히 시키지 않았구나. 왜 아직도 뒤집기를 못하는 거니? 지금쯤은 몸을 뒤집을 줄 알아야 하는 것 아니니? 여행 때문인 것 같구나. 왜 아기띠를 사용하는 거니? 이게 아기의 신체에 영향을 주는가보다. 팔다리가 굽게 될 거야. 아기가 왜 이렇게 자주 우는 거니? 여행 때문에 스트레스를 받은 모양이네. 아기가 왜 밤새 잠을 자지 않는 거니?

여행과 시차 때문인 것 같구나. 기침하는 거니? 아픈 거니? 열이 있니?

걱정해주는 거라고는 해도 이런 지적과 비판은 내 가슴을 바늘로 콕콕 찌르는 것처럼 느껴졌다. 내가 그렇게 형편없는 엄마인가? 내가 하는 일이 전부 잘못되었나?

나는 이미 제임스의 삼촌에게 일어난 일을 들어서 알고 있었다. 나를 만났을 때 환하게 웃어주었던 제임스 할아버지의 맏아들이었다. 그는 뜨거운 국이 담긴 냄비가 그의 위로 떨어지는 불의의 사고로 세상을 떠났다. 시부모님이 조심하는 이유가 이것 때문이라고 나 자신을 이해시켰지만, 내 판단력에 의심이 들기 시작했다.

"케이토에게 또 수유하는 거니?" 시어머니가 말했다. "너무 많이 먹이면 안 된다. 아이가 너무 뚱뚱해!"

"뭐, 사실, 아기가 달라고 해서 주는 거예요."

"젖병으로 주는 것이 좋겠다. 그러면 내가 도와줄 수도 있고. 젖병은 왜 안 가지고 왔니? 있기는 하니? 나도 먹여보고 싶구나."

나는 유방염 때문에 젖을 물려야 한다고 설명하려고 했다. 그러나 내 말은 허공으로 흩어졌다. "젖병으로 먹이면 먹는 양을 확인할 수 있단다. 이것 보렴. 얘는 너무 뚱뚱해. 꼬물거리는 것조차 못하잖니!"

이후로 나는 케이토에게 젖을 먹이기 위해 자리를 뜰 때마다 사과하기 시작했다.

"왜 아이를 안고 있니? 혼자 앉는 법을 배워야 해. 아기 그네에 앉히거라. 안아주지 말고. 넌 아이를 너무 많이 안 아줘." 케이토는 울고 또 울었고, 나는 아기 주위를 맴돌기만 했다. 몸을 아기 쪽으로 최대한 기울였지만 만질 수는 없었다. 내가 걱정을 표시할 때마다 시어머니는 웃었다. 과장된 웃음이었다. 그리고 눈을 번쩍 떴다. 왜 웃는 것일까? 이해되지 않았다.

"손 소독제로 손은 씻었니? 알다시피 지금은 독감 시즌이란다." 시아버지가 긴장하며 이렇게 말하면 시어머니는 손 소독제를 바르라고 손짓하며 또 웃었다. 카메라 렌즈 안, 손 소독제 장치 아래에서 손을 비비고 있는 내 모습을 보는 것 같았다. 손바닥에서 알코올 향이 느껴졌다.

"여기 오지 말았어야 했나봐." 내가 제임스에게 말했다. "두분에게 너무 스트레스를 드리는 것 같아. 나는 하나부터 열까지 잘하는 게 없어."

"걱정하지 마." 제임스가 한숨을 쉬었다. "이 일이 쉽지 않을 거라는 건 알고 있었어. 두분이 당신을 어떻게 생각하는지는 신경 쓰지 마. 잘하고 있어. 부모님이 원래 걱정이 많아. 그것뿐이야."

시어머니는 흥분하며 백일잔치 이야기를 했다. 잔치가 2주 뒤로 다가왔다. 뉴욕에 사는 제임스의 가족이 모두 참석할 예정이었다. 우리 부모님은 버지니아에서 운전해서 오기로 했고, 캘리포니아에 사는 형님도 비행기를 타고 오기로 했다. 나는 흥분도 되었지만 많은 사람이 모인다는 부담감에 지치기도 했다. 100일. 나는 생각했다. 100일 뒤면 케이토는 안전할 것이다.

시가에 온 지 닷새째 되는 날 나는 몇시간만 외출하기로 했다. 집 안에만 있으려니 답답했다. 움직이고 싶었다. 집 안에 갇혀 있는 기분이 들기 시작했고, 숨이 막히는 것 같았다. 그러나 내 결정은 벽에 부딪혔다. "하지만 밖은 너무 춥단다. 이런 추운 날에는 케이토를 데리고 나가면 안 돼. 독감에 걸리면 어떡하니."

"지금 독감이 유행이란다. 사람이 많은 장소에 아기를 데려가서는 안 돼. 독감에 걸려 죽을 수도 있어."

"우리가 차로 태워다주마. 대중교통은 이용하면 안 돼. 사람이 너무 많아. 아기가 독감에 걸리면 척추에 바늘을 꽂아 골수를 뽑아 검사해야 한단다. 어린 나이에는 아주 위험한 치료야." 시아버지의 얼굴이 잔뜩 일그러졌다.

"외출하고 싶다면 하거라. 네가 좋다면 우리도 좋단다." 시어머니가 말했다. 그녀는 미소를 띤 얼굴로 손뼉을 치며 웃었지만, 눈빛에는 경고가 담겨 있었다.

내가 어떻게 하기를 바라는 걸까?

결국 나는 집 안에 머무르기로 했다. 나를 향한 잔소리
에서 벗어나기 위해서였다.

케이토는 집 안에 흐르는 긴장감을 감지한 것처럼 자주
소리를 질렀다. 산모와 아기를 따뜻하게 해주어야 한다는
한국 전통에 따라 실내 온도를 최대한 높게 설정해놓았다.
이것이 나를 더욱 답답하게 했다. 마치 옴짝달싹 못하게
묶여 있는 것 같았다.

나는 밤을 뜬눈으로 보내기 시작했다. 시부모님이 질책
하는 목소리가 머릿속에서 맴돌았고, 좌절감에 눈물이 났
다. 내 눈물은 뜨거웠다. 케이토에게 모유 수유를 하면서
아기의 얼굴에 눈물이 떨어지지 않게 손바닥으로 흐르는
눈물을 닦았다. 나 자신이 무기력하게 느껴지고 분했지만,
혼란스럽고 의심이 들기도 했다. 어쩌면 내가 형편없는 엄
마인지도 모른다. 아직 어린 케이토를 데리고 여행하는 것
이 무책임한 행동이었는지도 모른다.

우리가 왜 집을 떠났을까? 나는 왜 말을 듣지 않았을까?
케이토가 병에 걸리면 어떻게 해야 하지? 나는 다시 출산
병동으로 돌아간 기분이었다. 단지 이번에는 아들을 돌볼
수 있다는 신뢰를 얻지 못했다는 점만 달랐다. 길을 잃은

기분보다 죄책감이 들었다. 말을 듣지 않은 것에 대한 죄책감. 아들을 위험에 빠트렸다는 죄책감. 순종적인 며느리가 아니라는 죄책감. 나는 며느리의 역할과 엄마의 역할로 쪼개어졌다.

이 여행을 단행한 것은 이기적인 행동이었다. 나는 케이토를 배려하지 않았다. 제임스의 가족과 이들이 느낄 불안감을 고려하지 않았다. 불면의 밤이 지속되면서 나는 머릿속으로 이들의 걱정을 되새겼다. 누군가가 케이토를 떨어뜨리기라도 했다면 어쩔 뻔했나? 비행기 안에서 아프기라도 했다면? 그랬다면? 그랬다면?

이에 더해 누군가가 계속 지켜보고 있다는, 감시당하고 있다는 느낌을 떨칠 수 없었다.

제임스가 자신의 부모님 집에 설치된 감시 카메라를 발견했다. 이 카메라는 휴대폰과 연결되어 있었고, 제임스의 두 형도 녹화된 음성과 영상에 접근할 수 있었다. 제임스는 격분하면서 메인 카메라를 벽에서 거칠게 떼어냈다.

"카메라가 있다는 얘기를 왜 안 했어요?" 그가 말했다.

내가 겁에 질린 표정을 하고 있었나보다. 제임스의 어머니가 "뭐가 걱정인 거니, 캣. 네가 무슨 말을 하는지 아무도 듣지 않았어. 누구도 신경 쓰지 않는단다"라고 말했기 때문이다. 그리고 그녀는 눈을 번쩍 뜨며 웃었다.

그렇다. 이것이 문제였다. 누구도 신경 쓰지 않았다. 누구도 듣고 있지 않았다. 이 집에서, 이 소음의 소용돌이 속에서 내 말은 아무것도 아니었다. 나는 청각장애인의 집에 있는 시각장애인의 딸이었다. 이 말을 제임스에게 했다. 누구도 내 말을 듣지 않는다고, 누구도 나와 같은 언어로 말하지 않는다고.

"당신은 잘하고 있어." 제임스가 말했다. "우리는 잘하고 있어. 케이토를 봐. 건강하고 행복하잖아."

"우리가 제대로 하는 거 맞아? 케이토는 괜찮아?" 내가 물었다.

제임스는 손사래를 치면서 내 걱정을 부인했다. 그는 부모님의 행동에 짜증이 났지만, 계속되는 지적이나 끝없는 의심과 비판에는 관심이 없어 보였다. 그저 이를 무시했다. 마치 아무 말도 들은 적 없다는 듯이 행동했다. "부모님은 걱정하지 마." 그가 말했다. "진심으로 한 말은 아니야." 그러나 내 귀에는 계속해서 들렸다.

그리고 그의 말이 100퍼센트 사실인 것도 아니었다. 그의 부모님은 **진심으로** 한 말이었다. 그러나 내가 서서히 깨닫게 된 사실이 있었는데, 이들이 자신들의 말이 진심으로 받아들여질 거라고 생각하지 않는다는 것이었다. 이들은 듣지 않는 상대에게 말하는 것에 익숙했다. 말은 그저 소리일 뿐 신중하게 선택되지 않았다.

제임스의 어머니가 다른 가족들과는 다른 언어로 내게
신호를 보내면서 정신적으로 혼란스러워지기 시작했다.
과장되게 웃는 동작과 눈을 번쩍 뜨는 모습. 이런 행동은
그녀의 말과 일치하지 않았고, 나는 그 뜻을 이해하지 못
했다. 내게 무슨 말을 하려는 거지? 무슨 뜻이지? 제임스
는 왜 못 보는 거야?

"그냥 항복해야 해!" 제임스의 어머니는 손을 들어 올리
며 자주 이렇게 말했다. "엄마로서 살아남는 유일한 방법
이란다!" 좋은 뜻으로 한 말임을 나도 알았으나 매번 들을
때마다 나를 짓누르고 질식시키는 손처럼 느껴졌다. 항복.
내게 희생이 요구되었다.

나를 누르는 의무의 무게가 느껴지기 시작했다. 나는 떠
나고 싶었다. 도망치고 싶었다. 그러나 불가능했다. 우리는
하나로 묶여 있었다.

나는 케이토가 태어나면서 제임스의 어머니가 아들이
자신의 품을 완전히 떠나서 또다른 가정을 꾸렸다고 느끼
고 있음을 감지했다. 우리를 바라보는 모습에서, 그녀가
제임스를 향해 몸을 기울이는 모습에서, 제임스가 방 안으
로 들어와 케이토와 나를 먼저 안아줄 때 그녀의 눈이 섬
광으로 반짝이는 모습에서 이를 알 수 있었다. "케이토는
네가 깨닫기도 전에 커버릴 거야. 그리고 더는 너와 시간
을 함께 보내려고 하지 않겠지. 그는 떠날 거란다." 그녀가

말했다. 나는 그녀의 목소리에서 쓸쓸함을 감지했다. 내리사랑이라는 한국식 표현이 있다. 강이나 눈물이 아래로 흐르듯이 사랑도 한 세대에서 다음 세대로 흐른다는 뜻이다. 반대의 경우는 없다. 케이토가 성장하면 기분이 어떨지 상상해보았다. 결혼해서 가정을 꾸리고, 나를 떠나는 모습을 그려보았다. 그리고 제임스와 그의 어머니를 생각했다. 우리는 직선이 아닌 원을 그리고 있었다. 나는 내 미래에서 반대편에 서서 나를 응시하고 있는 제임스의 어머니를 보았다.

우리가 뉴저지에 도착한 지 일주일이 지났다. 나는 집 밖으로 나와 도시로 가야만 한다고 주장했다. 케이토를 데려갈 것이다. "반드시 가야 해." 내가 제임스에게 말했다. "두 분이 걱정한다고 해도 가야 해."

"부모님이 어떻게 생각하는지는 걱정하지 마." 제임스가 어깨를 으쓱했다. 그는 어머니가 항균 티슈를 가방에 넣어줄 때도, 아버지가 몇 시간에 한 번씩 케이토의 체온을 확인하라고 말할 때도 아무렇지 않은 사람처럼 보였다.

우리는 뉴욕행 버스를 타러 터벅터벅 걸어갔다. 제임스가 접이식 유아차를 들고, 나는 아기띠를 두르고 케이토를 안았다. 뉴저지에 도착하고 처음으로 아기는 평온하게 잠들었다. 케이토는 내 품에 꼭 안겨 있었다. 내 피부에 닿는 아기의 숨결을 느낄 수 있었다. 맨해튼을 걸으면서 짐을 내려놓은 기분이 들었다. 숨을 쉴 수 있어서, 누구도 나를 알아보지 못하는 이 도시에 있을 수 있어서 눈물이 났다. 나를 쳐다보는 사람은 한명도 없었다. 눈보라와 인파 속에서 안심이 되었다.

우리는 밤에 집으로 돌아갔다. 제임스의 부모님이 우리를 기다리고 있었다. 이들이 걱정하고 있었음을 표정을 통해 알 수 있었다. 그날 밤 나는 이들이 소곤거리는 소리에 잠들지 못했다.

다음 날 아침 제임스의 아버지가 나와 함께 자리에 앉았다. 그는 내게 커피를 따라주었다. 우리는 유리 테이블을 사이에 놓고 얼굴을 마주 보았다. 그가 내게 미소를 지어주었지만, 나는 곧 심각한 대화가 오갈 것임을 직감했다.

"제임스가 잘 챙겨주니?"

"네." 내가 말했다.

"그래, 좋아. 아기를 낳는 일이 힘들다는 것을 잘 안단다." 그가 잠시 말을 멈추었다. "산후우울증에 대해 들어보았니?"

"네." 내가 답했다. 그리고 깨달았다. 그는 내가 우울증에 걸렸다고 생각했다.

"흔히 있는 일이다." 그가 말했다. "출산 후 여성의 85퍼센트가 경험한단다. 나는 네가 우울증이 있는 게 아닌가 싶구나."

그는 친절하게 이야기했지만 근심스러운 표정을 짓고 있었다.

"네가 온종일 걱정만 하는 것 같더구나. 잠도 못 자고. 이러면 위험하단다. 자신을 잘 돌봐야지. 우리가 너를 불안하게 만드는 것 같구나. 그저 걱정이 되어서. 나는 걱정이 많단다. 내 말이 거슬릴 수 있다는 거 안다. 그럴 의도는 아니야."

나는 울기 시작했다. 지금 일어나고 있는 일에 대한 그의 진단은 아주 정확했다. 그는 현재의 상태를 너무나 명확하게 볼 수 있었다. 그는 알았다.

"나는 아들이 셋이란다." 그가 말했다. "셋 중에서 제임스가 가장 힘들었지. 하지만 제일 신념이 강한 아이란다. 전에 네가 말했듯이…" 그는 우리가 처음 만난 날 나누었던 대화를 상기시켜주었다. "친절함과 신념을 가진 남편을 원한다고 말했었지. 제임스는 이 두가지를 모두 가졌어. 그리고 그애는 너를 사랑한단다. 나는 네가 강한 여성이라고 믿어. 이 문제를 잘 헤쳐나갈 거다."

나는 제임스의 아버지를 보았다. 그의 떨리는 손과 그의 얼굴이 보였다. 그리고 그동안 무슨 일이 있었는지 깨달았다. 내 걱정과 두려움 속에서 보지 못했던 것을 알게 되었

다. 시아버지는 우리의 행동 때문에 걱정했던 것이 아니었
다. 그의 불안은 그 자신한테서 나왔다. 지금까지 너무나
많은 최악의 시나리오를 보았고, 도움을 주지 못해 무력감
을 느꼈으며, 자신이 사랑하는 사람들에게서 이런 징후가
보이는 것을 두려워하는 남자가 보였다. 그는 자신이 걱
정이 많은 사람임을 알았다. 항상 걱정을 달고 산다는 사
실을 알았다. 그가 보호하려는 대상은 케이토가 아니었다.
자기 자신이었다.

나는 숨을 쉴 수 있게 된 것 같은 기분이었다.

그는 내게 미소를 지었지만, 이 대화를 평소와 같은 방
식으로 끝냈다. 최악의 시나리오를 들려주는 것. "대부분
의 경우 산후우울증은 심각하지 않단다. 하지만 조심해야
해. 자신의 아기를 흔들었던 환자가 있었거든. 아기를 흔
들어서 결국 아기가 시력을 잃었단다."

그리고 내 숨이 목구멍에서 턱 막혔다.

한국인은 잠에서 깨어날 때 몸을 움직이지 못하거나 숨을 쉬거나 소리를 지를 수 없으면 귀신이 가슴 위에 앉아 있기 때문이라고 말한다.

　나는 이 느낌에 공포를 느꼈던 때를 기억한다. 깨어났으나 몸이 얼어붙은 듯 꼼짝도 할 수 없는 상태. 나는 입을 벌리고 소리 없는 비명을 질렀다. 그리고 내 가슴 위에 앉아 있는 유령을 생각해보았다. 어디서 온 유령일까? 수 세대 전의 유령이라고 상상해보았다. 우리 조부모님의 꿈에 존재하는 유령. 이들이 잃어버린 존재. 과거와 단절된 삶, 기대, 그리움의 망령. 내가 물려받은 무거운 짐이었다.

시아버지와의 대화를 마치고 2층으로 올라갔다.

공기가 뻣뻣하게 느껴지기 시작했다. 가슴이 콱 조여오는 느낌이 들었고 숨을 쉬기가 어려웠다. 누가 세상을 빠르게 흔들기라도 한 듯이 바닥이 갑자기 움직였다. 나는 젖을 물리기 위해 케이토에게로 갔다. 아기를 가까이 끌어 안았다가 너무 세게 움켜잡고 있음을 깨달았다. 내가 아기를 숨 막히게 하는 걸까? 너무 꽉 끌어안고 있나? 아기의 시선이 내게 꽂혀 있었다. 제임스의 눈, 제임스 어머니의 눈, 두려움이 가득한 눈들이 나를 보고 있었다.

내가 아기를 흔들게 될까? 시력을 잃게 할까? 아기가 나를 두려워하나?

나는 내 머릿속에서 이런 생각을 떨쳐버리려고 노력했다. 가끔 고층 빌딩 꼭대기의 난간에서 아래를 내려다보며 추락하는 모습을 상상할 때처럼 현기증이 나게 만드는 그런 기분이었다.

시어머니가 나를 불렀다.

"캣!" 그녀가 말했다. 그녀는 며칠 뒤에 있을 케이토의 백일잔치 이야기를 하고 싶어했다.

"많은 사람이 이야기하고 있어… 뒤에서 수많은 일이 벌어지고 있지. 내 말을 믿어도 돼." 그녀가 말했다.

나는 고개를 끄덕였다. 이들의 수군거리는 소리가 상상되었다.

"걱정할 것 없단다. 백일잔치에서 사람들이 케이토를 떨어뜨리지 않게 내가 지켜보마." 그녀가 말했다. "아주 잘 지켜볼 거야."

"하지만." 가슴이 답답해지는 것을 느끼며 내가 말했다. "그렇게 지켜보면 사람들이 불편해할지도 몰라요. 그러다가 아기를 떨어뜨릴 수 있고요." 나는 현기증에 대해, 추락에 대해 생각했다. 홍콩에서 우리가 새 아파트로 이사한 뒤 발코니에서 난간 너머를 바라보고 있을 때 리아가 불안한 표정으로 우리를 지켜보던 모습이 떠올랐다. 무언가를 끔찍하게 두려워할 때 이 불길한 예감이 항상 현실로 나타나지 않던가?

그때 제임스의 아버지가 방으로 들어왔다. 제임스의 어머니는 눈을 번쩍 뜨며 웃는 동작을 취했다.

그러다 알게 되었다. 시어머니의 비판과 우려는 나를 위한 것이 아니었다. 그녀의 가족을 위한 것이었다. 그녀는 가족을 위해 최선을 다하고 있었다. 문제는 나였다. 내가 그녀가 보내는 신호를 무시하면서 일을 엉망으로 만들고 있었다. 자신을 따르라고, 마음 편하게 있으라고 했던 그녀의 말은 모두 경고였고, 그녀의 몸짓은 시아버지가 걱정하지 않게 안심시키려는 행위였다. 그녀의 웃음은 청력이 나쁜 남편을 위해 몸에 익힌 무언극이었다. 모든 것이 잘 돌아가고 있음을 보여주기 위한 동작이었다. 남동생과 내가 침묵 속에서 성장했던 것과 같았다.

눈을 번쩍 뜨는 습관은 그녀의 계획대로 일이 잘 진행되지 않을 때 신경이 예민해졌음을 보여주는 방식이었다.

물론 시아버지는 무슨 일이 일어나고 있는지 알았다. 그는 집 안의 중심에 진실하지 않은, 진단이 필요한 무언가가 있음을 알았다.

제임스와 그의 형제들에게는 당연했던 것들이 내게는 어렵사리 찾은 결론이었다. 모든 거짓말과 모든 억측을 전부 먹어치우고 진실만 남은 뒤에야 이런 결론에 도달할 수 있었다. 나는 시어머니에게서 모순을 보았다. 모험을 좋아하고 어린 소녀의 영혼을 가졌지만, 전통적인 결혼과 가족이라는 상자에 자신을 넣은 여성. 그녀의 중심에는 가족이 있었고, 이를 당연하게 여겼다. 그리고 남편을 사랑했다. 그녀는 지정된 길을 따르거나 이를 완전히 부수어야 하는 갈림길에서 순응을 택했다. 그렇기에 그녀가 습관처럼 하는 말이 '항복할게요'였다. 이것이 진실이었다. 그녀는 항복하기로, 운명을 받아들이기로, 그래서 행복해지기로 선택했다. 그녀의 아들, 즉 내 남편은 그녀의 모험심을 물려받은 유일한 자녀였으나 그녀를 남겨두고, 그녀가 알고 사랑했던 가족의 틀에서 벗어나 런던으로 떠났다.

제임스의 아버지에게서 제임스의 모습이 보인다. 단지 극단적인 형태로 보일 뿐이다. 지식과 지혜를 지닌 친절한 남자. 수년간 최악의 시나리오를 보아오면서 두려움에 사로잡힌 남자. 의사로서 느끼는 무력감이 그가 일상의 잠재적인 위험 신호를 볼 수 있게 만들었다. 질병과 걱정이 지배하는 새로운 관점이 생겨났다. 이것이 그를 신앙심 깊은 종교인으로 만들었고, 그는 자신의 세 아들이 종교적으로 뒤따르기를 바랐던 길을 따라가지 않고 있음을 감지했다.

소중하고 선택받았으며 사랑받는 셋째 아들인 제임스는 동화에서처럼 숲에서 길을 잃은 두 형제와는 다르게 어둠을 헤치고 나오는 운명을 타고났다. 나는 제임스의 행복한 어린 시절 아래에 새로운 차원의 어둠이 있음을 알게 되었다. 죽을 수밖에 없는 운명과 질병, 증상을 지속해서 상기하고, 이를 통제할 수 없음을 상기하는 것. 이것이 남편을 원칙적이고 명확하게 사고하는 남자로, 언제나 체계적이고 통제력을 잃지 않는 남자로 만든 힘이었다. 그는 신앙과 미신에서 등을 돌리고 입증된 것과 사실에 입각한 것만 믿는 남자가 되었다.

"첫 대화에서 당신과 사랑에 빠졌어." 그는 이렇게 말했었다. 그리고 이 말이 무슨 의미인지 마침내 이해하게 되었다. 사랑과 소리로 가득한 그의 집에서는 누구도 그의 말을 진심으로 들어주지 않았다. 너무 많은 일이 일어나고 있었고, 너무 많은 소리와 의견이 있었다. 소란스러웠다.

나는, 비록 그렇게 느끼지는 않았지만, 시어머니를 똑같이 흉내 내면서 과장되게 웃는 동작을 취했다.

마치 전력 질주를 하다가 모든 것이 갑자기 멈추어버린 것 같았다. 세상이 뒤집혔다. 모든 것이 변했지만 아무것도 변하지 않았다. 나는 내 정신질환이 이때부터 시작되었다고 믿는다. 시아버지와 시어머니가 나를 바라보고 우리의 눈이 마주쳤던 그 순간에 너무나 많은 정보를 처리해야 했다. 그리고 나는 시간에서 분리되어 우리를, 우리의 초상화를, 거울을 보듯 닮은 행동을 보았다. 우리는 모두 존재했지만 서로 화합하지 못했고, 과거의 패턴을 반복했다.

한국인은 영혼이 다시 태어나는 환생을, 다음 생을 믿는다.

내 삼촌의 아들은 변화무쌍한 정신을 타고났다. 말을 하지 않았지만 그림과 춤으로 소통했고, 세상과 세상 사이에 존재했다. 할머니는 자신을 원망했다. 점쟁이가 그녀에게 태어나지도 못하고 자궁 안에서 사망한 그녀의 아들을 위해 슬퍼하지 말라고 말한 적이 있었다. 점쟁이는 그 아이가 손자로 다시 태어날 거라고 했다. 그래서 할머니는 그날을 소망하며 기다렸다. 그리고 삼촌의 아들이 태어났을 때 할머니는 당신의 죽은 아들이 환생했다고 믿었다. 그러나 죽은 아들은 당연히 산 자의 땅에 속하지 않았다. 할머니에게 운명을 의심한 벌이 내려졌다. 지나치게 간절히 바란 것에 대한 벌이었다.

나는 제임스의 할머니가 손자의 눈에서 자신의 맏아들

을 찾았을지 궁금하다. 제임스의 이름은 그의 할아버지와 증조할아버지 이름과 글자 하나가 같았다. 세대를 거슬러 올라가는 바람, 중단된 바람.

나는 한국인이 두려워하면서도 다음 생을 바란다고 생각한다. 이들은 갈망하고 기다리며, 유령처럼 존재한다. 과거가 현재가 되기를 바란다.

2층으로 돌아온 나는 숨을 고르려고 노력했다. 지금부터는 모든 일이 잘되리라고 생각했다. 그러나 한꺼번에 너무 많은 정보가 입력된 기분이었다. 여전히 이 정보들을 처리하려고, 이해하려고 애쓰는 중이었다.

세 아들, 진단, 똑같은 행동, 번쩍 뜬 눈.

나는 아기 침대에서 평온하게 잠들어 있는 케이토를 바라보았다. 아기를 안고 싶어서 몸을 기울여 들어 올리려고 했을 때 아기가 눈을 떴다. 그리고 그 일이 벌어졌다.

케이토의 눈이 악마의 눈으로 바뀌었다. 검은 눈에 번쩍이는 빨간 눈동자. 번쩍임. 그리고 보이는 케이토의 눈, 제임스의 눈, 제임스 어머니의 눈. 두려움에 떨며 나를 향해 번쩍 뜬 눈.

나는 숨을 쉬려고 노력했지만 호흡이 점점 짧아졌다. 방 안의 벽이 두꺼워지는 것 같았다. 그때까지 나는 벽이 좁아진다는 표현을 이해하지 못했지만, 지금 그렇게 느끼고 있었다.

"제임스." 나는 숨을 제대로 쉬지 못했다.

제임스가 방 안으로 들어왔고, 나를 보는 그의 눈이 커지는 것을 보았다.

나는 그에게 이 집을 나가야 한다고 말했다. 지금 당장.

"숨을 쉴 수가 없어." 내가 말했다. "제발 믿어줘. 나는 이곳에서 나가야 해."

그는 꼼짝도 하지 않고 서 있었다.

"지금 나가야 한다고."

"알았어." 그가 말했다. "알았어, 나가자."

마음속에서 창문이 열리는 기분이었다. 우리는 이곳에서 나갈 것이다. 우리는 괜찮을 것이다. 이 집에서 나가는 일이 불가능하다고 생각했는데, 제임스가 방금 문을 열어주었다.

"짐을 쌀까?" 그가 물었다. "가기 전에 우리 짐을 챙겨도 괜찮아?"

"응, 괜찮아." 내가 말했다. 나는 숨을 헐떡이며 흐느꼈다. "당신이 나를 똑바로 봐줬으면 좋겠어." 내가 말했다. "내가 미쳤다거나 정신이 무너져 내리는 사람으로 보지 않았으면 좋겠어. 진심이야." 그의 눈은 여전히 믿을 수 있었고 정상이었다. 그러나 제임스의 눈까지 변한다면 무엇을 해야 할지 몰랐다.

"내가 하는 말을 한마디 한마디 전부 그대로 따라 해줘." 내가 말했다. 나는 그가 나를 완전히 이해하는지, 더이상의 오해는 없는지 알아야 했다. 서로 이해하지 못하는 상황이 더는 없음을, 우리가 같은 세계에서 같은 언어로 이야기하고 있음을 알 필요가 있었다.

"알았어." 그가 말했다. "당신이 하는 말을 그대로 따라 할게."

"한마디 한마디 전부." 내가 말했다.

"한마디 한마디 전부."

나는 조용히 울고 있는 케이토를 안아 들었다. 그러나 눈은 보지 않았다. 제임스가 물건을 차곡차곡 정리하는 동안 나는 아기를 안고 침대에 앉아 있었다. 중학생 때 들었던 질문이 기억났다. 당신의 낙하산 정리를 누구에게 맡길 것인가? 그리고 제임스를 만났을 때 내가 언제든 믿을 수 있는 사람이 바로 그라는 것을 알았다.

그는 우리 물건을 늘어놓고 분류하면서 혼잣말을 했다. 그리고 놀랍게도 몇분 지나지 않아 짐 싸는 일을 끝냈다. 마치 언제든지 떠날 수 있게 준비해놓았던 것 같았다.

나는 생각했다. 제임스와 그의 가방. 그가 언제나 메고 다니는 그 가방. 나는 그와 그의 배낭이 한 몸이라고 놀렸었다. 하지만 그가 언제나 떠날 준비가 되어 있는, 탈출할 준비가 되어 있는 이유가 있었을지도 모른다. 이것이 그의 어린 시절인가? 그는 자신의 가장 행복했던 기억 중 하나가 혼자서 시내로 걸어가 상점에 들러서 만화책을 읽었던 일이었다고 말해주곤 했다. 그리고 나는 이 이야기의 또다른 차원을 보았다. 나는 그가 왜 집을 나왔는지, 왜 혼자 있고 싶었는지 물어볼 생각조차 한 적이 없었다. 지금은 그것이 그가 스스로 자신을 통제하고 있음을 상기시켜주는 일이었음을 깨달았다.

"호텔로 갈 거야." 그가 말했다. "당신이 런던으로 돌아가고 싶은 게 아니라면?"

"아니, 아니야." 내가 말했다. "나는 괜찮을 거야. 과잉반응할 필요는 없어. 그냥 이 집에서 나가면 돼."

그가 고개를 끄덕였다.

"따라 해줘." 내가 간청했다.

"알았어." 그가 말했다. "과잉반응할 필요는 없어. 그냥 이 집에서 나가면 돼."

그는 잠시 생각에 잠겼다가 휴대폰을 꺼내서 호텔을 예약했다. 멀지 않은 곳이었다.

무게가, 내 가슴을 짓누르던 무게가 가벼워지는 것이 느껴졌다. 나는 케이토를 보지 않았다. 상관없었다. 하지만 케이토가 내 품 안에서 꼼지락거리는 움직임을 느낄 수 있었다. 케이토의 눈이 변한 것은 무슨 의미였을까? 무슨 일이 벌어지고 있는 것일까?

어쨌든 지금부터는 괜찮아질 것이다. 우리는 떠날 것이다. 불가능해 보였지만 그렇게 하고 있다. 세대를 이어져 온 의무와 순종. 우리는 떠날 것이다. 간단했다. 나의 할머니도 이런 감정을 느낄 수 있었을까? 이 해방감을? 우리는 이곳을 떠나고 있었다. 이 고리에서, 어머니와 아들의 이 반복되는 패턴에서 벗어나고 있었다. 나는 뜨거운 국 냄비가 위로 떨어지면서 사망한 제임스의 큰외삼촌 이야기와 시가에 붙잡혀 있었던 나의 어머니를 생각했다. 우리는 이 패턴을 깨뜨릴 것이다.

제임스의 부모님이 아래층에서 대화하는 소리가 들렸다.

"당신 부모님은 보고 싶지 않아." 내가 말했다. 다시 무게가 느껴졌고 숨이 턱 막혔다. 다시 벽이 좁아지고 있었다. 다시 갇히는 기분이었다. 우리는 이 고리에서 벗어나지 못할 것이다. 이 고리, 고리, 끊임없이 반복되는 고리.

"우리 부모님은 보고 싶지 않구나." 그가 말했다. "알았어."

그가 아래층으로 뛰어 내려갔고, 그의 부모님에게 이야기하는 소리가 들렸다. 현관문이 열리고 두분이 집에서 나가 차를 타고 떠나는 소리를 들었다.

"뭐라고 말했어?" 내가 물었다.

"걱정할 것 없어." 그가 답했다.

"아니, 당신이 내게 솔직하면 좋겠어. 말해줘." 내가 말했다. "당신이 나를 믿는지 알아야겠어. 나를 신뢰하는지."

"그냥 우리가 떠나야 하고, 두분이 잠시 집을 비워주면 좋겠다고 말했어."

나는 다시 숨을 쉬기 시작했다. 내게 기대어 있는 케이토를, 아기의 숨결을 느낄 수 있었다. 괜찮을 거야. 우리는 벗어날 거야.

나는 내게 무슨 일이 일어나고 있는지 알 수 없었다. 다만 스노볼처럼 격렬하게 흔들리는 세상에서 균형을 잡고 있는 사람은 나뿐인 것 같았다. 나는 온 힘을 다해 제임스에게 꽉 매달렸고, 그가 나를 믿어주길 바랐다. 내가 여전히 현실 속에 있다는 확신을 심어주기를 바랐다. 어쩌면 내가 공황발작을 일으켰을 수도 있고 그냥 꿈을 꾼 것일 수도 있다. 분명하지 않았다. 왜 세상이 쪼그라드는 것일까?

제임스는 창문과 트렁크에 덕트 테이프를 붙여놓은 차에 짐을 실었다.

그가 내게서 케이토를 데려가고서야 나는 내 손이 떨리고 있음을 알아차렸다. 여전히 케이토를 볼 수 없었다. 나는 도망치고 있었다. 이 집에서, 이 공간에서.

조수석에 앉아 호흡에 집중하려고 노력했다. 같은 집들이 계속 나타났다. 이 동네의 집들은 다 똑같이 생겼다. 나는 맷이 자신의 집에 대해 했던 말을 생각하기 시작했다.

반복되는 집들. 그리고 『시간의 주름』*A Wrinkle in Time*과 그 책에 등장하는, 집과 진입로에서 서로 동시에 공을 튕기는 아이들을 묘사한 장면을 떠올렸다. 우리가 탈출할 수 있을까? 그저 같은 순간에 머물러 있는 것은 아닐까? 같은 장소에?

우리는 마침내 마을의 중심가를 지났다. 나는 여전히 숨을 제대로 쉬지 못하고 있었고, 하늘이 갑자기 열리기를 바랐다.

호텔에 도착했을 때 제임스는 자신이 체크인하겠다고 했다. 나는 호흡을 세며 흔들리는 세상이 멈추길 바라면서 케이토와 함께 로비에 놓인 무늬가 있는 소파에 앉았다. 양복을 입은 한국인 남성 두명이 내게 다가왔다. "제 휴대폰을 찾고 있어요." 한명이 한국말로 말했다.

정말인가? 문득 어떤 생각이 내 머릿속을 스치고 지나갔다. 이 사람들이 제임스 부모님의 친구는 아닐까? 우리가 감시를 받고 있나? 우리를 호텔에서 보았다는 말이 제임스 가족의 귀에 들어가면 어쩌지? 제임스 가족들이 이 소문을 감당할 수 있을까?

호텔은 영화에 나오는 곳처럼 허름했고 카펫과 벽이 붉은색이었다. 나는 감시 카메라가 작동되는 소리가 들린다고 생각했다. 누가 우리를 지켜보고 있나? 모니터가 늘어서 있는 방을 상상했다. 모든 화면에 우리의 모습이 담겨 있다.

나는 우리가 추적당하고 있다고 생각했다. 사람들이 내 인스타그램이나 페이스북을 보고 우리가 하는 모든 행동을 분석하면 어쩌지? 나는 제임스의 사촌들과 페이스북 친구였다. 시어머니가 말한 의미가 이런 건가? 사람들이 이야기하고 있다고 했을 때 내게 경고했던 것인가? 나는 떨리는 손으로 내 페이스북과 인스타그램 앱을 삭제했다. 메신저 앱인 왓츠앱의 기록도 지우기로 했다. 제임스의 가족들이 우리를 지켜보고 있다.

"뭐 해?" 제임스가 물었다. 그가 나를 바라보았다. 그의 손에는 방 열쇠가 들려 있었다.

"전부 다 지우는 중이야." 내가 말했다. "나만의 시간이 좀 필요해."

그는 천천히 고개를 끄덕였다.

붉은 카펫이 깔린 복도를 걸어가는 동안 다른 방 안에서 대화하는 소리가 희미하게 들리는 것 같았다. 모퉁이의 카메라에서 나오는 윙윙거리는 소리가 들렸다. "항상 이곳에서 한번 묵어보고 싶었어." 제임스가 말했다.

나는 고개를 끄덕이려고 노력했다. 케이토가 몸을 움직였고, 나는 힐끗 내려다보았다. 케이토는 악마의 눈을 하고 있었다.

내 룸메이트인 리즈는 금발의 40대 여성이다. 그녀는 온종일 침대에 누워 부들부들 떨다가 식사 시간이 되면 일어나 하품을 하고 눈을 비비면서 구내식당으로 느릿느릿 걸어간다.

그녀의 침대 옆에는 책이 한권 놓여 있다. 『나를 있게 한 모든 것들』^{A Tree Grows in Brooklyn}이다.

나는 책을 빌릴 수 있냐고 묻는다.

"물론이에요." 그녀는 이렇게 말하면서 눈을 가늘게 뜬다. 내가 규칙을 어긴 것이다. 개인 소지품에는 손대면 안 된다.

"잠깐이면 돼요." 내가 재빨리 말한다. "제가 좋아하는 책 중 하나거든요."

"재미있다고 들었어요. 읽을 시간은 별로 없었지만."

두번째 페이지에 서표가 꽂혀 있다. 나는 책을 빠르게

획획 넘긴다. 병동의 모든 것들이 낡았지만 이 책은 놀라울 정도로 깨끗하고 표시된 부분이 없다.

그녀가 내게 소리 내어 읽어달라고 부탁한다. 목소리가 떨리고, 내 눈앞에서 단어들이 페이지를 벗어나지만, 우리 둘이 뉴욕의 아파트 비상계단에 잠깐 서 있는 경험도 한다.

"좋네요." 그녀가 말한다.

"제가 읽을 수 있게 해줘서 고마워요." 내가 말한다.

나는 오늘 밤 안 하던 행동을 시도한다. 물약과 알약을 입에 물고 삼키지 않는다. 그리고 빠른 걸음으로 내 방으로 돌아와서 세면대에 뱉는다.

나는 느끼고 싶다. 몽롱한 상태에서 잠들고 싶지 않다. 무슨 일이 일어나고 있는지 알아야겠다.

내 주변에서 병동의 분위기가 바뀌는 것이 감지된다. 모두가 편안하고 차분해지고 진정된다. 걸음걸이가 느려지고, 사람들의 말소리가 사라지고, TV 소리만 들린다. 그러다가 우리는 한 사람씩 잠을 자러 각자의 방으로 조용히 걸어간다. 나는 마지막까지 남아 있다가 다른 사람들을 뒤따른다. 한걸음, 한걸음, 하나둘, 하나둘. 우리 머리 위로 형광등이 윙윙거린다.

잠시 출산병동에서 케이토를 안고 할머니가 불러주던 노래를 불러주며 걸어 다녔던 때가 떠오른다. 형광등에서

나는 소리와 내 몸에 기대어 안겨 있는 아기. 아침이 온다
는 약속을 기억한다. 나는 팔짱을 끼고 가슴을 누른다. 날
카로운 통증이 느껴진다. 나는 이 통증을 멈추려고 노력
한다.

병동의 불이 꺼진다.

리즈가 코를 고는 소리가 들린다.

방은 어둡고 모퉁이에 서 있는 작은 옷장이 기이한 그림자를 만들어낸다. 침대틀은 금속이고 뼈대 부분이 튀어나와 있어 매트리스를 깔았는데도 내 몸을 찌른다. 침대보는 얇고 거칠어서 피부가 쓸린다. 방 안은 어둡지만, 문틈으로 빛이 비스듬히 새어 들어온다. 멀리서 비명과 희미한 발걸음 소리, 문이 열리고 닫히는 소리가 들린다.

공허함이 느껴진다. 내 마음속 깊은 곳에서 그리움이 느껴진다. 모로 누우니 병원 담요에 둘러싸인 채 내 옆의 플라스틱 아기 침대에 누워 있던 케이토의 모습이 보이는 것 같다. 내가 곁에 없다는 사실을 인식하고 있을까? 이런 생각이 들자 속이 메스꺼워진다. 케이토가 인식하지 못하면 좋겠다. 기억하지 못하는 것이 더 낫다. 케이토의 얼굴을 떠올려보려고 노력하지만 뜻대로 되지 않는다. 케이토의 눈만 보일 뿐이다. 제임스의 눈, 제임스 어머니의 눈.

시어머니의 목소리가 들린다. 입버릇처럼 하던 말이 뭐였지? '항복할게요.' 나도 내 생각들에 항복해야 하지 않을까? 하지만 이것이 무슨 의미이든 나는 그렇게 하지 못할 것 같다.

나는 압박감을 느낀다. 육중한 문과 그 문에 채워진 자물쇠를 생각한다. 천천히 호흡을 가다듬으려고 노력하면서 집을 떠올려보지만 아무것도 생각나지 않는다.

집 대신 한국에 있는 할아버지의 선교사 거주지와 어릴 때 그곳에서 보냈던 여름을 떠올린다. 언덕에 지어진 거주지에는 마당과 교회, 대나무숲이 있었고 언덕 꼭대기에 붉은 벽돌집이 있었다.

이 집은 여름의 뜨거운 열기로 후끈 달아올라 숨이 막힐 것 같았다. 우리는 에어컨을 튼 실내에 머무르면서 손에 쥐었을 때 시원하게 느껴지는 돌로 만들어진 말을 이용해 체스를 두었다. 땅거미가 질 무렵 우리는 뒷마당으로 나가 검은 대리석 묘비들 사이를 뛰어다녔다. 묘비에는 한국어로 이름이 적혀 있었고 무덤은 비어 있었는데, 북한에 남겨두고 온 조부모님의 부모님 무덤이었다.

우리는 시원한 대리석 묘비에 누워 이름이 새겨진 바위

에 볼을 가져다 댔다. 내 심장이 뛰는 소리가 바위에 부딪혀 울렸다.

어둠이 깔리기 전까지 우리는 그늘 밑에서 놀았다.

병동 침대에 누워 내 심장 박동을 세면서 그 시절을 떠올린다. 어둠은 유리와 같다. 복도에서 방 안으로 새어 들어오는 밝은 빛의 조각들. 내게는 신비한 존재인 조상들을 생각해본다. 나는 이들의 이야기를 모른다. 이들과의 유일한 연관성은 내 DNA에, 손 모양에, 눈에 들어 있다. 나의 조상들은 무엇을 느꼈을까? 무엇을 상상했을까? 이런 일이 전에도 있었을까? 나는 이미 예정된 것 같은 익숙함을 느낀다.

멀지 않은 곳, 같은 어둠 속에서 제임스와 케이토가 잠을 자고 있다. 나와 떨어진 채, 그러나 같은 하늘 아래에서. 나는 발끝이 언제나 북쪽을 향하도록 누워서 잤던 고모할머니를 떠올린다. 그녀가 그리워하는 곳이 있는 방향이었다. 그녀의 남편과 막 걸음마를 배운 아들은 북한에 남아 있었다. 이들은 한순간의 운명으로 헤어졌고, 다시는 만날 수 없었다. 고모할머니는 자신을 용서하지 못했다. 왜 먼저 떠나겠다고 우겼을까? 기다려야 했다. 그녀는 재혼하지 않고 숨을 거둘 때까지 하루하루를 가족과 재회하는 날로 여기면서 살았다. 그리고 가족들을 다시 만나게 될 거라고 말했다. 그녀는 그렇게 믿었다. 유일한 걱정이라면 그녀의 아들이 백발이 된 자신을 알아보지 못하는 것이었다.

사랑과 사랑 이야기에 매료되었던 나, 그리고 할머니의 경고에 대해 생각해본다. 나는 할머니의 말이 폭력적이고 잔혹하며 사랑을 가장하는 드루와 같은 남자들에 대한 경고인 줄 알았으나 돌이켜 생각해보니 좀더 순수한 무언가에 대한 경고였던 것 같다. 할머니는 진심이었다. 그 말은 사랑의 승리에 대한 경고였다. 너무나 아름답고 가공되지 않은 무언가는 끝이 나게 마련이기 때문이다. 마음을 터놓는 것은 괴로움과 취약함을 알게 되는 것이다. 그것은 파괴적인 힘이다.

죽을 운명과 실패를 알지만 그럼에도 벼랑 끝에서 발을 떼는 것. 이것이 사랑을 아름답게 만들어준다.

호텔 방에 도착했을 때 나는 바로 떠나고 싶었다. 모든 것이 엉망이었다. 벽은 지나치게 붉고 방 안에서 윙윙거리는 소리가 났다. 방 안은 생명을 갈망하는 듯한 조화로 장식되어 있었고, 한쪽 구석에는 검은 그림자처럼 TV가 놓여 있었다. 복도에서 사람들이 속삭이는 소리가 들렸다. 내 호흡이 다시 흐트러졌다.

제임스는 가방을 풀기 시작했다.

"제발 눈 좀 붙여." 그가 간절히 말했다. "당신이 좀 쉬었으면 좋겠어. 그런 다음에 이야기하자."

나는 고개를 저었다. "아니." 나는 잘 수 없었다. 이 방에 있고 싶지 않았다.

"그럴 수 없어!" 내가 소리쳤다. 내 주위에서 벽지의 무늬들이 움직이며 붉은 벽을 뛰어다녔다. 방이 빙글빙글 돌아가는데 우리만 제자리에 서 있었다. 나는 형상들이 뛰어

다니는 모습을 볼 수 있었다. 전속력으로 질주하며 방 밖으로 나갔다. 갇힌 느낌이었다. 다시 홍콩의 발코니로 돌아가 있었다. 뛰어내리고 싶었다. 제임스는 이 상황을 보지 못하는 걸까? 세상이 흔들리고 있었다. 나는 어떻게 해서든 탈출해야 했고, 걸어야 했고, 숨이 막히는 기분에서 벗어나야 했다. 벽이 돌고 또 도는 것처럼 느껴졌다. 거울에 반사되는 이미지에, 삶에 갇힌 것 같았다. 나는 제임스에게 케이토의 눈에 대해 말하고 싶지 않았다. 제임스가 겁에 질린 모습으로 나를 바라보면 어떻게 해야 할지 몰랐기 때문이다.

나는 심호흡을 하려고 노력했다. 제임스가 나를 보고 있었다.

"테디에게 전화해야겠어." 내가 말했다. "동생은 이해할 거야."

그는 이해하리라고 생각했다. 그럴 수 있는 유일한 사람이었다. 나는 그가 나를 한 아이의 엄마나 아내가 아닌 나로 본다는 사실을 알았다. 그에게 나는 캐서린이었다. 누나였다.

나는 휴대폰을 들고 테디에게 전화하기 위해 화장실로 들어갔다. 시애틀은 새벽 5시였지만 그는 전화를 받았다. "안녕, 누나."

"테디." 내가 말했다.

숨이 막혀오고 있었다. 그는 내 말을 기다렸다.

"숨을 못 쉬겠어." 내가 말했다. "무슨 일인지 모르겠어. 무언가 정말 잘못되었어. 모든 것이 더 나빠지고 있어. 무슨 일이 일어나고 있는지는 정확히 몰라. 하지만 모든 것이 이상해. 마치 전에 전부 일어났던 일처럼 느껴져."

잠시 침묵이 이어졌다.

"내 말뜻 알겠어?"

"알아."

"넌 이런 기분이 들면 어떻게 해?" 내가 물었다.

"뭐, 많은 경우 웃을 이유를 찾아. 그 상황이 우스꽝스럽다는 것을 찾지."

"나도 웃으려고 애쓰고 있어." 내가 말했다. "하지만 그냥 너무 진지하게만 느껴져. 너무 암울해. 뭐가 진짜인지 모르겠어."

"알았어." 그가 말했다. 나는 테디를 알았다. 지금은 기다려야 했다.

화장실 거울에 비친 내 모습을 보았다. 평소와 다르지 않았다. 정상으로 보였다.

"누나, 진정해. 지금 어디야?"

"제임스… 그리고 케이토랑 호텔에 왔어." 내가 말했다.

"호텔에 있다고?"

그간의 상황을 설명하면서 말이 두서없이 쏟아져 나왔

다. 제임스 부모님의 집을 나왔고, 제임스가 불가능하다고 여겼던 일을 해내면서 집을 떠났고, 그가 의무와 순종이라는 규칙을 어겼으며, 우리는 불가능한 일을 해냈다. 나는 청각장애인의 집에 있는 시각장애인의 딸이었고, 우리가 불가능한 일을 해냈다. 그러나 무언가가 여전히 잘못되었다.

"누나, 내가 제임스랑 얘기해도 돼?" 테디가 물었다.

제임스는 걱정스러운 눈빛을 하고 케이토와 함께 침대에 앉아 있었다. 그는 피곤한 눈으로 나를 보았지만 여전히 내가 알던 그의 눈이었다. 여전히 신뢰할 수 있는 눈이었다.

"테디야." 휴대폰을 건네며 내가 말했다.

제임스는 케이토를 내게 안겨주고 방에서 나갔다. 나는 케이토의 머리에 내 머리를 기대고 앉았다. 내 볼에 닿는 아기의 따뜻한 숨결을 느낄 수 있었다. 피부는 고운 파우더보다도 더 부드러웠다. 여전히 나를 믿고 있었고, 내게 기대어 있었다.

제임스가 방으로 들어와 휴대폰을 내게 돌려주었다. 그리고 살짝 미소를 지어주었다.

"누나." 테디가 말했다. "누나는 잠이 필요한 것 같아. 나도 잠을 자지 못할 때면 제대로 생각할 수 없더라."

"그래." 내가 말했다. "나도 알아. 하지만 지금은 잘 수 없어. 숨을 쉬어야 해. 걸어야 해. 이 방에서는 숨을 쉴 수 없다고!" 내 목소리가 머릿속에서 울렸다. 절박한 음성이었다.

"알았어, 누나. 진정해. 다 괜찮을 거야. 그냥 제임스 말을 들어. 제임스가 뭐라고 하든 그냥 하자는 대로 해."

나는 테디가 어렸을 때의 모습을 떠올렸다. 작은 소년. 내 단짝.

"너도 알잖아, 테디. 넌 언제나 내 단짝이었어."

그가 웃었다. "나도 알아, 누나. 누난 괜찮을 거야."

전화를 끊고 제임스를 쳐다보았다. 그는 지치고 불안해 보였다.

나는 테디가 보고 싶었다. 이곳으로 날아와달라고 말하고 싶었다. 모든 것이 좋아질 거라고 나를 안심시켜주기를 바랐다. "테디가 오는 게 좋을지도 모르겠어." 제임스가 내 생각을 읽기라도 한 사람처럼 말했다.

"아니야." 내가 말했다. "그러지 마. 동생을 귀찮게 하고 싶지 않아."

제임스는 내게 미소를 지어 보이려고 했다. "잠을 못 자겠으면, 이 동네를 둘러보는 건 어때?" 그가 말했다. 우리는 그의 어린 시절과 우리가 고등학생 때 만났으면 어땠을지에 대해 이야기를 나눈 적이 있었다. 그는 내게 데이트를 신청했을 것이라고 했다. "데이트 어때?" 그가 말했다. "케이토를 데려가도 돼."

좋은 생각이었다. 좋아, 할 수 있어. 할 수 있어. 방을 나서는 일은 시험을 치는 기분이었지만, 우리는 복도로 나왔다. 나는 주먹을 꼭 쥔 손을 가슴 앞으로 가져갔다. 내 심장이 느껴졌다.

즉각 안도감이 들었다. 이 일은 잘될 것이다. 나는 괜찮을 것이다. 우리는 케이토를 조심스럽게 차 안에 앉혔다. 케이토가 순수한 눈으로 나를 바라보았다. 케이토의 눈에서 좀 전에 보았던 악마가 보이지 않았다. 케이토가 나를 향해 작게 칭얼거렸다. 나는 미소를 지어주었다. 우리는 괜찮을 것이다. 제임스가 운전했고, 나는 뒷좌석에 케이토와 함께 앉아 아기의 다리 위에 손을 올려놓았다. 우리는 테너플라이의 거리를 달렸다. 베이글 가게와 식료품점, 레스토랑을 지났다.

차를 옆길에 세우고, 케이토를 유아차에 태웠다.

제임스는 그가 어렸을 때 만화책을 읽곤 했던 상점으로 나를 데려갔다. "어렸을 때 여기에 매일 오다시피 했지." 그가 말했다. 그는 미소를 지었지만 상점으로 걸어 들어갈 때의 얼굴은 피곤해 보였다. "필요한 것들을 좀 사자." 그가 말했다. 그는 꿈속을 걷는 사람처럼 천천히 움직였다. 나는 그가 어쩌면 우리가 저지른 일에 부담을 느끼고 있을지도 모른다고 생각했다. 이렇게 떠나는 것이 부담스러울 수도 있다.

나는 상품 선반 앞에 서 있는 그를 조심스럽게 살펴보았다. 그의 얼굴과 손에 습진이 생긴 것이 보였다. 그는 흡입기를 꺼냈다. 런던에서는 사용할 일이 한번도 없었는데 뉴저지에서 며칠을 보내면서 천식이 재발했다. 그는 흡입기를 깊이 들이마셨다. "이곳에서 몇시간씩 보내곤 했지." 그가 말했다. 불현듯 그가 상점의 통로에서 고요함을 찾던 커다란 배낭을 멘 어린 소년으로 보였다. 입술은 트고 머리는 헝클어진, 소음과 지독한 잔소리로부터 벗어난 소년.

상점 안의 색깔이 지나치게 밝게 느껴지기 시작했다. 무슨 일이지? 벽이 움직이고, 좁아지고, 흔들리는 것을 느낄 수 있었다.

상점 통로에서 악령의 얼굴이 보이기 시작했다. 나를 응시하는, 지팡이를 짚은 나이 든 여성의 얼굴이 일그러져 있었다. 한쪽 눈알이 툭 튀어나왔고 눈구멍이 비어 있었다. 눈꺼풀도 없었고 코는 긴 매부리코였다. 무슨 일이지? 내가 헛것을 보는 것인지 분간이 안 되었다. 나는 상점 선반들을 둘러보기 시작했다. 상자들이 요동치는 것처럼 보였다. 색깔이 강렬했다. 지나치게 강렬했다. 상품 진열대 표지판에 적힌 단어들이 번쩍였다. '완화' '통증' '탈출.' 무슨 일이 벌어지고 있는 거지? 내가 꿈을 꾸고 있는 건가?

제임스를 보았다. 그는 여전히 상품들에 집중하고 있었다. 무슨 일이 일어나고 있는지 모르는 것처럼 보였다. 그가 내게로 천천히 걸어오며 미소를 지어 보였다. 내 호흡이 가빠지는 것을 느낄 수 있었다. "호텔로 돌아가고 싶어." 내가 말했다.

"그러자." 그가 말했다. 안심한 표정이었다. "가서 자자. 이젠 정말 피곤해. 케이토도 지친 것 같아." 나는 유아차 안에서 평온하게 잠든 케이토를 바라보았다. 그러다 깨달았다. 케이토. 나는 아기를 잊고 있었다.

우리는 빈손으로 상점을 나왔다. 나는 빠른 걸음으로 출구로 향했다. 비가 쏟아지고 있었다. 하늘은 어두웠지만 천둥이나 번개는 치지 않았다. 조짐도 없이 비가 억수같이 퍼부었다. 언제부터 내렸던 걸까? 빗방울은 어두웠고, 땅을 세차게 때리고 있었다.

"어떻게 하지?" 내가 물었다. 우리 뒤에서 나이 든 여성이 나를 주시하는 눈길이 느껴졌다. 내게 말을 걸려는 것처럼 보였지만, 나는 그녀를 무시했다.

제임스는 비를 크게 신경 쓰지 않는 것처럼 보였다. 그는 잠깐 망설이더니 "그냥 가자"라고 말했다. 그리고 유아차 밑에서 우산을 꺼냈다. 우리는 유아차를 보호하며 케이토가 비를 맞지 않도록 애쓰면서 천천히 걸었다. 주차된 차로 걸어가면서 이것이 꿈은 아닌지 궁금했다. 이것은 시험일까? 폭풍이 멎기를 기다려야 할까? 제임스의 아버지는 자신의 걱정 때문에 우리가 집을 나왔다가 사고로 죽게 된다면 어떤 기분이 들까? 궁금했다. 아마도 그만의 지옥이 펼쳐질 것이다.

제임스는 시동을 걸기 전에 깊이 숨을 들이마셨다.

차 안에서 나는 번개의 날카로운 섬광을 보았다. 숫자를 세기 시작했다. 하지만 천둥소리는 들리지 않았다. 비가 세차게 퍼붓고 있었고, 빗소리 외의 다른 소리는 들리지 않았다. 나는 호흡을 세기 시작했다. 내 옆의 카시트에 앉아 있는 케이토의 호흡이 느껴졌다. 눈을 감은 케이토는 편안해 보였다. 제임스가 집중하고 있음을 느낄 수 있었다. 그는 최선을 다하고 있었다. 빗줄기가 점점 더 거세지면서 앞차의 후미등밖에 안 보였다. 만화책 속 찰리 브라운의 대사가 떠올랐다. "안도감은 부모가 운전하는 동안 자동차 뒷좌석에 앉아 있을 때 느끼는 감정이야." 그리고 이 순간 내가 죽는다면 평화롭게 죽을 수 있겠다고 생각했다. 케이토의 손이 내 손가락을 움켜잡았다. 우리는 안전했다. 나는 제임스를 믿었고, 그가 우리를 안전하게 데려다줄 것을 알았다.

나는 평온하게 공중에 떠 있는 기분이었다. "우리가 무언가를 모면한 기분이야." 로비로 걸어가며 제임스가 말했다.

"그래." 내가 말했다. 호텔 로비가 이상했다. 강한 충격이 내 몸을 관통하는 것처럼 느껴졌다. 로비는 사람들로 붐볐다. 지나치게 많은 사람이 있었고, 모두가 고개를 돌려 나를 보고 있었다. 왜 나를 보는 거지? 이들 사이를 걸어가는 동안 이들이 내게 부딪혔고, 나를 거칠게 밀었다. 몇몇은 상점에서 본 나이 든 여성처럼 일그러진 얼굴을 하고 있었고, 몇몇은 빛나는 눈으로 내게 미소를 지었다. 그리고 사람들 사이에 흉측한 입과 흔들리는 눈동자를 가진 악마의 얼굴로 변한 케이토가 있었다.

나는 눈을 꽉 감았다. 이건 무슨 장난이지? 나는 내가 본 것을 믿지 않았다. 제임스의 팔을 붙잡고 걷다가 호텔 방 앞에 서자마자 안으로 달려 들어가 문을 닫았다. 방이 숨을 쉬는 것 같은 소리가 났다.

제임스는 기진맥진해 있었지만, 케이토의 옷을 갈아입히고 그를 내게 건네주었다. 그리고 내가 수유를 하는 동안 옆에 앉아 있었다. 케이토는 조용했다. 나는 가능한 한 아기를 보지 않으려고 했지만, 볼 때마다 아기가 악마의 눈을 하고 나를 쏘아보고 있었다. 나는 눈을 감았다.

"무슨 문제 있어?" 제임스가 물었다.

"아무것도 아니야." 내가 재빠르게 답했다.

우리는 두꺼운 커튼을 닫았다. 제임스가 케이토를 아기 침대에 눕혔고, 우리도 침대에 누웠다. 잠을 청해보려고 했으나 머릿속이 복잡했다. 옆에서 제임스의 코 고는 소리와 케이토의 고른 숨소리가 들렸다. 아침까지만 버티면 된다고 생각했다. 아침이 오면 새로운 하루가 시작될 것이다. 새로운 세상을 위해서는 낡은 세상을 파괴해야 하고, 새롭게 건설하기 위해서는 벽을 부수어야 한다고 생각했다.

이후에 잠이 들었는지는 잘 모르겠다. 다음 순간 나는 눈을 떴다. 그리고 목소리를 들었다.

내 머릿속에서 들리는 내 목소리였지만, 명확하고 힘 있게 말하고 있었다. 말을 할 때마다 방이 빛으로 채워졌다. 빛이 어디에서 왔을까? 커튼은 여전히 내려져 있었다. 방 안은 어두웠지만, 빛이 어둠과 싸우고 있었다. 나는 본능적으로 신의 목소리임을 알았다. 빛 속에서, 여명 속에서 신의 존재를 느낄 수 있었다.

나는 곧바로 평온한 기분이 들었다.

"신이세요?"

"네 아들은 죽어야 한다." 내용은 간단하고 직설적이었다. 이제 빛은 희미해졌지만 여전히 어둠과 싸우고 있음을 감지할 수 있었다.

"뭐라고요?" 공포가 내 몸을 덮쳤다. "제발, 안 돼요. 제발요."

"흥정을 하려는 것이냐?"

"아니에요. 흥정을 하려는 것이 아니에요." 나는 울부짖기 시작했다. 무력감이 느껴졌다. 이것이 무슨 뜻인가? 무슨 일이 벌어지고 있는 거지? 이해할 수 없었다. 우리가

안전할 줄 알았다. 우리가 해냈다고 생각했다. 우리는 불
가능한 일을 해냈다. 제임스 부모님의 집을 떠났다. 나는
그것이 시험이라고 생각했다. 그것이 전부라고 생각했다.
내가 흥정을 했다면 어땠을까? 그것은 내가 통제할 수 있
는 일이 아니었다. 이 모두가 내 통제권을 벗어나 있었다.
나는 이 악몽을 어떻게 멈출 수 있는지 몰랐다. 그래서 손
을 놓기로 했다. 그것이 내 행복의 대가라면 받아들일 것
이다.

"받아들이겠어요." 내가 말했다. "이것이 앞으로 벌어질
일이라면 받아들이겠어요. 받아들입니다." 나는 공포에 질
려 떨고 있었다. 어둠이 내게로 밀려오는 것을 느꼈다. 그
러고는 무無의 상태를 느꼈다. 손이 내 얼굴을 누르고 덮어
버린 것 같았다. 곧 희미한 불빛이 보였고, 케이토의 고른
숨소리가 들렸다. 그러다가 멈추었다. 그리고 방의 소리만
존재했다. 나는 아기를 보지 않고도 알았다. 아기가 떠났
음을.

나는 기도했다. 어렸을 때 이후로 기도를 해본 적이 없
었다. 과거에는 믿음이 있었다. 내가 느낄 수 있는 것이었
고, 그림자처럼 어디에나 있었지만, 이후로 찾지 않았던
무언가였다. 나는 자비를 빌었다. 더는 두려워하지 않게
해달라고 기도했다. 그저 싸움을 멈추고 받아들이고 싶었

다. 케이토의 숨소리가 다시 들려오기 시작했다. 아기가 돌아왔다. 케이토가 돌아왔다. 나는 차갑고 섬세한 빛을 느꼈다. 그런 다음에 다시 나를 짓누르는 어둠을 느꼈다. 그리고 다시 깨어났다. 이번에는 얼굴을 침대에 묻은 채 엎드린 자세였다.

머릿속에서 목소리가 또 한번 들렸다. "네 아들은 죽어야만 해. 그리고 그 죽음이 네 남편의 잘못이어야 해."

"그러면 그 사람은 무너질 거예요." 내가 말했다. 나는 아들의 머리 위로 뜨거운 국이 쏟아진 사건에 책임이 있었던 제임스의 할아버지를 떠올렸다. 그는 맏아들의 죽음에 대한 죄책감에 시달리며 살아야 했다. 그는 이제 백두살이었다. 너무나 긴 세월을 죄책감을 안고 살아야 했다. 제임스, 의심의 여지 없는 낙천주의자. 그가 어떻게 살아남겠는가?

"그래, 그를 무너뜨리겠지. 하지만 더 강하게 만들어주기도 할 거다. 네가 그의 곁에서 그를 지탱해주어야 해. 너는 그의 베아트리체다." 목소리가 사라졌다. 나는 그것이 마지막 말이었음을 감지했다. 베아트리체. 나는 제임스의 베아트리체였고, 제임스는 단테였다. 나는 생각했다. 그렇다면 우리가 지옥에 있다는 말인가? 폭우 속에서 차를 타고 가다가 죽었고 지옥에서 깨어난 것인가? 얼마나 많은 지옥을 여행해야 끝이 날까?

나는 잠에서 깨어난 채 누워 있었고, 과거의 흔적들을 생각했다. 어둠은 무엇인가? 악령은 무엇인가? 일그러진 얼굴은? 나는 꿈을 꾸고 있는 것인가? 내가 죽었나? 지옥에 있나? 내가 잠을 이루지 못한 이유가 이것이었나? 나를 누르는 손처럼 어둠이 나를 짓누르고 있다고 느낀 이유가 이것이었나?

나는 미래를 생각하기 시작했고, 패턴을 보기 시작했다. 동화, 세형제 이야기, 동부와 서부, 잔칫날 바닥에 떨어져 죽은 아기. 뜨거운 국 냄비가 떨어져 죽은 아기. 청각장애인인 제임스의 아버지, 시각장애인인 나의 아버지. 나를 반영하는 제임스의 어머니, 제임스처럼 성장하는 케이토. 그리고 그 중심에, 이 모든 것을 통틀어, 제임스, 제임스와 나, 나와 제임스가 있었다.

이런 패턴을 보는 것은 이상할 만큼 기분이 좋았다. 이전에는 조각들만 있었는데 하나의 이야기로 합쳐지는 것 같았다. 내 두려움과 공포를 뚫고 나는 이들 안에서 아름다움을 보았다. 우주에 존재하는 패턴이었다. 이것들은 위험하다. 날것의 에너지, 이 연속되는 느낌. 잠시 동안 나는 내가 들어갈 수 있기를, 광기 속으로 굴러떨어질 수 있기를 바랐다. 또다른 차원을, 빈 공간을, 진실을, 가능성을 살짝 엿본 것 같았다. 이 기분은 근사했고 섬뜩했다. 내가 어떻게 해볼 수 있는 것이 아니었다. 나는 절대로 통제할 수 없었다.

나는 숨이 막힐 정도로 경외감을 느끼며 두려움을 초월하는 이카로스(Icaros, 그리스 신화에 등장하는 인물로, 아버지 다이달로스가 만든 날개로 하늘을 날아 크레타섬을 탈출했으나 태양 가까이 날아오르다 추락해 비극적인 최후를 맞았다 — 옮긴이)가 된 기분이었다.

갑자기 두려움이 사라졌다. 내가 통제할 수 있는 일이 아니었다. 통제되지 않았다. 나는 항복했고, 그 순간 천하무적처럼 느껴졌다. 두려움과 공포 너머에 사랑만이 보였기 때문이다. 제임스를 향한 나의 사랑. 케이토를 향한 사랑. 모든 힘의 위에, 더 높은 곳에 속한 것이 바로 사랑이었다. 할머니의 경고에 담긴 의미가 이것이었나? 사랑의 힘. 나는 이제껏 그 경고를 상실로만 이해하고 있었다.

케이토를 잃는 상상을 해보았다. 나는 이 일이 일어날 것을 알았다. 아기를 잃을 때의 타들어가는 듯한 아픔이 상상되지 않았다. 절망. 파괴자인 사랑. 나는 제임스를 위해 그의 곁에 있어야 했다.

다음 순간, 내 옆에서 제임스가 일어나는 소리를 들었다. 그는 미소를 지었지만 눈은 피곤해 보였다. 그리고 걱정스러운 표정으로 나를 바라보았다.

"잠은 잔 거야?" 그가 물었다.

"잤어." 내가 말했다. "실은 잘 모르겠어." 다시 솔직하
게 말했다. 나를 보고 있던 제임스의 얼굴에서 미소가 사
라졌다. 그의 눈은 내 눈을 찾고 있었다. 그의 눈에서 더는
믿음이 보이지 않았다.

"아, 캣." 제임스가 말했다. 나는 침대 밖으로 나와 방을
성큼성큼 걸어 다녔다. 나는 강해졌다. 항복하는 것으로
승리했다. 나는 오늘 상처를 받을 것이다. 잃을 것이다. 그
러나 나는 준비가 되었다. 이를 받아들였고, 도약할 준비
가 되었다.

제임스가 걱정스럽게 나를 바라보았다. "캣." 그가 말했
다. 어쩌면 내가 큰 소리로 말하고 있었는지도 모르겠다.
내 몸이 에너지를, 빛을 발산하고 있는 것이 느껴졌다. 나
는 빛나고 있었다. 살아 있었다. 나는 밖으로 나가고 싶었
고, 바람을 느끼고 싶었고, 소리를 지르고 싶었다.

"테디와 이야기를 해야겠어." 내가 말했다. "테디와 이
야기를 해야 해." 내 말을 들어줄 누군가에게 설명해야 했
다. 제임스가 잔뜩 겁을 먹은 사람처럼 보이기 시작했다.
나는 그를 두렵게 만들고 싶지 않았다.

"밖에 나가고 싶어." 내가 말했다. "이 방을 나가고 싶어."

"안 돼." 제임스가 말했다. "우리는 이곳에 머무를 거야.
우리는 대화를 해야 해. 무슨 일인지 알아야겠어."

"할 말이 없어." 내가 말했다. "과잉반응하지 말자."

숨이 막히는 느낌이 돌아왔다. 제임스는 붉은 카펫 위에서 방 안을 왔다 갔다 하며 서성거렸다.

"캣." 제임스가 말했다. "부모님께 전화를 걸어야 할 것 같아. 케이토를 돌봐주셨으면 해서야. 당신이 오늘은 잠을 좀 잤으면 좋겠어."

나는 고개를 끄덕였다. 제임스를 돕기 위해서라면 무엇이든지 할 수 있었다. 그의 목소리가 메아리쳤다. 메아리치고 있었다. 이 현상은 옳지 않았다.

"두분에게 전화해도 되겠어?" 그가 물었다.

나는 다시 고개를 끄덕였다.

그는 방 밖으로 나가면서 케이토를 데리고 갔다.

나는 테디에게 전화했다. 대화는 뒤죽박죽이었지만 그에게 모든 일이 잘될 거라고 했던 것이 기억난다. 나는 베아트리체였다. 그것이 무슨 의미인지는 몰랐지만, 내가 베아트리체라는 점은 알았고, 내가 해야 할 일은 우리를 이곳에서 나가게 하는 것이었다.

"기억나?" 내가 물었다. "어렸을 때 연 날렸던 거 기억해?"

"응." 테디가 말했다.

"겁내지 마." 내가 그에게 말했다. "넌 장기 여행을 떠나게 될 거야, 테디. 세계를 돌아다니게 될 거야." 내가 그가 이미 몇년 전에 다녀왔던, 그러나 지금 통화하고 있는 테디는 모르는 여행에 관해 이야기하는 동안 침묵이 흘렀다.

이것은 또다른, 그가 모르는 생에서 일어난 일이었다.

작은 목소리가 들렸다. 나는 그가 흐느끼는 소리를 들었다. "알았어, 누나." 그가 말했다.

"넌 정말 많은 지역을 방문하게 될 거라고! 네 물건을 모두 팔고 텐트와 배낭을 메고 도보 여행을 할 거야." 내가 말했다. "그리고 머리를 기를 거야. 아주 길게. 내 머리보다 더 길어."

"알았어, 누나." 그가 말했다. 울음을 멈추려고 하는 것 같았다. "제임스가 무슨 말을 하든 그렇게 해. 제임스가 누나를 돌봐줄 거야. 누나는 괜찮을 거야."

병동에 새로운 환자들이 쏟아져 들어온다. 월은 밸런타인데이이기 때문이라고 말한다. 나는 이 말이 무슨 뜻인지 모르겠다.

밝은 금발 가발을 쓴 페르세포네라는 이름의 50대 여성이 있다. 그녀는 본인이 정신병자라고 주장한다. 혼자 키득거리고 웃는다. 마치 병동이 그녀에게는 재미있고 새로운 놀이터인 것처럼 보인다. "아, 정말 재미있어!" 그녀는 모든 일에 입버릇처럼 이렇게 말한다. 내 슬리퍼가 마음에 들었는지 자신도 한켤레 가지고 싶어하지만, 이미 오래전에 물량이 동났다. 나는 내 것을 쓰레기통에서 찾았다고 말해준다.

새로운 환자들이 나처럼 비자발적으로 입원하게 되었는지 궁금하다. 이들이 이곳에 있고 싶어하는지, 나가고 싶어하는지 잘 모르겠다. 새 환자들은 어떠한 팡파르도 없이 나타난다. 이들은 구내식당과 TV 시청실에 갑자기 모습을 드러낸다. 이들 중 몇몇은 타미라와 월에게 익숙한 듯 무심하게 인사한다. 마치 다시 만나게 될 줄 알았던 사람 같다. 이곳에서는 환자를 정식으로 소개하지 않는데, 아무래도 직원들이 너무 바빠서인 것 같다. 우리는 이들의 이름을 되는대로 조금씩 알아간다. 일부는 자신을 소개할 생각조차 하지 않는다.

새 환자 중에는 종종걸음으로 걷는 한국인 소녀가 있다. 그녀는 옆구리에 성경을 끼고 고개를 푹 숙이고 다닌다. 내게 무슨 말인가 하고 싶은 눈치인데, 내가 타미라와 이야기하고 있는 모습을 보면 입을 다물고 가버린다.

귀에 여러개의 귀걸이를 한 로레나라는 예쁘게 생긴 대학생도 있다. 그녀는 환자복을 입고 들어왔고, 손목에 붕대를 칭칭 감고 있다. 참새처럼 머뭇거리며 움직이는 그녀가 먹잇감처럼 보인다는 생각이 든다. 데이브는 그녀를 향해 큰 소리를 내고 그녀가 놀라서 펄쩍 뛰면 박장대소한다. 그녀는 TV 시청실에서 마치 안전한 장소를 발견했다는 듯이 감사하며 내 옆에 앉는다.

"여기 생활은 어때요?" 그녀가 내게 묻는다.

어떻게 대답해야 할지 모르겠다. 정답은 무엇일까? 나는 직원들이 듣고 있다는 사실을 알고 있다.

"괜찮아요." 내가 말한다. "모두 좋은 사람들이에요."

"여기서 안전하다고 느끼나요?" 그녀가 묻는다. 타미라가 눈알을 굴리는 모습이 보인다.

"네, 네. 그래요." 그녀가 겁먹고 있음을 안다. 안타깝게도 그녀를 안심시킬 수 있는 다른 말이 떠오르지 않는다. 나는 똑똑하게 굴자고 생각한다. 이런 질문은 하지 말자. 기억해두자.

"이곳에는 왜 왔어요?" 그녀가 묻는다. 그리고 모든 사람이 숨을 죽인다. 직원들도 휴대폰에서 눈을 떼며 고개를 든다.

나는 말을 더듬는다. "나는… 나는 아팠어요." 내가 말한다. "아기가 있는데, 뭐, 여행 중이었고, 그러다 아팠어요. 남편 가족들로부터 스트레스를 많이 받았거든요. 그리고 잠을 잘 수 없었어요." 말이 횡설수설한다. 내가 어떻게 설명할 수 있을까? 어디서부터 시작해야 할지 모르겠다.

"망할 올림픽이나 보자고요." 타미라가 말한다. 나는 감사의 마음으로 그녀에게 미소를 지어 보이지만, 그녀는 미소로 답하지 않는다.

호텔의 시간이 왜곡되었다. 내 눈에 같은 상황이 반복해서 보이기 시작했다. 내 현실 감각은 조각조각 해체되었고, 마치 내가 계속해서 기억을 복사하는 것 같았다. 단지 그 기억들이 매번 조금씩 달랐을 뿐이다.

나는 제임스가 호텔 방 안을 서성이는 모습을 보았다. 그의 품에 케이토가 안겨 있었다.

나는 제임스가 계속해서 호텔 방 안을 서성이는 모습을 보았다.

나는 제임스가 그의 품에 안긴 죽은 아들의 몸을 흔드는 모습을 보았다.

나는 그를 보고 또 보았고, 결과는 항상 동일했다. 우리 아들의 죽음.

복사하고 붙여넣기, 복사하고 붙여넣기. 그는 호텔 방을 서성이는 행동을 무한 반복하며 아들의 목숨을 지키려고 하지만 실패했다. 나는 호텔 침대에 누워 있다. 그리고 이 장면을 수백번은 보았는데, 그때마다 마치 컴퓨터 모니터의 섬네일(thumbnail, 그래픽 파일의 이미지를 소형화한 데이터로, 페이지 전체의 레이아웃을 검토할 수 있게 작게 줄여 화면에 띄운 것 — 옮긴이)처럼 이미지가 매번 점점 더 작아졌다. 축소된 제임스, 방 안을 서성이고 또 서성이고, 케이토를 안고 흔든다.

나는 소리를 지를 수도 움직일 수도 없었다. 손으로 귀와 눈을 덮었다. 더는 보고 싶지 않았다. 더는 이 상황을 반복하고 싶지 않았다. 그러나 여기서 이렇게 반복하고 또 반복하고 있었다.

복도에서 제임스 부모님의 소리가 들렸다. 붉은 벽지로 장식된 복도.

제임스는 케이토를 안고 급히 밖으로 나갔고, 나는 소리를 지르기 시작했다. "나도 알아, 나도 알아." 나는 비명을 질렀다. "우리는 실패했어. 우리는 당신이 만든 지옥에 있어." 걱정으로 가득한 제임스 어머니의 얼굴이 보였다. 그녀는 여전히 눈을 번쩍 뜨고 있었다. 제임스 아버지의 얼굴도 보였다. 그의 손이 나를 향해 뻗어왔다.

어디선가 제임스가 소리치고 있었다. 그가 내 어깨를 잡고 나를 방 안으로 끌어들이는 느낌이 들었다. 그는 흐느끼고 있었다. "안 돼요, 안 돼. 그냥 가세요. 그냥 가세요."

그는 문을 닫았지만, 나는 마치 화면에 비치는 영상처럼 그들이 붉은 복도에 서 있는 모습을 여전히 볼 수 있었다. 시어머니는 케이토를 꼭 끌어안고 있었다.

나는 분열되었다. 여러 조각으로 갈라졌다.

이후로는 누군가가 내 머리에서 빨리감기 버튼을 누른 것 같았다. 장면들이 군데군데 건너뛰면서 이어졌다. 제임스가 차 안에서 울고 있었다. "병원에 갈 거야." 그가 말했다. 그는 빠르게 말하고 내게 키스했다. 그런 다음 미소를 지었다. 나는 결혼식장에서 만난 소년을 보았다. 내게 생명줄을 던져주었던, 나를 보았고 그 줄을 당겨주었던 바로 그 소년이었다. "날 믿지?" 그가 물었다.

"응, 당신을 믿어." 내가 말했다.

그가 운전하는 동안 나는 우리의 생을 보고 또 보았다. 결혼식에서 만나고, 파티에서 만나고, 도서관에서, 거리에서 만났다. 우리가 함께 절벽에서 뛰어내리는 모습을 보았고, 늙어가는 모습도 보았다. 얼핏얼핏 장면들이 보였다. 우리는 이 모든 생을 살면서 매번 만나고 사랑에 빠졌지만, 언제나 이곳에서 끝을 맺었다. 같은 장소에서, 병원 앞 주차장에서 끝났다. 그리고 다시 시작했다.

제임스가 강하게 입을 맞추어주었다. "가자." 그가 말했다.

병원으로 들어가면서 나는 세트장에 온 것 같은 기분이 들었다. 조명을 든 직원이 있었고, 누군가는 카메라를 들고 옆으로 지나갔다. 아, 나는 내가 이해했다고 생각했다. 이곳은 악마가 설계한 영화 세트장이었다. 연옥을 대신하는 세트장. 접수원은 짙은 검은색 눈에 일그러지고 뾰족한 얼굴을 가진 악령이었다. 그녀가 내게 윙크했다. 그녀의 눈이 유쾌하게 춤을 추었다.

제임스는 접수대 옆에 서서 서류를 작성하고 있었다.

"좋아. 이제 제가 무얼 해야 하나요?" 내가 큰 소리로 말했다. "정말 좋았어요. 근데 이 현실을 어떻게 부수죠?" 나는 내 주변의 악령들에게 말을 걸었다. 의자에 앉아 있는 악령, 팔에 붕대를 감고 있는 악령, 눈을 깜박이지 않고 나를 응시하고 있는 소녀.

제임스가 내게 조용히 하라고 말했다.

나는 자리에 앉았다. 우리는 누구의 눈에도 보이지 않을 것이다. 이곳은 병원 세트장이었다. 우리는 연옥에 있었지만, 제임스는 깨닫지 못하는 것 같았다. 우리는 절대로 보이지 않을 것이다. 우리는 이곳에 영원히 머무를 것이다.

나는 어떻게 탈출할 수 있을지 생각했다. 어떻게 하면 제임스를 도울 수 있지? 나는 베아트리체였다. 내가 그를 안내해야 했다. 끝이 없는 지옥에서 벗어나도록 해주어야 했다. 그런데 내가 무엇을 해야 하지? 내 머릿속에서 목소리를 찾으려고 노력했지만, 아무 소리도 들리지 않았다. 어쩌면 내 역할은 떠나는 것일지도 모른다. 반복을 통해 더 나아질 수 있도록 다시 시작하게 해주는 것일지도 모른다. 나는 떠나야 했다. 가능성들을 생각해보았다. 내가 어디로 갈 수 있을까? 어떻게 하면 떠날 수 있을까? 나는 지친 모습으로 앉아서 얼굴을 찌푸리고 휴대폰에 메시지를 입력하고 있는 제임스를 바라보았다. 그의 전화가 쉬지 않고 울려댔다. 우리가 다시 시작할 수 있게 나는 떠나야 했지만, 그를 두고 가지는 않을 것이다. 내가 접수대 쪽을 보자 간호사가 내게 다시 윙크했다.

제임스의 입술이 트고 갈라져 있었다. 그가 오늘 아침부터 아무것도 먹지도 마시지도 않았다는 사실을 깨달았다.

나는 그의 휴대폰을 빼앗아 던져버렸다. 내가 그의 관심을 끌 수 있는지 보기 위해서였다.

나를 응시하고 있던 소녀가 조용히 휴대폰을 주워서 제임스에게 돌려주었다. "캣." 제임스가 말했다. "제발, 제발 앉아." 그의 목소리는 부드러웠다.

방이 빙글빙글 돌았고 시간은 너무 빠르게 흘러갔다. 모든 일이 동시에 일어났고, 매 순간 에너지로 요동쳤다. 나는 그의 발아래로 무너져 내렸다. 더는 서 있을 수 없었다. 제임스가 외치는 소리가 들렸다. "도와주세요! 누가 제발 좀 도와주세요!"

"누가 좀 도와줘요." 내가 비명을 질렀다. "왜 아무도 나를 도와주지 않는 거예요?"

나는 내 옷을 잡아당기며 소리를 지르기 시작했다. 내 머리카락을 있는 힘을 다해 잡아당겼다. 내가 자해를 한다면, 그렇게 한다면, 어쩌면 제임스의 현실을 깨버릴 수 있을지도 모른다. 그에게 우리가 연옥에 있음을, 이곳에서 탈출해야 한다는 사실을 깨닫게 해줄 수 있을지도 모른다. 악령들이 나를 향해 뛰어오는 것이 느껴졌다. 이들은 신난 표정이었다. 내 발목을 비틀면서 바닥에 눕히고 짓눌렀다.

나는 저항하고 소리를 질렀다. 팔을 마구 휘저으면서 온 힘을 다해 싸웠다. 할퀴고 물고 발로 찼다. 어디선가 제임스가 외치는 소리가 들렸다. 나를 지옥으로 끌어내리는 손이 느껴졌다. 내게 무슨 일이 일어날까? 나는 실패했다. 나는 제임스를 실망시켰다. 접수대의 간호사 얼굴이 그곳에 있었다. 그녀는 내게 윙크하며 웃었다.

갑자기 머릿속에 정신병원이 떠올랐고, 이미 일어났던 일인 것처럼 이것이 내 운명임을 직감했다. 내 운명은 정신병원에 영원히 수용되는 것이었다. 내 손목에 벨트가 채워졌다. 제임스의 목소리가 긴 터널을 통과해 들려오는 것처럼 멀게 느껴졌다. 나는 악령 간호사가 목에 두르고 있던 신분증의 목줄로 그녀의 목을 조르려고 했고, 제임스의 어머니를 떠올렸다. 어쩌면 제임스의 어머니 역시 이전에 같은 일을 겪었을지도 모른다. "항복할게요." 나는 비명을 질렀다.

빛을 본 기억이 난다. 밝은 빛이었다. 수술대가 보였고, 입술을 핥고 손뼉을 치면서 나를 내려다보고 있는 악령이 보였다. 나를 잡아먹을 것이다. 내 몸을 칼로 가르고 사슬로 묶을 것이다. 악령이 나를, 내 옷을 잡아당기고 있었다.

그런 다음에 나는 복도를 내달리고 있었다. 급하게 수술실로 이송되던 때가 떠올랐다. 다시 수술을 받게 되는 건가? 아이를 한번 더 낳는 건가? 내 운명은 무엇인가? 내가 제임스를 데리고 떠날 수만 있었다면… 나는 다음 생에는 반드시 떠나겠다고 생각했다. 이번 생에서는 실패했다. 제임스가 믿게 만들어야 했다. 다음번에는 반드시.

내 주변에서 목소리를 들을 수 있었다. 내 친구들의 목소리였다. 대학 친구들. 나와 함께 성장했던 친구들. 나와 함께 있는 건가? 나는 눈을 뜨고 있었지만, 빛과 어둠밖에 보이지 않았다. 리자이나의 목소리가 들렸다. 나처럼 아들을 낳은 친구였다. 그녀는 "무슨 일이에요? 어서 방으로 옮기죠"라고 말했다.

다음 순간 나는 환자복을 입은 채 밝고 하얀 방에 있었다. 불이 너무 밝아서 눈이 아팠다. 방에는 아주 긴 금속 커튼이 둘러쳐져 있었는데, 아코디언처럼 생겼다. 방 안에는 테이블과 의자밖에 보이지 않았다. 침대에서 움직이려고 했을 때 찰그랑거리는 소리가 들렸다. 무슨 소리지? 바람인가? 그러나 우리는 방 안에 있었다. 바람이 불 리 없었다.

나는 여전히 두꺼운 벨트로 손목이 묶인 채 구속되어 있었다. 레게머리를 하고 안경을 쓴 키 큰 남성이 내게 미소를 짓고 있었다. 그의 이름표를 보았다. '느만디, 간호사.' 불이 너무 밝았고 시야가 흐릿해졌다. 나는 내가 죽었다고 생각했다.

그는 내 손을 잡고 있었다. 그의 손은 단단하고 안정감이 있었다. 나를 이해하고 있는 모습이어서 마음이 편안해졌다. 나는 그가 악령이 아님을 알았다. 그는 내 편이었다.

"신을 믿나요?" 내가 그에게 물었다. "천국을 믿어요?"

그가 나를 바라보았다. "반반이에요." 그가 말했다. "아직 결정을 못 했지만, 그래도 상관없어요."

"저는 이곳 간호사예요." 그가 말했다.

"간호사. 그건 사회가 당신에게 부여한 꼬리표일 뿐이에요. 당신의 이름표에 적혀 있는 직함에 불과해요. 저는 당신이 누군지 알아요." 내가 말했다.

그를 보았다. 손으로 온기를 전해주었던 느만디. 그는 내 친구 리자이나의 영혼을 가지고 있었다. 그에게서 『숨결이 바람 될 때』 *When Breath Becomes Air* 저자의 모습도 보였다. 죽음을 앞둔 사람들의 두려움을 덜어주는 데 도움을 주었던 남자였다. 그는 '간호사'였다. 지역사회에 헌신하고, 죽어가는 이의 손을 잡아주며, 슬픔에 잠긴 이들을 위로해주는 사람이었다. 나는 그를 온전히 있는 그대로 보았다.

그러다가 만약 우리가 아직도 지옥에 있다면 느만디는 우리를 지옥으로부터, 악령으로부터 구해줄 대천사 미카엘이 분명하다고 생각했다.

그는 내게 친절하게 미소를 지어주었고, 묶여 있는 내 손을 잡아주었다.

"손을 풀어줄 거예요." 그가 말했다. "하지만 얌전히 침착하게 있어야 해요. 그러면 당신 남편을 데려올게요. 기억하세요. 당신은 병원 환자복 차림이고, 그래서 그는 당신을 환자로 볼 거예요. 당신이 원하지 않는다면 누구도 이 방에 들어오지 못하게 할 겁니다. 이 방은 안전해요."

그는 나를 풀어주었다. 손목이 묶였던 자리에 자국이 남아 있었다. 그는 담요로 내 다리를 덮어주었다.

그가 방을 나갔다가 제임스와 함께 돌아왔다. 제임스는 수척해 보였고, 모퉁이에 머뭇거리며 서 있었다.

"그가 알아요?"내가 느만디에게 물었다. 우리가 지옥에 있다는 사실을 제임스가 알고 있느냐는 의미였다.

"모두 다 알아."제임스가 말했다. 그는 울고 있었다. "제발 그만해, 캣. 제발 그만. 여기서 멈출 수 있어."

그가 모두 다 안다고 했을 때 그건 무슨 의미였을까? 우리가 지옥에 있음을 안다는 말일까? 그가 영원히 호텔 방에 갇힌 여러 생이 있다는 것을 안다는 뜻일까? 그가 탈출할 수 있는 힘을 내가 제거했나? 내가 그를 실망시켰나? 어쩌면 그 자신이 우리가 계속 나아갈 수 있도록, 지옥에서 탈출할 수 있도록, 이 무한한 고리에서 벗어날 수 있도록 몇번이고 모든 노력을 다했음을 알고 있을지도 모른다. 내가 무언가를 제대로 하지 못했나? 나는 베아트리체였다. 내가 어떻게 해야 했을까? 나는 생각했다. 항복할게요.

"자, 저는 당신이 여기서 나갈 수 있다고 믿어요. 조금 있으면 근무시간이 끝나기 때문에 저는 계속 있을 수가 없어요. 그래서 당신이 이곳에서 나갈 수 있게 도움을 주고 싶어요."느만디가 말했다. 잠시 말을 멈춘 그는 "당신과 남편이 이곳에서 나갈 수 있다고 생각해요. 하지만 함께해야 해요. 한 팀으로서요"라고 했다. 그는 손가락으로 첨탑 모양을 만들어 보였다. "제임스, 당신이 닻이 되어야 해요."

"이 방에서 무슨 일이 일어나든 이곳이 당신의 안전지대예요."그가 나를 위한 규칙을 만들어주었다. "얌전하게 굴어야 해요." 그가 말했다. "비명을 지르면 안 되고, 바르게 행동해야 합니다. 안 그러면 당신을 다시 묶어놓을 거예요. 잊지 마세요. 사람들이 지켜보고 있어요. 당신이 환자처럼 보인다는 사실을 기억하세요." 나는 고개를 끄덕였다. 그가 한 모든 말을 기억하려고 노력했다.

느만디가 떠났다.

제임스는 미소를 지으려고 애쓰고 있었다.

"미안해." 내가 말했다. 진심으로 미안했다. 모든 것에, 말을 듣지 않은 것에, 제임스의 탈출 계획을 망친 것에 미안했다. 그를 믿었어야 했다. 항복했어야 했다.

"그러지 마." 그가 말했다. "당신 말을 듣지 않아서 내가 미안해. 알아채지 못해서 미안해. 당신을 이곳에서 빼내줄게. 나를 믿어야 해." '이곳'은 어디일까? 그는 우리가 지옥에 대해 이야기하고 있다는 것을 아는가? 우리가 내려가야 한다는 사실을 아는가?

"여기가 어디야?" 내가 조심스럽게 물었다. 이것은 시험이었다.

"우리는 병원에 있어. 여긴 응급실 구역이야." 그가 말했다. 아, 그는 아직 몰랐다.

그리고 그의 얼굴에서 나는 절망을 보았다. "나는 나가서 간호사와 이야기할 거야. 당신은 잠을 자는 게 좋겠어. 다시 올게. 우리는 집에 가게 될 거야."

"우리가 감시당하고 있는 기분이 들어." 내가 말했다. 그리고 모퉁이에 설치된 카메라들을 보았다. 카메라가 윙윙거리는 소리가 들리는 것 같았다. 방 밖에서 나는 시끄러운 소리를 들을 수 있었다. 말소리와 신음. "우리는 감시당하고 있어." 내가 말했다. 그리고 나는 카메라 렌즈에 비친 우리의 모습을 보았다. 내 시점에서 작게 축소된 상이었다. 제임스는 금속 아코디언 벽 앞에 놓인 침대 옆에서 내 손을 잡고 서 있었고, 나는 침대에 누워 양손을 뻗고 있었다. 손목 벨트가 내 옆에 있었다. 나는 방문을 보았다. 문에는 블라인드가 달린 창문이 있었다. 블라인드는 걷혀 있었다. 창문 밖에는 밝은 빛이 있었고, 모니터를 보거나 통화하는 사람들이 앉아 있는 긴 테이블이 보였다. 느만디도 보였다. 그는 짙고 비스듬히 기울어진 눈에 형체는 일그러진 악령과 이야기하고 있었다. 느만디가 우리에게 손짓했다. 그 순간 창문에 얼굴이 보였다. 방 안을 살펴보는 악령의 얼굴이었다. 악령은 들어올 수 없다. 이곳은 안전지대다.

"아마 우리를 지켜보고 있을 거야. 여기는 관찰실인 것 같아." 제임스가 말했다.

그가 내게 키스했다. "좀 자지 그래. 나는 간호사와 이야기하고 우리가 이곳에서 나갈 수 있게 할게. 그만 자."

"그만 자." 테디가 "제임스의 말을 들어"라고 했을 때처

럼 제임스의 말이 맴돌았다. 그는 방 밖으로 나가면서 문
을 열어놓았다.

나는 침대에 누워 잠을 청해보았다. 병원에서 나는 소
리가 들려왔다. 또 내가 몸을 움직일 때마다 금속이 부딪
치는 소리도 들렸다. 나는 다시 출산병동으로 돌아와 아기
울음소리와 심박 측정 모니터 소리, 속삭이는 소리를 듣고
있었다. 그런데 케이토는 어디에 있지? 아기는 여기에 없
었다. 내 머리 위에서 카메라가 움직이는 소리가 들렸다.
정상적으로 보여야 해. 나는 생각했다. **정상적으로 보여야 해.**

그러다가 안개가 걷힌 듯, 나는 더이상 지옥에 있지 않
았다. 병실에 누워 있었다. 머릿속이 맑아졌다. 방을 둘러
싸고 있는 금속 커튼이 문과 연결된 것이 보였다. 내가 움
직일 때마다 금속 커튼이 출입문이 열렸다 닫혔다 하는 것
처럼 소리를 냈다. 나는 환자복을 입고 있었다. 손목에는
묶였던 자국이 남아 있었다. 그리고 발목이 쑤셨다. 발목
을 접질린 것 같았다. 나는 병원 침대에 누워 있었고, 측면
에는 난간과 가죽끈이 있었다. 제임스가 우리를 병원에서
데리고 나가줄 수 있을지 궁금했다. 또 이것이 내 여행자
보험에 영향을 줄지도 궁금했다. 나는 집에 가는 생각을
했다. 런던에 있는 집으로. 아, 신이시여. 나는 정말로 그렇
게 생각했다. 완전히 엉망진창이었다. 내가 일을 엉망으로
만들었다. 이를 바로잡아야 했다. 제임스의 부모님이 어떻

게 생각하겠는가? 제임스가 어떤 기분이겠는가? 케이토는 어디에 있지? 겁이 났다. 이곳에서 나가야 했다.

일어서서 문밖으로 뛰쳐나가고 싶었지만 느만디가 한 말이 기억났다. "당신은 환자처럼 보여요. 잘 행동해야 해요." 나는 꼼짝하지 않고 누워 있었다. 그러나 잠이 오지 않았다. 눈이 감기지 않았다. 침대를 정리하기 위해 일어났다. 침대보가 한쪽으로 쏠리고 헝클어져 있었다. 침대를 정리하면 미친 사람처럼 보일까? 제임스가 돌아올 때까지 가만히 누워 있어야 할까? 나는 다시 침대에 누웠지만 가만히 있을 수가 없었다. 일어나서 침대를 손보고 재차 누웠다. 제임스는 이곳이 관찰실 같다고 말했다. 이들은 무엇을 관찰하는 것일까? 내가 정신병자처럼 보이나? 나는 또 일어났다. 발목이 욱신거렸다. 전에는 욱신거리지는 않았다. 나는 다리를 절뚝거리기 시작했다. 절뚝거리면 나를 정신병자라고 생각할까? 내가 왜 절뚝거리지? 나는 다시 한번 침대보를 똑바로 정리했다.

나는 우스꽝스럽게 보였다. 다시 누워 가만히 있으려고 애쓰면서 여전히 눈을 뜬 채 병원에서 나는 소리를 경계하고 있었다. 나는 기다렸다. 숫자를 셌지만, 열까지 세고 나면 하나부터 다시 시작해야 했다.

제임스는 문을 열어놓고 갔다. 그는 지금 어디에 있지?

아시아 남성이 방 밖에 있는 들것 위에 누워 있었다. 그는 초췌했고 볼이 움푹 꺼져 있었으며 얼굴에 살이 없었다. 그는 들것 위에서 나를 보며 한국어로 욕을 했다. "시발, 시발." 불현듯 생각이 떠올랐다. 저 사람은 제임스인가? 제임스가 내게 말을 걸려고 시도하는 것일까? "왜 잠을 자지 않는 거지?" 그 남자는 한국어로 투덜거렸다. 아니다, 아니야. 제임스일 리 없었다. 우리는 병원에 있었고 저 사람은 다른 환자였다. 제임스는 어디에 있지? 나는 그를 찾기 위해 방 밖으로 나왔다.

"여기 나와 있으면 안 돼요." 간호사가 내게 말했다. "방으로 돌아가세요."

"남편을 찾고 있어요."

그녀는 호기심 어린 표정으로 나를 바라보았다. "어디에 있는데요?"

"저도 잘 몰라요." 내가 말했다. "퇴원 수속을 하고 있어요. 우리는 런던에 살아요."

"음, 오늘이 며칠이죠?" 그녀가 물었다.

"모르겠어요." 나는 정말로 날짜를 몰랐다. "아들에게 돌아가야 해요. 아기가 저를 기다리고 있어요."

"음, 아들이 몇 살인가요?" 그녀가 물었다.

"2017년 11월 4일에 태어났어요." 내가 답했다.

"그래서 몇 살이죠?"

"백일잔치가 이번 주 토요일이에요." 내가 말했다.

"왜 잠을 자지 않나요?" 그녀가 물었다.

"잠을 잘 수 없어요." 내가 말했다. "런던에 있는 병원을 지나치게 많이 떠올리게 해서요. 소음과 빛 때문에 깨어 있게 돼요."

"전에 병원에 입원한 적이 있나요?" 그녀가 물었다.

나는 이 질문을 이해할 수 없었다. 전에 병원에 입원한 적이 있었다. 출산병동이었다. "그럴걸요?" 나는 우물거리며 말했다.

간호사가 내게 미소를 지었지만 눈은 슬퍼 보였다. 아무래도 백일잔치가 무엇인지 설명했어야 했다. "방으로 돌아가세요." 그녀가 친절하게 말했다. "방에서 남편을 기다리면 돌아와서 설명해줄 거예요." 나는 곁눈으로 느만디가 나를 향해 고개를 가로젓고 멀어져가는 모습을 보았다.

왜 간호사가 나를 슬픈 눈으로 쳐다보았을까? 느만디는 왜 떠났을까? 내가 아직도 지옥에 있는 건가? 이곳은 실제 병원이 아닌가? 머릿속이 생각으로 가득 차기 시작했다. 나는 과거의 사건들을, 기억을 떠올렸다. 내가 옳았었나? 얼마나 많은 시간이 흘렀지? 시간 감각이 없었다. 지금은 2018년이 아닌가? 내가 실제로 출산병동에 있는 것인가? 사산한 것은 아닐까? 케이토를? 아기가 없었던 것일까? 수많은 생각이 머릿속을 줄줄이 스쳐갔다.

간호사가 나를 병실로 안내했고 문을 닫았다. 문 뒤에

서 나는 소리가 여전히 들렸고, 누군가가 웃는 소리를 들은 것 같았다. 이것은 환각이었다. 이곳은 병원이 아니었다. 나는 여전히 지옥에 있었다. 내가 실패한 것이 틀림없었다.

나는 침대에 누워보려고 했다가 대신 절뚝거리며 방 안을 서성거렸다. 제임스는 어디에 있지? 시간이 얼마나 지났지? 내 환자복의 앞부분이 젖어 있었다. 이게 뭐지? 모유였다. 나는 팔로 가슴을 눌러보았다. 통증이 느껴졌다. 케이토는 어디에 있지? 배가 고플 텐데. 마지막으로 수유하고 얼마나 지났지? 케이토에게 가야 했다.

나는 방 안을 걱정스럽게 들여다보는 얼굴들을 보았다. 어떨 때는 간호사 얼굴이었고, 어떨 때는 느만디의 얼굴이었다. 악령의 얼굴이 보일 때도 있었다.

"시발, 시발." 한국말로 중얼거리는 남자의 목소리가 들렸다. "왜 잠을 자지 않는 거야?"

이 남자는 제임스였는지도 모른다. 어쩌면 제임스는 생을 이미 다시 시작했을 수도 있었다. 그리고 내가 다시 시작하지 못했기 때문에 인생 전체를 살아야 했고, 이제 쇠약해져서 병원 침대에 누워 있는 것인지도 모른다. 제임스는 왜 한국어로 말하는 거지? 암호인가? 내게 신호를 보내려는 것인가?

"그냥 항복하렴." 시어머니가 말했었다. 그녀가 의미한

것이 이것일까? 나는 왜 잠을 못 자는 것일까? 제임스는
왜 계속해서 내게 잠을 자라고 말하는 걸까? 나는 혼잣말
을 중얼거리며 계속 서성였다. 보안 스크린에 나타난 내
모습을 볼 수 있었다. 나는 긴 머리에 환자복을 입고 맨발
로 작은 병실을 왔다 갔다 하고 있었다. 침대에 묻은 핏자
국이 보였다.

내가 바이올린을 연주했던 버지니아의 요양원에는 항상 자신의 부모님에게 전화를 걸어달라고 요구하는 여성이 있었다. "필라델피아." 그녀가 말했다. "필라델피아에 있는 어머니에게 전화하고 싶어요. 제 걱정을 하고 있을 거예요."

"나중에요. 전화기를 사용하는 사람이 없을 때." 직원은 이렇게 말했다. 직원들은 다 안다는 듯이 서로 미소를 지어 보이다가 네다섯 차례쯤 지나자 그냥 그녀를 무시했다.

할머니를 떠오르게 하는 나희라는 이름의 한국인 여성이 있었다. 그녀는 할머니와 같은, 섬사람 특유의 사투리 억양으로 한국말을 했다. 영어를 할 줄 몰랐기 때문에 나는 그녀와 앉아서 한국말로 이야기를 나누었다. 처음에는 내게 말을 걸지 않았지만, 두번째 방문에서 그녀는 내가 마치 자신의 딸인 것처럼 반겨주었다.

"머리가 언제 이렇게 길게 자랐니?" 그녀가 물었다. "비를 맞아서 이렇게 젖은 거니?"

비는 오지 않았다.

그녀는 내게 자신의 인형을 보여주었다. 지저분한 머리에 눈이 반쯤 감긴 망가진 인형이었다.

그녀가 다른 환자들처럼 상태가 좋지 않았는지는 확실하지 않았다. 언어장벽 때문이었는지도 모르겠지만, 그녀는 아이처럼 간호사의 지시에 고분고분 잘 따랐다. 그러나 간호사의 말에 따르면 그녀가 자신의 인형을 가져가려고 한 환자를 물었다고 했다.

그녀를 방문했을 때 그녀의 정신이 온전했던 적이 있었다.

"내 방으로 가자꾸나." 그녀가 말했다. "내 방 경치를 보여줄게." 그녀의 방은 어두웠고, 테이블 위에는 자개로 만든 머리빗과 한국 과자 상자가 있었다. 그녀가 내게 과자 하나를 건네주었다. "넌 더 잘 먹어야 해." 그녀가 말했고 나는 미소를 지었다. 할머니가 내게 하던 말이었기 때문이다.

"내가 어렸을 때 집에 나무가 있었지. 남동생이 정말 좋아했어. 우리 딸도 나무 타기를 좋아한단다."

창가에 서 있는 그녀의 옆모습은 어머니와 비슷했다. 오뚝한 코와 높은 광대뼈.

그녀가 내게로 몸을 돌린 순간 내가 낯선 사람임을 깨달았다.

그날 이후로 그녀는 내게 말을 걸지 않았고 내가 다가가면 외면했다. 아마도 그녀는 더이상 억지로 가장하며 살고 싶지 않았을지도 모른다.

마지막 방문 날에 나는 자신의 부모님에게 전화하고 싶어하는 여성과 함께 앉았다. 그녀는 손톱에 반짝이는 코럴 핑크색 매니큐어를 칠했고, 진주와 다이아몬드로 장식된 핀을 착용했으며, 손가락마다 반지를 끼고 있었다. 그녀는 우리가 마치 수년간 알고 지내온 사람처럼 내 손을 잡았다.

"잠에서 깨서 의자에 온종일 앉아 있다가 다시 잠자리에 들어요. 이건 살아 있는 게 아니에요. 나는 언제나 활동적인 사람이었거든요." 그녀가 말했다.

그녀는 고개를 저었다. 나는 그녀가 눈물을 흘리기 일보 직전임을 알았다.

그녀는 울지 않으려고 노력했지만 눈가가 촉촉해졌다.

"슬퍼하지 마세요." 내가 말했다.

"알아요." 그녀가 말했다. "그러면 안 된다는 걸."

내가 떠날 때 그녀는 미소를 지어주었다. 너무나 환한 미소와 함께 그녀의 눈가에 고여 있던 눈물이 흘러내렸다.

우리는 구내식당에서 밥을 먹는 중이다. 윌이 말한다. "진, 내게 밸런타인 선물을 주기로 한 거 기억해요?"

그녀는 고개를 저었지만, 윙크를 한다.

나중에 진은 우리를 위해 산 케이크를 꺼낸다. 분위기는 밝고, 직원들은 식탁에 케이크를 올려놓으면서 웃는다. 붉은색과 녹색의 장미 과자로 장식된 평범한 케이크다. 진이 커다란 조각으로 자른다. "꽃을 두고 다투지 않기예요." 그녀가 말한다.

우리는 손으로 케이크를 집어 먹고는 손에 묻은 크림을 핥는다.

"해피 밸런타인데이." 나는 제임스와 함께한 내 마지막 밸런타인데이를 기억한다. 그가 준 밸런타인데이 편지의 내용을 떠올린다. "당신을 사랑해. 무한히, 조건 없이, 변함없이 사랑해. 내 여자가 되어줘. 난 이미 당신의 남자야."

그리고 나는 그래야 한다는 생각이 들어 분홍색 판지에 케이토에게 줄 편지를 쓴다.

사랑하는 케이토에게, 이번이 네 첫 밸런타인데이란다. 네가 나이를 더 먹으면 오늘의 이야기를 들려줄게. 지금은 그저 이 사실만 알아두렴. 너를 사랑한다.

"누나." 어머니의 목소리가 들렸다. 문이 열렸다.

"우리가 왔어. 나야. 여기까지 운전해서 오는 데 일곱시간이나 걸렸어." 그녀가 큰 소리로 말했다. 우는 목소리였다.

옆에는 아버지가 무뚝뚝한 표정으로 서 있었다.

문이 다시 열렸다.

"누나, 우리가 왔어. 나야. 여기까지 운전해서 오는 데 일곱시간이나 걸렸어."

제임스가 걱정에 찬 표정을 지으며 어머니 뒤에 서 있었다.

문이 다시 열리고 또 열렸다. "누나, 우리가 왔어. 나야. 여기까지 운전해서 오는 데 일곱시간이나 걸렸어." 어머니는 문이 열릴 때마다 이렇게 말했다. 서 있는 위치는 매번 달랐다. 때로는 울고, 때로는 내 손을 잡았고, 때로는 화가 난 목소리였다.

나는 이것이 속임수라고 생각했다. 빛의 속임수. 거울 방의 속임수. 누가 진짜 어머니인 거지?

이들이 반복해서 방으로 들어오는 횟수를 세다가 놓쳐버렸다. 수백번은 들어왔다 나갔다 한 것 같았다. 부츠를 신은 아버지의 발소리를 들었다. 이들의 얼굴을 보았다. 누군가가 지우개로 지워버린 것처럼 흐릿하게 보였다.

나는 비명을 질렀다.

결국 나는 지옥에 있었다. 나는 지옥이 무한한 가능성을 실험하는 컴퓨터 시뮬레이션이라는 결론을 내렸다. 그리고 이제 우리는 이 순간을 맞이하게 되었다. 무한히 반복되는 고리에 갇혔다. 이것이 내 운명인가? 내 인생에서 벌어진 일들을, 인물들을 이해해보려고 노력했다. 어떤 패턴을 찾으려고 노력했다. 내가 찾아낼 수 있다고 생각했다. 무한한 고리에 갇혀 있는 것이라면 나는 누구인가? 제임스는 누구인가?

나는 제임스가 우리의 첫 대화에서 그랬듯이 제임스의 할아버지가 나를 향해 환하게 웃어주었던 모습을 떠올렸다. 그는 맏아들을 잃었지만, 전부 몇명인지도 기억하지 못하는 많은 손주와 증손주를 보았다. 이것이 제임스의 생 중 하나는 아니었을까? 그래서 그의 할아버지가 나와 케이토를 만나 행복했던 게 아닐까? 또다른 생을 사는 제임스였던 것은 아닐까?

그렇다면 나는 누구인가? 제임스의 할아버지는 세명의 부인보다 더 오래 살았다. 나는 첫번째 부인일까? 제임스의 할아버지가 어떤 삶을 살았는지는 모르지만, 첫번째 부인, 그녀도 나처럼 병원에 수용되었을까? 그 사람이 나였을까?

생각과 기억이 머릿속으로 밀려들어왔고 매번 다른 답을 얻었다. 이것이 정말로 벌어졌던 일인가? 세상이 무한한 패턴을 계속 반복하고 있는 건가? 우리는 모두 이 순환에 갇힌 채 항상 저지르던 실수를 똑같이 반복하고 있었다. 이 사실을 깨닫기까지 왜 이렇게 오랜 시간이 걸렸을까? 내가 베아트리체라면 나는 실패했다. 이것은 벌이었다. 병실에 갇혀 영원히 잊힌 첫번째 부인. 나는 아리아드네였다. 테세우스가 미로로 들어가 미노타우로스를 죽이고 탈출할 수 있게 도와주었지만, 그는 나를 버리고 떠났다.

나는 자신의 아버지에게 정신병원에 수용된 첫번째 부인이 있다는 사실을 알게 된 친구의 이야기를 기억한다. 그는 아내를 버리고 재혼했다. 그는 매년 돈을 보내주었고 그녀는 병원에서 지냈다. 가족에게서 버림받았고 시간이 흐르고 있음을 알지 못한 채 기다렸다. 그 사람이 나였을까? 내가 그 부인이었나? 나는 생각했다. **항복할게요.**

부모님이 다시 방 안으로 들어왔다. 어머니는 야위어 보였다. 손에는 꽃을 들고 있었다.

아버지의 트렌치코트가 장군이 입는 코트처럼 보였다. 맙소사, 이건 홀로코스트다. 다시 시작되고 있었다. 방 밖에서 아우성치는 목소리가 들렸다. 죽은 자들의 영혼이라고 생각했다. 금속 커튼이 닫히는 소리가 들렸고 벽이 좁아지고 있었다. 나는 생각했다. 우리는 막을 수 없어. 이 일이 재발하는 것을 우리는 막을 수 없어. 또 일어나고, 또 일어나는 것을.

"아파?" 남자가 내게 물었다. 모유가 새어 나오고 있었다. 왜지?

나는 누구지? 이 남자가 누군지 알았다. 이름이 기억났다. 제임스. 제임스였다.

왜 저렇게 근심스러운 얼굴로 나를 보는 걸까? 아픈 사람은 제임스처럼 보였다.

내가 거울을 들여다보고 있는 건가? 내가 제임스인가? 시간이 스스로를 비추고 있는 것 같았다. 사건들이 아주 조금의 차이만 있을 뿐 똑같이 되풀이되고 있었다. 어쩌면 나는 거울의 반대편에서 내 모습을 바라보고 있는지도 모른다. 그렇다면 내가 본 모든 것이 그저 거울에 비친 내 인생이라는 의미인가? 나는 내 주변에서 보았던 세상을 모방하기 시작했다. 나는 거울에 비친 상이었다.

제임스가 내게 음식을 떠먹여주려고 했다. 그는 자신의

입을 크게 벌려 내게 입을 벌리라는 신호를 보냈다. 잠깐. 나는 제임스가 아니었다. 이건 옳지 않았다. 아기는 어디에 있지? 내가 아기인가? 내가 아기를 잃었었나? 제임스가 나를 부드럽게 쳐다보는 이유가 이것이었나?

"화장실에 가고 싶어?" 그가 내게 묻는다.

나는 그를 향해, 그의 눈에 비친 내 모습을 향해 고개를 끄덕인다. 나는 그를 보며 나를 보고 그를 보았다. 우리의 모습이 눈 속에서 끝없이 비추어지고 있었다.

"나는 당신 남편이야." 제임스가 말했다. "내 말을 따라 해봐."

"나는 당신 남편이야." 내가 말했다. 결국 나는 제임스였다.

"아니, 내가 당신 남편이라고."

"당신이 내 남편이야?"

"그래, 좋아." 그는 안심한 듯 보였다. "그리고 당신은…"

"나는…" 나는 잠시 말을 멈추었다. "케이토인가?"

"아니! 아니야. 당신은 캣이야." 그가 말했다.

"아."

그는 내게 명확한 선으로 표시된 가계도를 그려주기 시작했다. 글자들이 흐릿하게 보였다. 읽을 수가 없었다.

나는 부모님에게 이 상황을 설명하기 위해 대화를 나누

려고 노력했다. 우리가 지옥에 있음을 알려주려고 했다. 어쩌면 부모님은 이해할지도 모른다. 전에도 이런 일을 경험한 적이 있을 테니까. 아닌가? 이것이 어머니가 내게 그런 이야기들을 들려준 이유 아니었나? 아버지가 내게 신화에 관한 책을 준 이유 아니었나? 아버지가 자신의 규칙들을 가지게 된 이유가 아니었나? 나는 부모님이 우리가 덫에, 무한히 반복되는 고리에 갇혀 있다는 사실을 이해하기를 바랐다. 이번 생에서 우리가 실패했음을, 우리가 떠나야 함을 이해해야 했다.

어머니는 내 이마에 손을 올리고 머리를 부드럽게 매만져주었다. 길고 잉크처럼 짙은 그녀의 머리카락과 같았다.

"엄마." 내가 말했다. "제임스는 몰라요. 그를 잠들게 해야 해요. 저는 잠을 자려고 노력했어요."

"그래." 그녀가 말했다. "제발, 잠을 좀 자렴."

"그럴 수 없어요. 제임스를 먼저 재워야 해요."

"제임스는 지금 잠을 자고 있어. 자는 중이야."

"아니, 그냥 자는 것 말고요. 진짜 잠이요. 그는 생을 다시 살아야 해요. 이 상황을 다시 시작해야 해요." 어머니의 얼굴이 보였다. 희미해서 잘 보이지 않았다. 화가 나고 불확실해 보였다. 그녀는 아무 말도 하지 않고 내 머리를 계속 쓰다듬어주었다. 왜 아무 말도 안 하는 거지? 나는 화가 났다. 상황이 급박하다는 것을 모르나? "제 말을 믿어야 해요. 딸 말을 안 믿는 거예요?" 나는 울기 시작했다.

그녀는 세차게 고개를 젓고 눈을 깜박이며 눈물을 참았다. "그만해. 내 딸이 하는 말처럼 들리지 않는구나. 내 딸은 절대로 이런 말을 하지 않아."

그리고 그녀를 바라보았을 때 나는 알았다. 그녀는 어머니가 아니었다. 내 진짜 어머니가 아니었다. 이 거울에 비친 세상의 속임수였다. 일그러진 상이었다.

"당신이 진짜인 줄 알았어요. 하지만 당신이 악마라는 사실을 항상 알고 있었죠." 내가 말했다.

나는 눈을 감았다. 누구도 믿을 수 없었다.

복도는 이동용 들것에 누워 있는 사람들로 붐볐다. 신음과 비명이 들렸다. 사람들이 나타났다가 얼마 가지 않아 다른 곳으로 이송되었다. 지옥은 바쁜 곳이라는 생각이 들었다. '어머니'가 나를 화장실로 데려갔다. 의사와 간호사가 모여 있는 장소를 지났다. 어떨 때는 이들이 병원 사람들로 보이기도 했고, 어떨 때는 얼굴이 일그러지고 험악해 보이면서 이들의 진짜 모습이 드러났다.

들것에 실려 온 환자 한명이 랍비 복장을 하고 있었다. "죄송해요." 내가 그에게 말했다. "홀로코스트에 대해 죄송하게 생각해요. 아버지에게 말하려고 했지만 제 말을 듣지 않으세요." '어머니'가 나를 조용히 시켰다.

느만디가 들것에 실려 있는 사람들과 대화하는 모습이 자주 보였다. 그는 몸을 돌려 문에 달린 창문을 통해 내게 부드럽게 미소를 지어주었다. 내가 그에게 정신없이 손을 흔들어줄 때도 있었지만, 그는 다시 돌아섰고 손을 흔들어주지 않았다. **그래요, 미카엘. 내가 실패했어요.** 그는 나를 어떻게 생각할까? 내게 실망했을까?

방 밖에는 두 명의 경비원이 지키고 있었다. 이들의 이름은 레인과 프레드로 둘 다 덩치가 컸다. 하지만 내게 말할 때는 부드럽게 천천히 이야기했다. 나는 이들의 실체를 알았다.

"걱정하지 말아요." 나는 프레드에게 도움을 주기 위해 말했다. "다음 생에서는 전설이 될 거예요. 진짜 영웅이요. 심지어 그릴도 발명할 겁니다."

"쉿!" 제임스가 나를 조용히 시켰다.

레인에게는 복싱 자세를 취해 보였다. "훈련은 매 순간이 지긋지긋했지만 스스로 되뇌었죠. 순간의 고통을 견디면 남은 삶을 챔피언으로 살 수 있다고요(가장 위대한 권투선수로 추앙받는 무하마드 알리가 남긴 명언이다 ─ 옮긴이)."

"와, 멋진 말이네요." 레인이 말했다.

"당신이 한 말이에요! 다른 생에서요. 당신은 챔피언이에요. 그러니 이번 생은 걱정하지 말아요."

레인이 미소를 지으며 고개를 저었다.

324

간호사나 의사로 변장한 테디를 볼 때도 있었다. "테디." 내가 소리를 질렀다. "도와줘." 테디는 내 단짝이었다. 언제나 그랬다. 나는 아버지의 분노가 가라앉기를 기다리며 서로에게 속삭이던 우리의 어린 시절을 떠올렸다. 우리가 언젠가는 안전해질 것임을 알았다. 비디오 플레이어의 빨리감기 버튼을 누른 것처럼 이 순간이 빠르게 지나갔다.

"테디는 시애틀에 있어." 내 가짜 어머니가 말했다. "누나, 그는 시애틀에 있어. 이곳에 없단다." 그녀가 내게 휴대폰을 건네주었다.

"누나?" 테디의 목소리가 조그맣게 들렸다. 나는 우리가 말해서는 안 된다는 것을 알았다. 우리는 감시당하고 있었다. 나는 나를 조심스럽게 지켜보고 있는 어머니의 얼굴을 보았다. 그리고 그녀로부터 등을 돌렸다.

"누나, 누난 괜찮아질 거야."

"내 단짝." 내가 말했다. 이것이 우리의 암호였다. 실제로 일어나고 있는 일을 안다는 신호였다. 우리는 진실을 알았다.

"맞아, 단짝이지." 그가 말했다. "걱정하지 마."

어쩌면 테디는 지켜보고 있었는지도 모른다. 위에서 나를 지켜보고 있다. 나는 반짝이는 불빛이 있는 방의 모퉁이를 올려다보았다. 테디였다. 그는 내게 모든 것이 잘될 거라고 말하고 있었다. 테디가 위에서 지켜보고 있었다. 그가 이 상황을 끝내줄 것이다. "그냥 다시 시작해." 내가 속삭였다. 나는 불빛이 반짝이는 속도에 맞추어 눈을 깜박였다. 그냥 다시 시작해.

나는 이 상황을 설명하기 위해 수학자인 아버지와 이야기했다.

"과도현실(hyperreal, 프랑스의 철학자이자 사회학자인 장 보드리야르가 조합한 단어로, 현실보다 더 현실적으로 묘사된 '현실의 복제'를 일컫는다. 원문에서는 과도현실을 의미하는 '영원함 더하기 하나'infinity plus one 라는 수학 용어로 표현했다―옮긴이)이에요." 내가 아버지에게 말했다. "테디는 알아요. 그러니 그도 수학자죠. 그는 이것을 이해해요. 그저 한번만 더 하면 돼요. 시뮬레이션이니까요."

아버지는 침통한 표정으로 내 이야기를 들었고, 내가 말을 전부 끝낼 때까지 기다렸다. 그가 마침내 입을 열었다. "우리가 시뮬레이션 속에 있지 않다고 장담할 수는 없겠구나. 하지만 내가 아는 한 우리는 시뮬레이션 속에 있지 않아. 이건 현실이야."

나는 한숨을 쉬었다. 그는 후회하는 것처럼 보였다. 나는 상실로 가득 찬 남자의 그림자를 보았다. 모순. 그가 내 손을 쥐었고, 우리는 전에 들어본 적 있는 샹송에 맞추어

춤을 추었다. 아버지와 나는 내 결혼식에서 또는 최소한
내가 기억하는 결혼식에서 춤을 춘 적이 없었다. 하지만
분명 우리가 춤을 추었던 생이 있었을 것이다.

"저도 환자분과 같은 상황을 겪어봤지만 혼자 이겨내야 했어요." 간호사가 내 머리를 땋아주고 있었다. 내 머리는 젖어 있었다. 그녀가 감겨준 기억이 없었다. "환자분은 진짜 운이 좋아요. 남편이 정말 잘 돌봐주고 있잖아요. 부모님도 여기에 와 있고요." 그녀가 나를 바라보았다. "제 남편은 저를 떠났죠." 그녀는 붉은 눈동자로 나를 보고 있었다. 악령의 눈이었다.

그녀는 빗으로 머리를 빗기며 엉킨 머리를 조심스럽게 풀어주었다. 그러다가 내가 어렸을 때 어머니가 했던 방식처럼 한번에 한가닥씩 꼬면서 머리를 땋기 시작했다.

"이런 일을 겪었다고요?" 나는 울기 시작했다. 이곳은 어떤 곳이지? 나 같은 여자를 위해 마련된 지옥인가? 우리는 모두 악령인가?

나는 탈출 계획을 세우려고 노력했다. 반드시 벗어날 방법이 있을 것이다. 나는 필사적이 되었다. 어떻게 하면 제임스를 구할 수 있을까? 이 무한한 순환을 어떻게 멈출 수 있을까?

"캐서린, 난 네가 겁을 먹지 않으면 좋겠다. 알겠니?" 악령이 내게 말했다. "네가 아기를 그리워하는 거 알아."

내가 캐서린인가?

나는 손으로 내 배를 만졌다. 내 아기라고? 아기가 있었나? 그럼 지금은 어디에 있지? 어쩌면 죽었는지도 모른다.

배 아랫부분에 있는 울퉁불퉁한 상처를 느낄 수 있었다. 이 상처는 뭐지? 손가락으로 볼록 튀어나온 가장자리를 따라 만져보았다. 내 골반 부위에 수평으로 베인 두꺼운 상처였다. 나는 숫자를 세보려고 했지만 단어가 생각나지 않았다.

방 안에서 윙윙거리는 소리가 들렸다. 이번에도 카메라였다. 카메라가 돌아가고 있었다. 나는 깜박이는 붉은 빛을 응시했다. 깜박. 멈춤. 때로는 깜박였다가, 때로는 멈추었다. 문밖에서 내 친구들의 목소리가 들렸다. 나와 가장 친한 친구 네명이었다. 이들이 왔다. 간호사로 가장한 채. 왜 들어오지 못하는 걸까?

"들어와." 내가 소리쳤다. 그리고 한명씩 이름을 불렀다. 왜 들어오지 않는 거지? '어머니' 때문임이 분명했다.

나는 그녀에게 친구들을 들여보내라고 말했다.

"아무도 없어." 그녀가 말했다. "문 앞에는 아무도 없어."

그녀는 거짓말을 하고 있었다. 나는 나를 살펴보는 친구들의 얼굴을 볼 수 있었다.

"맹세해. 네 친구들은 여기에 없단다." 그녀가 말했다. 침대에서 몸을 일으키기에는 너무 지쳐 있었다.

"다음번에는 들여보내주겠다고 약속하는 거죠? 약속할 수 있어요?"

"그래." 그녀가 말했다. "약속하마." 그녀는 불안정해 보였다. 얼굴은 흐릿했고, 확신이 없어 보였다. 마치 고장 난 기계 같았다. 이게 지금 벌어지고 있는 일인가? 내가 로봇 세상에 갇힌 건가?

간호사들이 스크루드라이버를 들고 어머니의 얼굴 아래쪽에 금속판을 부착하는 광경이 떠올랐다. 로봇. 나는 생각했다. 로봇이 분명해. 시뮬레이션의 일부야. 속임수의 일부인 거야.

"캣?" 제임스가 붉은색 꽃과 음식을 들고 들어왔다. "캣, 뭐라도 먹어야 해, 제발."

나는 음식을 보았다. 인육이었다.

"우리 어머니가 당신을 위해 요리한 거야." 그가 말했다. 불쌍한 제임스. 그는 속고 있었다.

나는 고개를 저으며 음식을 바닥에 내던지기 시작했다. 음식을 보면 구역질이 나지만 그의 모습이 너무 슬퍼 보여서 던지는 것을 멈추었다. 그는 테이블을 정리했다. 나는 그가 인육을 주고 있음을 눈치채지 못한 척했지만 음식에는 손도 대지 않았다.

"제발 먹어." 그가 말했다. "제발 한입만이라도 먹자."

나는 고개를 저었다.

그가 슬픈 표정으로 나를 보았다. 초췌해 보였다. 그가 지옥에 있다는 사실을 어떻게 깨닫게 해줄 수 있을까? 나는 떠나고 싶었고, 이 상황을 끝내고 싶었지만, 그를 남겨두고 갈 수는 없었다. 그가 알기를 바랐다. 나를 믿어주기를 바랐다.

"우린 잠을 자야 해." 내가 말했다.

"그래, 제발 자." 그가 말했다.

"당신이 나와 같이 자면 좋겠어." 나는 침대를 가리키며 말했다. 빨리. 경호원이 들어와서 말리기 전에 빨리.

"아니." 그가 말했다. "기억해봐, 캣. 이 문제에 대해서는 전에 이야기했었어. 규칙에 어긋나는 행동이야."

"이곳에 규칙은 없어." 내가 말했다. "괜찮아, 규칙은 당신 머릿속에 있는 거야. 나는 당신을 남겨두고 떠나지 않아." 내가 부드럽게 말했다.

그가 고개를 저었다. 이번에도 나는 실패했다. 침착함을 유지하려고 노력했다. 그가 이해하게 만들 것이다. 그렇게 만들 것이다.

때로는 아기의 울음소리를 들었다. 여성의 비명도 들렸다. 누가 비명을 지르는 거지? 나인가? 그다음에는 심장이 뛰는 소리가 들렸다. 심장 소리가 약해지는 것 같았다. 내 심장 소리인가? 제임스인가? 제임스가 죽어가고 있나? 금속 커튼이 닫혔다 열렸다 다시 닫히는 소리를 들었다. 팔목에 선이 연결되어 있는데, 나는 이것을 세게 잡아당겼다.

누군가가 침대 위에 담요를 쌓고 있었고, 이것이 내 다리를 누르고 있었다. 움직일 수가 없었다. 내 몸이 마비된 것 같았다. 비명을 지르려고 했지만 소리가 나오지 않았다.

제임스가 더 많은 음식을 가져왔다. 비스킷과 내가 좋아하는 쿠키, 오레오, 크래커였다. 주스와 코코넛 워터, 스무디도 있었다. 그가 이것들을 조심스럽게 열을 맞추어 정리했다. 그의 것을 한쪽에 놓고, 내 것을 그와 대칭되게 놓았다. 우리는 책상다리를 하고 바닥에 마주 앉았다.

"맛을 보자." 제임스가 말했다.

그가 주스를 한모금 마셨다. "나를 따라 해." 그가 말했다.

나는 그의 동작을 따라 했다. 어쩌면 우리는 다시 거울 속으로 들어왔는지도 모른다.

"시원해!" 그가 말했다.

"시원해!" 내가 말했다.

나는 잠시 가만히 있었다. 제임스는 너무 야위어 보였다.

"왜 먹지 않아?" 내가 그에게 물었다.

제임스는 울고 있었다. "당신과 데이트하고 싶었던 게 다였어. 내가 자란 동네에서 데이트해보고 싶다고 말했었잖아. 더 일찍 해주지 못해서 미안해."

나는 걱정스럽게 그를 바라보았다. "괜찮아." 내가 말했다. "당신은 언제나 나를 행복하게 해주었어."

그가 나를 안았고, 나도 그를 꼭 끌어안았다. 그리고 그의 귀에 진실을 속삭여주었다. 하지만 이것이 오히려 그를 더 슬프게 만들었다.

나는 간호사들을, 동일한 악령들을 인식하기 시작했다. 이들은 똑같은 옷을 입고 똑같은 표정을 한 채 나타났다 사라졌다 다시 나타나기를 반복했다. 단 한번도 나와 눈을 마주치지 않은 간호사가 있었다. 그녀는 두려움이 담긴 눈빛으로 나를 힐끗 쳐다보기만 했다. 나는 그녀를 쏘아보다가 때때로 위협적으로 이를 드러내 보이기도 했다. 으르릉. 그리고 생각했다. 뛰어. 도망가.

시간의 균열을 보기도 했다. 순간들의 시뮬레이션. 복제된 제임스. 나와 함께 영원히 병실에서 고통을 받고, 살아가고, 기다렸다.

그러던 어느날 나는 보았다. 그가 내게 미소를 지어주면서 나를 병원에 남겨두고 떠나는 모습이었다. 그는 또다른 결혼식에서 신부와 춤을 추고 있었다. 그의 신부였다. 색종이 조각들이 날렸고, 흐느껴 울면서 결혼 서약을 했다. 나는 미소를 지었다. 최소한 그가 행복을 찾았다. 나는 첫번째 부인이었다. 이제는 알게 되었다.

나는 제임스에게 그가 떠나야 한다는 설명을 해주려고 노력했다. "나는 당신의 첫번째 아내야." 내가 말했다.

"아니야." 그가 말했다. "당신은 내 아내야." 그가 가계도를 손가락으로 가리켰다.

"나도 알아." 내가 말했다. "하지만 당신은 재혼하게 될 거야. 그리고 그렇게 하겠다고 약속해줘. 적어도 이번 생에서는."

"이번 생이라고?"

내가 고개를 끄덕였다. 그가 영원히 고통받는 많은 생이 있음을 알려서 그를 겁주고 싶지 않았다.

나는 제임스에게 종이와 펜을 달라고 애원했다. 그는 내게 한 무더기의 종이를 주었고, 나는 우리가 하는 모든 말을 미친 듯이 적기 시작했다. 우리가 시뮬레이션 안에 있다면, 감시당하고 있다면, 우리가 어느 시간에 있었는지 알아내기 위해 테디에게 이 기록이 필요할 것이다. 나는 맹렬하게 적고 또 적었다. **단짝. 형편없는 스토리텔링. 단짝, 단짝, 케이토야, 네가 아빠를 죽이고 있어.** 나는 시간을 정지시키려고 했다. 순간을 멈추려고 했다. 오늘이 며칠이고, 지금이 몇시이며, 무한한 고리에서 어떻게 순간을 붙잡을 수 있을까? 잉크가 다 떨어질 때까지 적었다. 미친 듯이 휘갈겨 쓴 글이었다.

천장에서 음악이 흘러나올 때도 있었다. 제임스와 나는 춤을 추었다. 결혼식에서 틀었던 노래에 맞추어 춤을 추었고, 나는 그와 함께 빙글빙글 돌았다. 그는 미소 지으면서 울었다. 한바퀴 돌 때마다 나는 늙어가고 있었다. 변하고 있었다. 나는 아버지와 춤을 추고 있는 케이토였다. 손자와 춤을 추는 할머니였고, 레이 찰스의 음악에 맞추어 춤을 추는 첫번째 부인이었다. 또 사랑 노래에 맞추어 춤을 추는 두번째 부인이었다. 제임스는 나를 이 순간에 붙잡아두려고 했지만 이는 불가능했다. 우리는 무한히 반복되는 생에 갇혀 있었다. 나는 그를 꼭 끌어안았다. 순간만 그를 가질 수 있다고 해도, 그것이 잠깐 허락된 시간이라고 해도 그것으로 충분했다.

나는 여전히 패턴과 연관성을 보았다. 모든 순간에는 새로운 연관성이, 새로운 패턴이 있었다. 내 눈에 보이는 이 패턴과 연관성은 너무나 많고 매우 유사했다. 나는 어머니가 내게 들려준 이야기와 경고가 형태를 갖추었다고 생각했다. 모든 이야기가 내가 내 운명을 준비할 수 있게 해주었고, 이 순간을 위한 힘을 주었다. 이제는 이해했다. 나는 강해져야 했다. 구부러질 수 없었다. 심청과 시각장애인 아버지. 나는 바닷속으로 잠기게 될까? 나는 다시 태어날까? 절벽에서 뛰어내린 논개. 나는 다가오는 물결을 막기 위해 희생되어야 했다.

나는 꽃을 그리기 시작했다. 종이에, 벽에 꽃을 그렸다. 나는 머리에 꽃을 꽂고 춤을 추는 오필리아(Ophelia, 셰익스피어의 희곡 『햄릿』에 등장하는 비극적인 여주인공으로 아버지가 연인 햄릿에게 살해되자 강물에 몸을 던져 목숨을 끊었다 ― 옮긴이)였다.

그리고 케이토가 있었다. 그는 문밖에 서 있었다. 이제는 어엿한 성인이었고 나는 노인이었다. 언제 이렇게 되었을까? 시간이 흘렀는데 내가 아무것도 기억하지 못하는 걸까? 내가 요양원에 있는 건가? 내 손을 내려다보았다.

주름지고 건조한 할머니의 손이었다. "케이토." 내가 말했다. 나는 그를 보고 싶었다. 그를 다시 잊기 전에 보고 싶었다.

"케이토는 여기에 없어." '어머니'가 말했다.

"케이토를 봐야 해요. 지금 밖에 서 있어요. 제발 들여보내 주세요." 나는 그녀의 어깨를 움켜잡았다. 그녀는 내 손안에서 금방 부서질 것 같았다. 나는 그녀를 뭉개버릴 수 있었고, 금속 커튼을 부술 수 있었다. 그러면 그녀도 보게 될 것이다. "케이토를 봐야 해요. 보게 해줘요!" 나는 그녀를 흔들며 말했다.

"안 돼." 그녀가 말했다. 그녀의 눈에서 두려움을 읽을 수 있었다. "안 된다. 넌 문을 열 수 없어." 그 순간 느낄 수 있었다. 그 순간은 사라졌다. 케이토는 떠났다. 죽었다. 사라졌다. 내 기회가 없어졌다.

나는 처음으로 눈물을 흘렸다. "당신을 절대로 용서하지 않을 거예요." 내가 말했다.

방 밖에서 간호사들이 제임스 이야기를 하는 소리가 들렸다. "그 여자 남편 말이야. 첫번째 남편이야?" 복도에서 드루의 발소리가 들렸다. 그가 문밖에 서서 미소 짓는 모습이 보였다. 드루가 왜 이곳에 있지? 나는 왜 이 방 안에 갇혀 있는 거지? 사람들이 왜 그를 데려온 거지? 그는 내 남편이 아니었다. 밖에서 여성의 비명이 들렸다. 그가 누구를 때리는 건가? 그러다가 드루가 누구인지 깨달았다. 그는 여자에게 잔인한 모든 남자였다. 우리는 '위안부' 여성이었고, 그는 일본군이었다. 우리는 어둠 속에 숨었던, 화장품과 가짜 미소 뒤에 숨었던 아내였다.

나는 비명을 지르기 시작했다. 이곳에서 떠나야 했다. 어쩌면 나는 이상한 나라의 앨리스인지도 모른다. 맞는 것을 선택해 먹기만 하면 몸이 줄어들지도 모른다. 나는 의자 다리 밑에 끼워져 있던 플라스틱 조각을 씹기 시작했다. 내가 줄어들고 있나? 숨을 수 있을까?

드루가 들어오면 어떻게 해야 할지 모르겠다. 나는 방 안의 무언가로 그를 죽일 수 있는 모든 방법을 생각해보았다. 펜으로 얼굴을 찍거나 전선으로 목을 조르거나 꽃병으로 내리치는 방법이 떠올랐다. 발코니에 있던 순간이 기억났다. 그 당시에는 맞서 싸울 의지가 없었으나 지금은 아니었다. 이제는 먹잇감이 될 수 없었다.

시간이 다시 분열되었다. 나는 발코니에서 뛰어내릴지 말지 갈등하고 있었다. 나는 아들에게 뛰어내리지 말라고 애원하는 리아였다. 나는 발코니 난간에서 아래를 내려다보고 있는 케이토였다. 내 밑에 바다가 보였고, 나는 기도하듯이 손을 머리 위로 들어 올렸다.

나는 우주의 모든 패턴을 생각했다. 왜 지금까지 이것들을 한번도 알아채지 못했을까? 그동안 눈이 멀었었다. 나 자신보다 더 큰 무언가를 감지했다. 신의 얼굴이 보였고, 무한함이 보였다.

우리가 어린아이였을 때 테디가 내게 죽는 것은 어떤 기분이냐고 물었던 때가 기억난다. 동생은 두려웠다고 말했다.

테디가 일곱살이고 내가 열살이었을 것이다. 그 당시 나는 두 손으로 내 나이를 셀 수 없는 상황을 상상할 수 없었다. 내가 동생에게 어린이용 천국 이야기를 해주었던 기억이 난다. 그는 웃었다.

우리가 희미해져가는 노을 속에서 선홍색으로 타오르던 무궁화를 바라보았던 기억이 있다. 무덤이 비어 있는 묘비들을 바라보았던 적도 있었다. 검은 대리석이 석양에 암청색으로 반짝였다.

동생이 몇년 전에 세계를 여행하고 돌아왔을 때 이 기억이 떠올랐다. 그는 더는 믿음이 없다고 말했다. 그는 자연이 선사하는 모든 아름다움을 보았다. 등산을 했고 황야에서 혼자 몇날 며칠을 걷기도 했다. 그는 믿음을 잃었다. 아무리 열심히 찾으려고 노력해도 소용이 없었다.

그는 후회하는 사람처럼 보였다. 그리고 여전히 두렵다고 말했다. 그는 혼자라고 느꼈다.

병동에서 테디의 말이 무슨 뜻이었는지 살짝 엿보았다. 제대로 된 대화도 없고, 제대로 느끼지도 못하면서 홀로 지내는 날들. 그러나 나는 기다린다. 계속 걷는다. 아침을 찾을 때까지.

나는 나의 대부인 웨스트브룩을 떠올린다. 그는 죽기를 바랐다. 창가에 앉아 눈을 감고 어둠이 찾아오기를 기다렸다. 그의 사랑하는 아내는 알츠하이머였고, 먼저 세상을 떠났다. 이 병은 그녀의 기억과 정체성을 앗아갔다. 껍질만 남겨놓았다. 대부는 죽음이 친구라고 말했다. 그는 수많은 죽음을 목격했다. 죽음은 군인들의 안전지대였다. 그와 함께 참전했던 젊은 남성들이 당당해지고 웃고 자유롭게 뛸 수 있는 곳이었고, 그의 딸이 언제나 어린아이일 수 있는, 열한살로 남아 있는 곳이었다. 그의 딸은 선천성 질병인 낭성섬유증으로 사망했는데 한번도 제대로 숨을 쉴 수 없었다. 그는 죽음이 다음 모험이라고 말했다.

아침을 찾는 것이었다.

나는 제임스가 나를 다른 병원으로 이송해야 한다고 말한 것을 기억한다. 나는 떠날 것이다. 제임스 곁에는 의사가 팔짱을 끼고 서 있었다. 그는 은색 안경을 쓰고 있었고 목소리는 엄숙했다. "이곳에서 나흘을 보내는 동안 잠을 자지 않았습니다." 그가 나는 무시한 채 제임스에게 말했다. "자신이 누구인지 모르는 것 같아요. 상태가 호전되지 않았어요. 저와 대화할 때마다 여전히 혼란스러워하더군요." 나흘이라니 무슨 뜻이지? 우리가 대화를 했다고? 그게 언제지?

　"전 당신과 대화한 적 없어요." 내가 말했다.

　의사는 내 쪽을 쳐다보지 않았고, 내 말을 못 들은 척했다.

　그런데 어쩌면 대화했는지도 모르겠다. 제이컵스 의사. 나는 기억하려고 노력했다. 어린 시절, 크레용으로 꽃을 그렸던 것, 한 남자가 내게 고개를 끄덕여준 일이 기억났다. 그의 이름은 제이컵스였다… 그러나 그 생에서 나는 캐서린이 아니었다. 아니, 캐서린이었나?

세상의 빛깔이 씻겨 내려갔다. 거의 아무것도 보이지 않았다. 내 콘택트렌즈는 어디에 있지? 안경은? 내게 안경이 없었다. 왜 없는 거지?

"그건." 제임스가 부드럽게 말했다. "당신이 안경알을 씹으려고 했기 때문이야."

"하지만 잘 볼 수가 없어." 내가 말했다. 어쩌면 이것이 내 운명이었는지도 모른다. 나의 아버지처럼 눈이 머는 것. 세상은 그저 빛일 뿐이었다. 희미한 형태의 빛과 어둠, 사람들은 유채색 그림자처럼 움직이는 형체였다. 아버지의 눈에는 세상이 항상 이렇게 보였을까?

내 약혼반지는 어디에 있지? 결혼반지는? 이번 생에서 나는 결혼하지 않았던가? 내 손가락에는 반지가 없었다.

레인이 내가 롤러코스터를 탈 것이라고 말했다. 그는 나를 침대에 단단히 묶었고, 내 손목에 벨트가 채워졌다. 나는 그에게 미소를 지었다. 나를 진실로부터 보호하려는 그는 정말 다정했다. 나는 진실을 알았다. 나는 안락사를 당하게 될 것이다. 나는 지옥을 떠나지만 내 임무에 실패했다. 나는 절멸할 것이다. 그에게 가장 빠른 방식을 선택해 달라고 요청했다. "빨리 끝나면 좋겠어요." 내가 말했다.

"지나친 생각은 하지 말아요." 그가 말했다.

나는 생각했다. 나는 언제나 낯선 이의 친절에 의존했다. 어디선가 들어본 말이다.

레인은 이송 차 안으로 들어갔다. 구급차였다. 나는 오후의 밝은 빛을 보았고, 손으로 햇빛을 가렸다. 빛이 너무나 강렬했다. 공기는 맑고 산뜻했다. 나는 폐 속 깊은 곳까지 숨을 크게 들이마셨다.

나는 최대한 큰 소리로 노래를 부르기 시작했다. 어쩌면 테디가 이 소리를 들을 수 있을지도 모른다. 케이토에게 나에 대해 말해줄지도 모른다. 그러나 케이토는 너무 어려서 기억하지 못할 것이다. 나는 내 뒤에서 문이 닫힐 때까지 노래했다.

시간은 여전히 분열되었다. 나는 얼핏 세상의 결말을 되풀이해서 보았다. 종말이었다. 나는 제임스가 우주를 끝낼 운명을 타고난 존재로 사는 생을 보았다. 케이토가 죽고, 케이토가 살아 있으며, 엄마 없이 성장하고, 계모의 손에서 자라는 모습도 보았다. 또 그가 제임스가 되고, 제임스가 세 아들 중 막내인 모습도 보았다. 케이토의 아들을 보았고, 이들이 죽는 것을 보았으며, 환생하는 것도 보았다. 우주선, 로봇 전쟁, 케이토와 싸우는 제임스. 홍수, 노아의 방주, 신들의 추락, 오딘(Odin, 북유럽 신화에 나오는 최고의 신 — 옮긴이)의 아들을 보았다. 시간이 휘어지는 것을 보았다.

그런 다음에.

아무것도 보이지 않았다. 나는 손을 쌍안경 모양으로 만들어 얼굴에 대고 이를 안경이라고 했다.

나는 샹송을 부르고 옷을 잡아당겼던 장면을 기억한다. 이동용 들것을 기억한다. 내 주변에서 서성거리는 짐승들을 보았을 때 레인이 내 손을 잡아준 일을 기억한다. 무슨 일이지? 내가 우리 안에 있나? 동물원의? 원숭이 한마리가 내게 소리를 지르고 올빼미가 운다. 흑표범이 높은 곳에서 나를 주시한다.

나는 빛과 장식 없는 하얀 방을 기억한다. 전화기가 울리는 소리가 들린다. 창문이 없는데 빛은 어디에서 들어오는 걸까? 나는 앞으로 영원히 이곳에 있게 될까?

밖에서 동물의 소리가 들린다. "안 돼요, 안 돼. 이곳에 있으면 안 돼요!" 고함치는 소리가 들린다. 내게 팔을 두르고 손을 대는 것이 느껴진다. 거칠다. 그리고 나는 하얀색 속으로, 하얀 방으로 옮겨진다.

내 다리가 젖어 있다. 소변인가? 바닥에 액체가 고여 있다. 문틈으로 다수의 우려하는 얼굴이 보인다. 드루의 얼굴, 아버지의 얼굴이 보이더니 악령의 얼굴, 제임스의 얼굴, 그리고 내 얼굴이 보인다.

방 안에서 비명이 들린다. 나인가? 나는 소리를 지르고 있다.

터널에서 소리치는 것 같은 제임스의 목소리가 들린다.

나는 상자 안에 놓인다. 상자 안에.

그런 다음에, 그런 다음에, 그런 다음에 나는 깨어난다. 머리가 이상하게 묶여 있고, 내 가슴은 단단하게 뭉쳐 있다.

나는 방에 있다. 빛이 밝다. 너무 밝아서 이들의 소리를, 내 머릿속의 소음을 들을 수 있다.

소독약과 다른 화학약품 냄새가 난다.

대걸레를 든 여성이 방에 있다. "가슴, 가슴!" 그녀가 내게 소리친다. 내가 모유를 짜내야 한다는 뜻임을 깨닫는다. 내 가슴이 부풀어 있다. 붉게 성난 혹을 만지면 아프다. 아, 기억난다. 나는 모유 수유를 했었다. 케이토를 떠올리려고 노력하지만, 이 생각은 밀려난다.

검은 머리의 여성은 여윈 모습이다. 그녀는 수술복을 입고 고무 신발을 신고 있다.

그녀가 나를 데리고 방을 나와 복도를 걸어간다. 그리고 그곳에서 샤워실의 문을 연다. 내 환자복을 벗기고, 모유를 짜라는 몸짓을 한다. 나는 샤워기를 멍한 눈으로 바라본다. 수도꼭지가 없다. "여기요, 보세요." 그녀가 말한다.

그리고 수도꼭지가 빠진 부분에 칫솔을 꽂아 샤워기를 튼다. 물이 얼음처럼 차갑다.

그녀가 내 가슴을 누르며 동작을 보여준다. "가슴이요!" 그녀가 큰 소리로 말한다. 나는 그녀의 행동을 그대로 따라 한다.

"갈아입어요." 그녀가 말한다. 그리고 내게 브래지어와 팬티, 산모용 레깅스를 건네준다. 내 옷인 것 같다. 잠바도 있었는데, 내 남편의 것임을 알아볼 수 있다. 그는 무엇을 입고 있을지 궁금하다.

그녀는 커다란 남성용 양말을 내 발에 신겼다. 밝은 복도로 나온다. 전화벨 소리, 컴퓨터 키보드를 두드리는 소리가 들린다.

한 소년의 목소리가 들린다. "안녕하세요, 캣." 그는 복도를 따라 걷다가 나를 지나칠 때 고개를 끄덕인다. 그가 어떻게 내 이름을 아는지 궁금하다.

그녀는 나를 다시 방으로 데려간다.

그녀가 방을 떠나기 전에 안경을 전해준다. 갑자기 세상이 또렷해진다.

나는 방 안을 잘 볼 수 있다. 장식 없는 하얀 공간이다. 한쪽에는 침대가 있다. 침대보가 벗겨져 있다. 상부에 창살이 달린 창문이 있다. 칸막이가 쳐져 있는데 이것을 열면 변기와 금속 세면대가 있는 작은 화장실이 나온다.

거울에 비친 내 모습을 알아보지 못한다. 그저 안경만 보일 뿐이다.

나는 방 안을 둘러본다. 싱글 침대가 있고, 측면에 선반이 있다. 잠바와 레깅스, 속옷, 만화 캐릭터가 그려진 양말이 쌓여 있다. 천천히 차례대로 만져본다. 이것들은 내 옷이다.

내 베개 밑에서 회색 표지에 두껍고 새하얀 종이로 만들어진 노트를 발견한다. 남편이 아끼는 노트 중 하나다. 그의 손글씨가 첫 페이지를 장식하고 있다. 정확하고 깔끔하게. 이름과 전화번호가 적힌 목록이 있고, 제일 윗부분에 2018년 2월 9일이라고 날짜가 적혀 있다. 연도 밑에는 짙은 잉크로 줄이 그어져 있다.

아직은 2018년인 것이다.

선반에 보라색 사인펜이 놓여 있다.

나는 종이 한장을 뜯어낸다. 그리고 내 진실을 적는다.

나는 살아 있다. 이렇게 적는다.

홍콩인은 영혼의 세계가 인간 세계와 겹쳐진 공간에서 아주 얇게 분리된 채 공존한다고 믿는다. 영혼은 자신들의 영역에서 우리를 지켜본다. 만약 생명이 갑자기 중단되면, 이들은 산 자에게 닿기를 열망한다. 이들의 존재를 느낄 수 있는 순간들이 있다. 바람이든 밤의 외침이든 영혼이든, 이들은 이곳에 있다. 이런 식으로 우리와 절대로 분리되지 않는다.

　누군가가 사망하면 그 사람의 집에서 밤을 보낸다. 영혼들이 찾아와서 망자의 영혼을 다른 영역으로 인도할 수 있게 초에 불을 붙이고 음식을 준비한다. 음식들을 치우지 않고 테이블에 그냥 놓아두며, 방을 나가기 전에 이들이 떠난 발자국을 볼 수 있게 바닥에 흰 밀가루를 뿌린다.

　나는 영혼 세계의 발자국 이미지를 좋아했다. 어떤 면에서는 사실로 느껴졌다. 나는 기억이 맴도는 것을 느끼고,

350

한 영혼이, 할머니가 열망하는 순간들을 느꼈다. 할머니는 어느 여름 조용한 아침에 홀로 숨을 거두었다. 끝을 향해 가면서 그녀는 종이처럼 되었다. 일어설 힘이 없어서 물을 홀짝이고 바다의 소리를 들으면서 침대에 누워만 있었다. 할머니가 자신의 고향 섬을 그리워했는지, 또는 전투기가 날아가는 모습을 보았던 어린 소녀 시절을 기억했는지 궁금하다.

할머니는 많은 것을 잊기 시작했다. 과거의 기억들이 현재를 앗아갔다. 그녀는 우리가 모르는 형제들을 위해, 태어나지 못한 아기들을 위해, 자신의 어머니를 위해 울었다.

영혼들이 할머니의 외침을 들었기를 바란다.

면회 시간이다. 제임스가 이번에는 아버지와 함께 왔다. 제임스는 어머니가 자신이 와도 되는지 망설이고 있다고 말한다. 나는 제임스도 그녀가 정신병원에서 나를 보는 상황을 피하게 해주고 싶어한다고 생각한다.

이번에도 방문객 수는 동일하다. 구내식당은 거의 비었고, 에마와 믹, 그리고 나만이 방문객을 맞이하고 있다. 에마가 나이 든 남성과 젊은 여성을 포옹하는 모습이 보인다. 내 생각에는 그녀의 아버지와 여자 형제인 것 같다. 그녀는 울고 있다.

믹은 어두워 보인다. 그와 함께 있는 남자는 너무 가까이 다가가고 싶지 않다는 듯이 믹의 휠체어에서 살짝 떨어진 곳에 서 있다. 나는 제임스에게 케이토에게 줄 밸런타인 카드를 건네준다. 그는 눈을 깜박이더니 카드를 호주머니에 넣는다.

아버지는 코트를 입고, 깃을 높이 세우고 있다. 나는 아버지가 이 코트를 입을 때마다 장군처럼 보인다고 생각했다. 얼굴에는 주름살이 잡혀 있다.

아버지는 망설이는 것처럼 보인다. 눈이 올빼미 같다. 안경을 쓰지 않았지만 조심스럽게 발을 내딛는다. 리놀륨 바닥에 울리는 발소리가 선명하다.

나는 내 악몽 속에서 들었던 발소리가, 복도에서 들렸던 목소리가, 드루의 것이 아니라 아버지의 것임을 깨닫는다.

그의 눈을 마주 본다. 나를 보는 두 눈에 두려움이나 호기심이 담겨 있을지 궁금했는데, 그냥 눈만 보인다. 어두운 바다와 같은 눈. 케이토의 눈 색과 같다.

"안녕." 아버지가 말한다.

제임스가 내 손을 잡고 내 손목뼈를 매만진다.

"안녕하세요, 아빠." 내가 말한다.

그가 목을 가다듬는다. 걸걸하고 자신 없는 목소리다. "이것 보렴." 그가 갑자기 미소를 지으며 말한다. 그러고는 주머니에서 만년필과 종이 한장을 꺼낸다. 그는 재빠르고 확실한 동작으로 그림을 그린다. 눈이 거의 종이에 닿을 듯하다.

나는 웃는다.

어린 시절에 이 그림을 본 적이 있다. 파이프 담배를 피우는 남자의 실루엣인데, 실루엣은 숫자들로 이루어졌다.

느긋하게 곡선을 그리며 연기가 피어오르는 파이프는 숫자 9의 형태다. 그리고 모자는 옆으로 누운 3이다.

"숫자로 만들어진 남자." 내가 말한다.

"맞아, 숫자로 만들어진 남자야." 그는 부끄러우면서도 자랑스러워하는 것처럼 보인다.

"당신이 장인어른한테 이 그림을 계속 그려달라고 했었지." 제임스가 말한다. "여기에 숨겨진 메시지가 있다고 생각했지."

"그랬나?" 내가 묻는다. 기억나지 않는다. 숫자로 만들어진 남자를 뚫어지게 바라본다. 수수께끼다.

우리는 말없이 앉아 있다. 무슨 말을 해야 할지 몰라서 한 손으로 아버지의 손을 토닥인다. 제임스가 내게 미소를 지어 보인다. 나는 내 맞은편에 앉은 두 남자를 바라본다. 나의 과거이며 나의 미래다.

두 사람이 떠날 때 나는 배웅하기 위해 자리에서 일어난다. 제임스가 앞서 걸어가며 아버지를 이끈다. 아버지는 나와 악수를 하고 당당한 걸음걸이로 나간다. 그의 발걸음이 바닥을 울린다. 그는 잠시 주춤하더니 나를 향해 돌아선다. 후회가 담긴 표정이다.

나는 사람들에게 제임스가 준 사진들을 보여준다.

"봐요." 내가 노나에게 말한다. "내 아들이에요."

나는 사진 속의 아기를 가리키며 이 말을 계속 연습하고 있다.

"우아아아아." 그녀가 사진을 가져간다. "정말 귀여워요."

"몇살이죠?" 그녀가 내게 묻는다.

몇살이더라… 제임스가 전화로 어제가 케이토의 백일 잔칫날이었다고 말했다. 시부모님 집에서 작게 축하 파티를 했다. "100일 됐어요." 내가 말한다.

"빨리 좋아져서 집으로 돌아가 아기를 봐야지요!" 그녀가 말하면서 세차게 고개를 끄덕인다. 함께 있던 샤라가 내 어깨를 토닥이며 내가 사진 속의 아기를 알아보지 못한다는 사실을 안다는 표정으로 나를 바라본다.

"걱정하지 마요. 남은 일생 아기를 알아갈 시간은 아주

많으니까요."

일생이라고? 이 말은 부적절한 것 같다. 나는 이미 다수
의 생을 살았고, 일생 이상을 원한다. 나는 소중한 순간들
로 이루어진 일생을 원한다.

나는 내 노트에 아기를 안고 있는 여자의 모습을 그렸
다. 그녀의 머리는 일곱 빛깔의 무지개색이다. 눈을 감고
있어서 빛을 볼 수 없다. 아기는 품 안에서 잔뜩 웅크리고
있다.

"상태가 훨씬 좋아 보이네요." 의사가 말한다. 전에 보았던 의사다. 우리가 대화한 지 이틀이 지났다. 그녀는 여전히 내 어깨 위로 보이는 시계에 시선을 둔다.

"저의 본래 모습을 찾아가는 것 같아요." 내가 말한다.

"좋아요, 좋아요." 그녀가 말한다.

"우리는 환자분이 집에 갈 수 있게 노력할 겁니다." 그녀가 말한다. "내일이면 나갈 수 있을 거예요. 그 전에 서류 몇 개만 준비하면 돼요."

창문이 열리는 기분이었다.

"남편이 기다리는 집으로 돌아가게 될 거예요. 환자분 걱정을 많이 하고 있어요." 그녀가 내게 미소를 짓는다.

이 병동에서의 마지막 밤이다. 잠을 청해보지만 잠이 오지 않는다. 나는 내 일생을 떠올리고 있다. 내 기억을, 무한한 고리들을.

이제 나는 내가 나이 들었을 때, 내가 종이처럼 변하고 기억들이 사라지기 시작할 때, 나의 과거가 현재가 될 때를 안다. 나는 달에 닿을 정도로 연을 아주 높이 날리는, 코듀로이 바지를 입은 소년 테디를 위해 눈물을 흘릴 것이다. 나는 시각장애인 아버지, 숫자로 만들어진 남자를 위해 눈물을 흘릴 것이다. 생각만 해도 가슴을 아리게 하는 아름다운 어머니를 위해 눈물을 흘릴 것이다. 세상을 지탱해주는 신념과 미소를 가진 친절한 남편을 위해, 그리고 케이토, 나의 케이토, 내 아들을 위해 눈물을 흘릴 것이다.

할머니는 내게 한국 본토에서 떨어진 '개섬'이라는 이름의 섬에서 살았던 자신의 오빠 이야기를 들려주었다. 마을 하나가 들어설 정도로 큰 섬이었지만, 이제는 아무도 살지 않는다. 섬을 둘러싼 거친 파도에 지친 젊은 세대는 본토로 떠났다. 나이가 지긋한 외삼촌 할아버지가 시장에서 고구마를 팔던 과부와 사랑에 빠졌을 때 그는 40년째 결혼생활을 해오고 있었다.

그는 당시에는 부정한 여자였던 그녀를 만나기 위해 매일 밤 몰래 집을 나왔고, 여든살의 아버지가 몽둥이를 들고 쫓아와 사정없이 그를 때리고 욕했다.

아들은 저항하지 않고 가만히 맞고 있었을 것이다. 그 장면이 상상이 간다. 그는 몽둥이가 등에 가능한 한 정확하게 떨어지도록 어깨를 움직였을 것이다. 그래야 끝에 가서는 그나마 고통이 덜했다. 할머니는 자신의 오빠가 울었다고 했다. 두 남자 모두 울었다. 욕을 먹은 사람과 욕을 한 사람 모두.

외삼촌 할아버지가 죽음을 앞두고 있을 때 그 여자를 만나보고 싶다고 말했다. 가족들은 허락하지 않았다. 그의 아내와 자식들은 그가 마지막 숨을 거둘 때까지 침대 곁을 지켰다. 장례식이 거행되었고, 그의 가족은 밤 파도에 재를 흘려보내기 위해 유골함을 들고 있었다. 할머니는 장례 행렬을 따라 걷다가 고개를 들었을 때 산에서 울고 있는 나이 든 여성을 보았다. 그녀는 바위투성이의 험한 길을 따라 뛰고 있었다. "상복을 입고 유령처럼 따라왔지." 할머니가 말했다. "흰옷이었어."

나는 이 이야기가 품은 아름다움을 이해할 수 있다. 눈물을 흘리는 남자와 상실감으로 무너진 여인. 남자가 재가 되어 바다에 뿌려진 뒤 그녀의 삶은 어떻게 되었을까? 그녀는 홀로 남겨졌고 버려졌다. 두 사람은 자신들의 결말이 행복할 수 없음을 알았다. 그렇다고 남자가 슬픔에 잠겨 목을 매고 죽음을 기다렸다는 뜻은 아니다. 이를 예상했다는 말이다.

그러나 나는 그가 속으로 조용히 희망을 품고 있었다고 생각한다. 모든 위대한 사랑 이야기가 지니고 있는 희망. 그는 해피엔딩을 믿었을 것이다. 자신을 힘껏 내던져 정상에 오를 수 있게 해주는 조용한 희망 말이다. 그런 다음에 깨닫게 된다. 그곳이 정상이라는 것을. 결말을 신경 쓰지 않는, 결말은 중요하지 않음을 아는 정상이다. 이것이 행복한 결말이다. 순간만으로도, 사랑만으로도 충분할 때 그 지점에 다다른다.

중력보다 더 빠르게, 지구가 끌어당기는 힘보다 더 빠르게 떨어진다. 그리고 다시 하늘을 찾는다. 저승에서.

타미라가 마지못해 나를 포옹해준다. 그녀의 서류 작업이 아직 끝나지 않았는데, 이는 주말 연휴가 끼면서 그녀가 며칠 더 이곳에서 머물러야 한다는 뜻이다. 그녀는 귓병으로 비명을 지르면서 침대에 누워 시간을 보낸다. 믹은 그녀가 무엇이든 과장하는 사람이라고 말하지만, 나는 의사가 그녀에게 항생제를 처방해주면 좋겠다.

"다이아몬드 게임 가르쳐줘서 고마워요." 대런이 말한다. 그도 오늘 퇴원한다.

"당신이 떠나다니 믿을 수 없어요!" 에마가 울부짖는다. 그녀는 내게 계속 연락을 주고받으며 내 노트에 자신의 전화번호를 적는다. 우리는 마치 고등학교를 졸업하고 헤어지는 사람들 같다. 나는 생각한다. 침착하자.

알리는 나를 온몸으로 안아주기 전에 나를 보며 미소 짓는다. "얼마나 더 오래 있어요?" 내가 그에게 묻는다. 이것이 안전한 질문 같다. 그가 어깨를 으쓱한다. "최소한 한달은 더." 그가 이렇게 말하고 웃으려고 노력한다.

크리스틴이 내게 짐을 싸도 좋다고 말한다. 나는 옷가지와 제임스의 잠바, 노트, 색칠한 그림, 내 애장품인 고무 슬리퍼를 챙긴다. 타미라가 고마워하길 바라며 내 치약을 주지만 그녀는 짜증이 난 것처럼 보인다. "그런 건 필요 없어요." 그녀가 말한다. "티셔츠는 없어요?"

나는 미안한 마음으로 고개를 젓는다.

내 소지품을 챙기면서 당나귀 등에 물건을 싣고 고향을 떠나 도망쳤던 우리 조부모님과 제임스의 조부모님을 떠올린다. 이들은 자신들의 작별 인사가 마지막이 될 줄 모른 채 떠났다고 했다. 다시 만나는 날은 오지 않았고, 남은 것은 소식을 알 수 없는 궁금함뿐이었다. 단절된 삶.

이들의 삶은 기다림으로 채워졌다. 이들은 다시 만날 수 있는 날을 간절히 기다렸다.

나는 이것이 한국인이 시간과 과거에 집착하는 이유라고 생각한다. 그들은 순수한 무언가를, 다시 일어날지 확신할 수 없는 무언가를 갈망하고 기다린다. 그리고 이 기다림을, 갈망을 소중하게 여긴다. 그것이 그들에게 남은 전부이기 때문이다.

나는 포함되지 않았지만, 제임스가 몇명인지 기억할 수 없을 만큼 수많은 증손주에 둘러싸여 행복해했던 생이 있

었다는 것이 내게 위안을 준다. 그가 백두살이 되면 우리
는 다시 만날 것이다. 그리고 나는 갓 태어난 케이토와 함
께 있을 것이다. 그는 미소를 지으며 내 손을 잡고, 어쩌면
잠시나마 나를 알아볼지도 모른다.

"남편이 와 있어요." 그들이 말한다. "환자분을 집으로 데려가기 위해 왔죠."

나는 소지품을 담은 비닐봉지를 들고 부츠를 신고 있다. 신발을 신고 걸은 지 너무 오래되었다. 오늘 이 병동을 제일 먼저 떠나는 사람이 나라고 한다. 내가 제일 먼저 퇴원한다. 제임스는 이른 아침부터 와서 나를 기다리고 있다.

나는 다시 한번 복도를 걷는다. 유리 공간을 지날 때 간호사와 의사들이 컴퓨터와 휴대폰에서 눈을 떼고 내게 손을 흔든다. 제프는 나를 포옹해준다. "잘 지내요." 그가 말한다.

랜디는 약을 타기 위해 줄을 서서 기다리고 있다. "잘 가요." 그가 말한다. "또 봐요."

나는 손을 흔든다.

크리스틴의 뒤를 따르며 한발 한발 천천히 걷는다.

그녀가 문을 연다. 한쪽에 제임스의 모습이, 눈물이 고인 그의 눈이 보인다. 그가 나를 향해 손을 뻗는다.

나는 뒤를 돌아보지 않고 문 쪽으로 걸음을 옮긴다. 이것이 1천번째 발걸음인 것 같다. 마침내 숨을 쉴 수 있다.

나는 내 첫번째 발걸음을 내디딘다.

퇴원 후에 제임스는 나를 맨해튼의 스카이라인이 내려다보이는 호텔로 데려갔다.

　　"병원과 가까워서 골랐어." 그가 말했다. 입 밖으로 내뱉지는 않았으나 공기 중에 맴도는 말. 만일의 사태에 대비해서.

　　"런던으로 돌아가기 전까지 며칠 여유가 있어." 그가 말했다.

　　"그래?" 내가 물었다.

　　"응, 처음에 예약했던 항공편. 닷새 뒤에 떠날 거야." 그가 말했다.

　　나는 12일 동안 케이토와 떨어져 있었다. 응급실에서 나흘, 정신병동에서 여드레.

　　벽돌 건물의 미로를 빠져나오면서 공기의 변화를 감지할 수 있었다. 더 차갑고 깨끗해졌다. 두꺼운 정문을 통과해 밖으로 나올 때는 걸음걸음이 마법같이 느껴졌다. 자동

차와 도로, 사람. 익숙하면서도 새로웠다.

제임스는 운전하는 내내 내 손을 잡아주었다. 우리는 구리와 황동으로 장식된 호텔 로비에 도착했다. 나는 타일 바닥에 울리는 우리의 발소리에, 사람들이 떠나고 웃고 대화하는 소리에 귀를 기울였다. 저들은 자신이 자유의 몸이라는 사실을 알까? 저들이 가는 곳은 어디일지 궁금했다.

엘리베이터 벽은 거울로 되어 있었다. 나는 흔들리는 눈빛으로 거울에 비친 내 모습을 보았다. 어깨 위로 흘러내린 머리는 제멋대로 헝클어져 있었다. 내게 며칠간의 흔적이 남아 있나? 아니면 예전 모습 그대로일까? 거울에서 눈을 뗄 수 없었다. 제임스가 걱정스럽게 나를 쳐다보며 말했다. "내리자."

"방이 마음에 들 거야." 그가 말했다. "당신이 편하게 쉴 수 있게 정리를 좀 해놨거든."

호텔 방은 높은 창이 있는 널찍한 스위트룸이었다. 강 너머로 솟아오른 스카이라인을 볼 수 있었다.

제임스가 문을 닫았고, 우리는 손을 잡고 서로를 응시하며 바닥에 앉았다. 그는 야위어 보였다. 머리카락이 눈 위로 쏟아져 내렸다.

"뭘 하고 싶어?" 그가 확신 없이 떨리는 목소리로 물었다.

"그냥 여기에 있고 싶어." 내가 말했다. 나는 창가에서 들려오는 빗소리에, 호텔의 정적에 귀를 기울였다. "집에 돌아가면 뭘 할래?" 내가 물었다.

제임스가 미소를 지었지만 주저하는 미소였다. "집이라, 듣기 좋네."

집은 개념이었다. 미래는 개념이었다. 나는 과거를 생각할 수 없었다. 기억해야 할 생이 너무 많았다. 미래는 안전하게 느껴졌다. 나는 제임스와 함께 있다. 잘될 것이다. 우리는 미래에 대해, 작은 세부 사항에 대해 조심스럽게 이야기를 나누었다. 나는 그에게 따뜻한 음료가 그립다고 말했고, 그는 웃으면서 차를 끓여주었다. 도자기 머그잔을 손으로 감싸 들었다. 내 손에 느껴지는 도자기의 감촉이 그리웠었다.

우리는 지난 며칠간 있었던 일은 이야기하지 않았다. 애써 피했다. 이 과거는 대기 중에 무겁게 매달려 있었다. 꿈에서 깨어나는 것 같았다.

나는 제임스에게 내 고무 슬리퍼를 자랑스럽게 보여주었다. "내가 가장 좋아하는 소지품이야." 하지만 그의 표정이 슬프고 속상해 보여서 슬리퍼를 옆에 내려놓았다.

나는 호텔 침대에 누워 부드러운 침대보의 감촉을 즐겼다. 내 볼로 베개의 시원한 느낌이 전해졌다.

우리는 초밥과 한국식 매운 찌개, 굴 요리, 아이스크림, 찹쌀떡을 먹었다. 나는 병원에 입원한 후로 7킬로그램이 빠졌다. 제임스는 병원에서 그랬던 것처럼 테이블 위에 음식을 일렬로 늘어놓았다. 우리는 거울을 보고 앉은 것처럼 서로 마주 보고 앉았다.

"거울 같네." 내가 말했다. 제임스가 나를 날카로운 눈으로 바라보았다.

"케이토는 우리 부모님 집에 있어." 제임스가 말했다. 나는 케이토가 어디에 있는지 묻지 않았지만, 제임스는 알아차리지 못한 것처럼 행동했다.

나는 우리 부모님도 케이토를 돌보면서 시부모님 집에 머물고 있음을 알게 되었다. 이들은 백일잔치를 취소하고 집에서 조용히 축하했다. 제임스는 케이토의 사진을 여러 장 보여주었다. 벽은 옅은 파란색 장식 테이프로 꾸며져 있고 테이블에는 떡이 담긴 작은 접시가 놓여 있었다. 나는 이 사진들을 응시했지만, 아기를 알아보지 못했다.

호텔에서의 첫날 밤에 눈이 많이 내렸다. 우리는 사방이 새하얀 조용한 저녁에 밖에 나가 빨간색 우산을 쓰고 걸었다. 발이 눈 속으로 깊이 파고들면서 하얀 발자국을 남기는 모습을 보았다. 고속도로는 고요했고, 눈이 내리는 소리밖에 들리지 않았다. 나는 병동을 떠올리면서 TV 시청실의 창문을 통해 눈이 내리는 모습을 바라보는 상상을 해보았다. 이제 나는 자유였다. 공기를 깊이 들이마셨고, 추위를, 눈이 주는 충만함을 받아들였다. 그리고 모처럼 평온함을 느꼈다.

우리 부모님이 다음 날 케이토를 호텔로 데려왔다. 어머니는 더 마르고 연약해 보였다. 그녀의 눈이 내 눈과 마주쳤을 때 나는 그 안에서 내가 치유해줄 수 있을지 알 수 없는 상처를 보았다. 아버지는 코트를 입은 채 무뚝뚝한 표정으로 서서 고개를 끄덕였다. 케이토는 아버지의 품에 안겨 웅크리고 있었다. 케이토의 시선이 갑자기 내게로 향했다.

내가 생각했던 대로 나는 케이토를 알아보지 못했다. 낯선 존재처럼 느껴졌다. 나는 내 안에서 어떤 감정을 끌어내보려고 했지만 아무것도 찾지 못했다.

"안아보지 않겠니?" 어머니가 물었다.

나는 억지로 고개를 끄덕였다.

케이토가 무겁게 느껴졌다. 익숙하지 않은 무게였다. 케이토를 어떻게 안았었는지 기억해보려고 애썼지만, 아기가 내가 기억하던 것보다 훨씬 더 컸다. 아기는 편안해 보이지 않았다. 내 얼굴을 보지 않았고 몸부림을 치면서 내 어깨 너머를 바라볼 뿐이었다. 사진 속의 모습과 달랐다. 얼굴이 달랐고, 악마의 눈이라고 생각했던 아기의 눈이 순수함을 담고 나를 쳐다보았다. 머리카락이 이상해 보였다.

"배냇머리가 빠지기 시작했어." 제임스가 말했다.

나는 케이토를 보았다. 내 아들, 나는 이 사실을 나 자신에게 상기시켜주었다. 그러나 아무것도 느껴지지 않았다. 우리는 독립된 존재였다. 진짜로 분리되었다. 내게서 다시 잘려나간 것 같았다. 나는 창밖의 먼 곳을 응시했다. 내 시선이 닿는 곳에 뉴욕시와 강에서 피어오른 안개가 보였다.

아버지는 조용히 내게서 케이토를 데려갔고, 나는 부모님이 걱정스러운 표정으로 서로를 보는 모습을 보았다.

내가 침대에 앉아 창밖을 응시하고 있는 동안 아버지는 케이토를 안고 방 안을 서성거렸다. 케이토가 울음을 터트리자 어머니가 아버지에게 젖병을 건네주었다.

"아, 케이토는 이제 분유를 먹어. 분유도 좋아하는 것 같아." 제임스가 미안해하며 말했다.

나는 어깨를 으쓱했다. 그 고생을 했는데. 나는 힘없이 생각했다.

"너는 좀 어떻니?" 어머니가 물었다. 그리고 내 손을 부드럽게 만졌다. 금방이라도 울 것 같은 표정이었다. "밥은 먹었니?" 그녀는 한국인들이 흔히 하는 인사말을 하며 미소를 지었다.

나는 고개를 끄덕였다. "전 괜찮아요." 내가 말했다.

부모님은 내일 다시 오겠다고 약속하며 곧 돌아갔다. "좀 쉬렴." 그들이 말했다. 그리고 방을 나가면서 나와 눈을 마주치지 않았다.

제임스와 나는 항구를 걸었다. 도시가 유리처럼 반짝였다. 차가운 하늘 아래에서 밝게 빛났다. 우리는 손을 잡고 나란히 걸었다. 나에 대한 제임스의 마음이 안정되고 차분해졌다.

제임스가 보험회사와 통화하며 항공편과 병원비에 대해 논의할 때를 제외하면 우리는 세상과 분리되어 존재하는 것처럼 느껴졌다. "당신은 걱정하지 마." 그가 말했다. 그는 내가 들을 수 없게 문을 닫고 통화했다.

그가 나중에 내 입원비도 보장이 되는지 알아보기 위해 보험회사와 수시간을 통화했다고 말해주었다. "영국으로 돌아가야 해." 제임스가 말했다. "국민의료보험이 그립네."

내 시야는 여전히 흐릿했고 글을 읽을 수 없었다. 나는 제임스에게 내 노트를 보여주었다.

"읽어볼래?" 내가 물었다.

"나중에." 그가 답했다. "나중에 읽을게. 집에 돌아간 후에."

하루하루가 천천히 흘러갔다. 우리는 항구를 따라 눈 속을 걷고 또 걸었다. 음식점에서 아침밥을 포장해 와 호텔 방 바닥에 앉아서 먹었다. 따뜻한 커피를 마시고 버터를 바른 베이글을 먹으며 대화를 나누었다. 부모님이 케이토와 함께 와서 얼마간 있다 돌아갔다. 내가 케이토를 안을 때도 가끔 있었다. 케이토는 내게 익숙해지는 것 같지 않았지만, 나는 아기의 얼굴을 만지고 머리카락의 부드러움을 느꼈다.

우리는 화요일 아침에 호텔에서 체크아웃했다. 저녁 비행기를 탈 예정이었다. 나는 부모님이 아기를 안고 들락날락하고, 제임스와 내가 항구를 따라 오랫동안 산책하는 것에 대해 호텔 직원들이 어떻게 생각했을지 궁금했었다. 하지만 체크아웃을 도와주는 직원은 지루해 보였다. 우리의 모습이 특이해 보이지 않았나보다. 나는 그녀에게서 언뜻 악령의 눈을 보았다고 생각했다. 그리고 숨이 목구멍에 막혔다.

"우리 부모님 집에 들를 거야." 제임스가 말했다. "괜찮겠어?"

"괜찮아." 내가 말했다. 떠나기 전에 한번 보고 싶었다.

우리가 근처에 주차하는 동안 본 제임스 부모님의 집은 위협적으로 보이지 않고 익숙하게 느껴졌다. 그저 집일 뿐이었다. 제임스의 아버지가 밖에서 우리를 기다리고 있었다. 그는 나를 안아주고 웃었다. 우리는 눈을 밟으며 집으로 걸어갔다.

나는 현관문과 가까워지면서 깊게 숨을 들이마셨다. 제임스의 어머니가 울면서 나를 꼭 안아주었다. 그녀는 나를 응시하며 내게 괜찮은지 물었다. 나는 고개를 끄덕였다.

"잘 먹기는 하는 거니?" 그녀가 물었고, 나는 미소를 지었다.

시어머니는 한 상 가득 음식을 차렸다. "네가 무얼 먹고 싶어할지 몰라서." 그녀가 말했다. 그녀는 주춤거리는 것 같았다. 때로는 나와 눈을 마주치기 힘들어했다.

2층에 있던 우리 부모님이 케이토를 안고 내려왔다. 어머니가 나를 안아주었고, 아버지는 어색하게 내 어깨를 토닥였다. "우리는 그만 갈 거란다." 어머니가 말했다. 부모님은 운전해서 집으로 돌아갈 계획이었다. "잘 지내렴." 어머니가 말했다. 급작스러운 헤어짐이었다. 나는 유리문 옆에 서서 부모님이 탄 차가 멀어져가는 모습을 보며 손을 흔들었다.

케이토가 내 옆에서 잠들어 있는 동안 나는 소파에 앉아 조용히 차를 마셨다. 제임스의 부모님은 부엌에서 낮은 목소리로 대화하고 있었고, 제임스는 2층에서 보험회사와 또 통화하고 있었다. 나는 감각을 느끼지 못했다. 안도감이나 기쁨을 느낄 수 없었다. 나는 퇴원했고 자유였다. 기분이 가벼워야 마땅했지만, 무겁고 둔하게 느껴졌다. 물이 가득 담긴 통에 들어간 것 같았다.

제임스의 부모님이 우리를 공항까지 태워주었다. 출국장으로 걸어가다가 이들을 보기 위해 뒤를 돌아보았을 때 이들은 심각한 표정으로 천천히 손을 흔들고 있었다. 얼굴에 걱정이 새겨져 있었다.

런던으로 돌아오는 비행기 안에서 창밖을 바라보았다. 구름과 달의 곡선이 보였다. 우리가 여행을 시작한 지 정말 오래된 것 같았다. 내게 시간은 더이상 직선으로 존재하지 않았다. 순간들이 너무 많이 반복되었다. 기억나지 않는 것들도 많았다.

런던으로 돌아와서 내가 침대에 누워 내 노트를 읽고, 여러장의 서류와 휘갈겨 쓴 글, 사자와 유니콘, 곰을 색칠한 종이들을 훑어보는 동안 제임스가 케이토를 돌보았다. 내 기억이 나를 날카롭게 찌르고 상처처럼 떠올랐다. 나는 여전히 약을 먹어야 했다. 내 손바닥 안에서 작게 보이는 세개의 알약이었다. 내 뇌를 마비시키는 것 같고 손이 떨리게 만드는 항정신병약과 이 약의 부작용을 완화하는 알약, 그리고 밤에 잠을 잘 수 있게 도와주는 진정제였다.

마침내 제임스와 나는 문제의 날들에 대해 이야기했다. 제임스는 내가 그의 부모님 집을 떠나자고 했을 때 무언가 잘못되었음을 감지했다고 말했다. 하지만 그것이 무엇인지는 분명하지 않았다. 테디 역시 나와 통화를 하면서 무언가 잘못되었음을 알았다고 했다. 나는 남동생과 제임스가 나를 진정시키고 잠을 재우려고 했다는 사실을 알게 되었다. 그러나 제임스가 나를 병원으로 데려갔을 때 나는 정신이 나가 있었고, 응급실 대기실에서 옷을 벗으면서 비명을 질렀다. 제임스는 내가 간호사와 싸우고, 이들이 나를 결박하는 모습을 볼 때 가장 참기 힘들었다고 했다.

병원에서 있었던 날들에 대한 제임스의 기억 속에서 나는 끊임없이 움직이면서 미친 듯이 날뛰고 있었다. 그리스와 북유럽의 신들에 대해 이야기하다가 다음 순간 비명을 질렀다. 때때로 그는 내 과거를 묻거나 질문 놀이를 하면서 내 주의를 돌릴 수 있었지만, 그렇게 하지 못할 때도 있었다. 나는 천장에 말을 걸기도 했고, 너무 빨리 말하다가 혀를 깨물기도 했다. 내게 음식을 먹이는 유일한 방법은 내 앞에 마주 앉아 내가 그를 따라 하도록 만드는 것이었다. 그는 내가 내 침대 위에 걸려 있는 숫자판에 적힌 날짜에 집착했다고 말했다. 그래서 결국 병원에서 숫자를 지워버렸다.

내가 나를 베아트리체나 제임스, 케이토라고 말할 때도 있었다. 내가 어린아이라고 생각하고 미취학 아동처럼 낙서를 하기도 했다. 어떨 때는 내가 나이 든 여자라고 생각했다. 내가 정신이 돌아온 사람처럼 보일 때가 있었는데, 그는 그때가 가장 힘든 순간이었다고 했다. 내 눈에서 공포와 혼란을 읽을 수 있었기 때문이다. 춤을 추거나 과거의 추억에 잠기게 하면서 내가 미소를 짓게 만들기도 했다고도 말했다. 그러나 그가 무슨 노력을 해도 잠이 들게 하지는 못했다. 입원 사흘째 되는 날에 제임스가 버지니아의 부모님에게 전화를 걸어 병원으로 와달라고 했다.

제임스는 대화가 혼란스러웠다고 했다. "지금 이곳으로 와주세요." 그가 말했다. 사고가 있었나? 아니다. 내게 문제가 생겼나? 그렇다. 그리고 아니다. 신체적인 문제는 아니었다.

"이해가 안 가네." 어머니가 말했다.

"심각한 상황이에요." 제임스가 말했다. "심각해요. 캣이 정말로 아파요. 정신적으로 아파요."

부모님은 뉴저지까지 차를 몰고 달려왔고, 곧장 병원으로 왔다. 이들이 도착했을 때 나는 이들을 알아보지 못했다. 나는 침대에 누워서 손으로 동물 그림자를 만들면서 천장과 대화하고 있었다. 제임스가 집에 가서 눈을 좀 붙이는 동안 부모님이 내 곁에 있었다.

테디는 시애틀에서 처리해야 할 일이 너무 많아서 올 수 없었다고 했다. 그가 이 말을 했을 때 제임스의 눈이 가늘어졌다. 나는 두 사람이 이 문제를 두고 언쟁했음을 알게 되었다.

"내가 가도 누나의 상태가 좋아지는 데 도움이 되지 않아요." 테디가 말했다. 그는 침착했고 계산적이었다. "일시적인 문제예요. 누난 점차 좋아질 겁니다."

제임스는 별로 걱정하지도, 당황하지도 않는 그를 이해할 수 없었다.

"동생은 나를 알아." 내가 말했다. 나는 이해했다. 테디가 와도 도움이 되지는 않았다. 나는 테디가 항상 나와 함께 있었음을 제임스에게 어떻게 설명해야 할지 몰랐다. 악몽을 꿀 때마다 수화기 너머에서 들려오는 그의 목소리가 나를 진정시켜주었다.

제임스는 내가 어머니와 대화하기를 거부해서 우리가 언쟁을 했다고 말했다. 어머니는 대부분의 시간을 복도에서 있어야 했다. 그녀의 존재가 나를 흥분시켰다. 반면 아버지는 내가 미친 듯이 고함을 질러도 조용히 듣고 있었다. 그는 침대맡에 앉아서 내 손을 잡아주었고, 고개를 끄덕이며 이해한다고 말해주었다. 그는 단테의 『신곡』^{Inferno}과 그리스 신화에 대해 질문했다.

제임스에 따르면 병원 의료진이 나를 정신병원에 입원시키는 결정을 내렸다고 했다. 병원 측에서 나를 이송할 때 내가 큰 소리로 샹송을 불렀다고 했다. 에디트 피아프의 「아뇨, 전 후회하지 않아요」$^{Non, je ne regrette rien}$였다. 제임스는 그날 밤 우리 부모님에게 이 노래를 들려주었고, 아버지는 눈물을 흘렸다.

나는 내 정신 상태가 최악이었을 때 내가 동물 우리에 갇혔다고 생각했던 곳이 실제로는 정신병동의 집중 관리

구역이었음을 제임스를 통해 알게 되었다. 그리고 내가 본 동물은 보안 요원이었다. 제임스는 내가 비명을 지르고 저항하고, 보안 요원들에 의해 제압당하는 모습을 지켜보았다. 제임스가 소리를 지르자 보안 요원들이 제임스를 병실 밖으로 쫓아냈다.

그가 대기실에 앉아서 내 비명을 들으며 기다릴 때 어떤 남자가 그에게 신을 믿는지 물어보았다고 했다.

제임스는 "아니요"라고 말했다.

그 남자는 "그렇다면 지금이 믿어야 할 때군요. 당신 아내를 위해 기도해드릴게요"라고 말했다.

나는 그 남자가 수호신이었을지도 모른다는 생각이 마음에 들었다.

제임스는 내가 병실에서 발버둥 치고 소리를 지르면서 옷을 벗고 바닥에 소변을 보았다고 했다. 결국 진정제를 맞았고, 며칠 만에 처음으로 잠을 잘 수 있었다.

그에게 가장 행복했던 순간은 테디가 전화로, 누나가 자기에게 전화했다고, 누나가 정상적으로 보였다고 말했던 때였다. 제임스는 나를 두번 더 방문했다는데, 나는 기억나지 않았다. 그가 방문했을 때 내가 불안하고 안절부절못하는 사람처럼 보였고, 종이에 그림을 그리면서 많은 시간을 보냈다고 했다. 직원 한명이 내 머리를 땋아주던 모습이 그를 안심시켜주었다고도 했다. 내가 제대로 보살핌을 받고 있는 것처럼 생각되었기 때문이다.

제임스와 나는 우리가 더는 두려움을 느끼지 않을 때까지 그날들에 대해 이야기했다. 무엇이 진짜이고 가짜였는지에 대한 내 감각은 무뎠지만, 나는 서서히 무엇이 현실이고 무엇이 정신착란이었는지를 재구성할 수 있게 되었다.

내 시력이 점점 좋아지면서 나는 산후우울증에 대한 자료를 닥치는 대로 읽었다. 또 이 증상을 경험했던 여성들의 토론회에 참석했다. 그리고 두려움과 고립에 대한 이야기를 읽었다.

나는 대부분의 여성이 출산하고 하루나 이틀 뒤에 산후우울증을 경험한다는 사실을 알게 되었다. 아기가 태어나고 몇개월이 지난 후에 이런 증상이 나타나는 경우는 드물었다. 내 정식 진단명은 스트레스성 산후우울증이었다. 산후우울증의 원인은 완전히 밝혀지지 않았다. 증상은 보통 유사한데, 편집증과 정신없는 생각racing thoughts, 망상, 불면증이다. 나는 자신의 아기가 악령이라고 믿거나 아기의 몸이 불에 탈 거라고 생각했던 여성들의 이야기를 들었다. 자신이 아기를 낳았다는 사실을 잊어버리고 몸에 난 제왕절개 수술 자국을 발견할 때마다 울었다는 여성과 아기가 자신의 아기가 아니라고 믿었던 여성도 있었다. 이런 여성들이 공유했던 한가지는 아기로부터 분리된 느낌이었다. 그리고 나는 발표회를 통해 이런 일을 겪었던 여성들이 이를 매우 부끄럽게 생각한다는 사실을 감지했다.

여러 기사를 읽었다. 충격적인 기사들도 있었는데, 태어난 지 얼마 안 된 아기를 안고 다리에서 뛰어내린 여성의 이야기를 읽었을 때는 숨이 막혔다.

우리가 영국에 있었다면 나는 산모와 아기를 위한 병동에 입원했을 것이다. 그러면 미국에서처럼 일반적인 정신 질환 환자처럼 다루어지지 않았을 것이다. 나는 내가 처방받았던 약인 할로페리돌이 너무 독해서 영국에서는 잘 처방해주지 않는 약이라는 사실을 알게 되었다. 영국에서는 정서적 분리를 최소화하기 위해 산모와 아기를 가능한 한 가깝게 있도록 하는 것에 치료의 초점을 맞춘다. 영국에 있었다면 케이토와 떨어지는 일은 없었을 것이다. 이 글을 읽으면서 화가 났다. 아기와의 분리는 불필요했다. 병동의 규칙이 너무나 하찮고 임의적으로 느껴졌다. 그것이 우리의 삶에 영향을 미쳤다. 나는 낯선 사람이 되어버렸고, 케이토에게서 느낀 거리감은 내 마음을 너무나 아프게 했다. 이것은 상실감을 뛰어넘는 느낌이었다. 단절이었고, 완벽한 제거였다.

더 오래 떨어져 있지 않게 된 것은 다행스러운 일이었다. 주 정부에서 내가 케이토를 양육하는 데 부적합하기 때문에 아동 보호소에 연락하겠다고 위협했다. 제임스는 우리가 관료주의의 악몽에 갇혀 집으로 돌아오지 못할까봐 걱정했다.

나는 또 백일잔치를 취소한 표면상의 이유가 나의 '극도의 피로'였다는 사실을 알고 화가 났다. 궁금했다. 가족들이 그 말을 정말로 믿었을까? 그러나 내가 반박할 문제가 아니었다.

"사람들이 이해 못할 거야." 어머니와 시어머니 두분 다 내게 서로 다른 자리에서 이렇게 말했다. 이들을 이해했다. 그래서 나는 비밀을 지켰고, 사람들이 피로는 좀 풀렸는지, 충분히 쉬었는지 물어볼 때마다 미소를 지어주려고 노력했다.

런던에서는 정신건강 위기 대응팀이 내가 회복하는 데 도움을 주었다. 제임스와 나는 임신 관련 증상을 전문으로 다루는 정신과 의사와 상담했다. 그녀는 무슨 일이 있었는지를 조용히 들어주었다. 모든 일이 이제는 지나갔다는 듯이 의사에게 과거형으로 이야기했던 적도 있었다. 우리는 낙관적이었고 심지어 자신에 차 있기도 했다. 그녀에게 약을 중단하는 문제에 대해 물어보았는데, 그녀는 좀더 기다려야 한다고 말했다. 내 생각에 그녀는 해결할 일이 좀더 남아 있음을 알았던 것 같다.

상담을 하고 몇주 뒤에 나는 깊은 우울감에 빠져들었다. 산후우울증을 겪으면서 할로페리돌을 복용했던 여성들에게서 흔히 나타나는 증상이었다. 우울감은 바다 밑에 어둠이 내려앉는 것처럼 순식간에 일어났고, 전에는 존재했던 빛에 대한 기억이 사라진 채 즉각적이고 전면적으로 덮쳐왔다. 모든 생명력이 빠져나간 기분이었다. 숟가락을 들어올릴 힘조차 없었다. 몸을 일으켜 앉으면 온몸에서 통증이 느껴졌다. 생전 처음 겪어보는 경험이었다. 미소를 지을 수도 없었다. 얼굴이 너무 아팠기 때문이다.

나는 침대에 누워서 시간을 보냈다. 아무것도 없는 천장을 응시하며 보내는 날들이 하루하루 늘어났다. 수시간 동안 숨을 쉬기 위해, 자리에서 일어나기 위해 의지력을 끌어모았지만, 어느 것도 할 수 없었다.

내가 무언가의 가장자리에 서 있는 기분이었다. 나를 통째로 집어삼킬 무언가였다. 나는 내가 이해하지 못했던 광대함을 감지할 수 있었다. 때로는 이것이 소리 없이 접근하는 것을 느낄 수 있었고, 그 안에서 길을 잃게 될 것이라고 생각했다. 무엇을 해야 할지 알 수 없었다. 이런 순간들 속에서 나는 눈을 감고 숫자를 세고 이 상황을 멈추려고 노력했다.

위기 대응팀이 확인차 매일 아침 우리 아파트를 방문했다. 초인종 소리가 들리면 나는 억지로 몸을 일으켜 침대 밖으로 나왔다. 머리를 빗고 옷매무새를 정리할 기운이 있을 때도 있었지만 대체로 아무것도 못했다. 나는 의자에 꼼짝도 안 하고 가만히 앉아 있었다. 몸이 있음을 인식했지만, 내가 존재하는지 확신할 수 없었다. "오늘은 기분이 어떤가요?" 이들이 내게 물었다.

나는 문장을 만들어보려고, 목소리를 내보려고 노력했다. 하지만 대부분은 답을 할 수 없었다. 이들은 내 얼굴을 보며 "좋아질 거예요"라고 말하고 미소를 지었다. "이 시간도 지나갈 겁니다." 나는 이들을, 이들의 미소에 담긴 약속을 믿으려고 했다.

이들은 내게 매일의 목표와 해야 할 일을 적은 목록을 만들라고 했다. 나는 떨리는 손으로 목록들을 작성했다. 각각의 과제는 완수가 불가능해 보였다. '침대에서 나오기. 차 한잔 끓이기. 피아노 연주하기. 전화하기. 케이토 안아주기.'

이들의 아침 방문은 몇분이면 끝났다. 그러나 그 몇분은 심연처럼 느껴지는 곳에 빛을 가져오는 소중한 시간이었다. 나는 이들이 내주는 모든 과제를 감사하게 생각했고, 내 목록에서 하나씩 지워갔다. 펜을 쥔 내 손이 힘없이 떨렸다. 약속의 빛을 조금 더 오래 느끼는 날들도 있었으나 곧 사라졌고, 나는 다시 끝없는 우울감에 휩싸였다. 물속으로 천천히 가라앉는 기분이었다. 감정을 느끼려고 했지만 고요한 절망만이 존재했고 그것은 절대적이고 끝이 없는 것처럼 느껴졌다.

　침대에 누워 있으면서 병동의 다른 환자들이 어떻게 지내는지 궁금해졌다. 타미라. 그녀는 아기를 낳았을까? 에마는 잘 지낼까? 모두가 떠난 후에 그녀는 어떻게 되었을까? 알리는 마침내 퇴원했을까? 윌. 그는 노숙자일까? 길거리에서 생활하고 있지는 않을까? 부드러운 목소리를 가진 대런은 괜찮을까? 나는 이들의 단절된 이야기가 궁금했다. 나는 그저 이들의 삶을 힐끗 들여다보았을 뿐이었다.

　어머니가 몇달에 한번씩 런던을 방문했다. 내가 침대에 누워 있는 동안 그녀가 길고 부스스한 내 머리를 빗겨주었다. 내 피부에 생긴 자국들이 걱정된 어머니는 혈액순환을 촉진하기 위해 한국 할머니들이 하는 방식으로 내 팔과 다리를 마사지해주었다. 너한테 좋은 거야. 그녀가 말했다. 그녀는 예전처럼 이야기를 들려주었고 잔소리를 했다. 내가 좋아하는 음식을 요리하면서 쉴 새 없이 떠들었고, 나를 달래가며 먹도록 유도했다. 나는 내가 어머니를 힘들게 한다는 사실을 알았다. 그녀의 사랑을 더 깊이 이해하고 있었다.

　정신질환을 앓은 후에 어머니가 나를 놓아주었다는 사실을 느낄 수 있었다. "제임스와 시간을 보내렴." 그녀가 이렇게 말했다. 그리고 제임스와 공원을 산책하기 위해 내가 마침내 침대에서 일어났을 때 미소를 지었다.

"가슴 아픈 일이야." 어머니가 나를 위해 만든 국을 한 숟가락도 넘기지 못했을 때 그녀가 말했다. "자신의 아이를 행복하게 해주지 못하는 건 가슴 아픈 일이란다." 그리고 어머니는 내가 온전히 이해할 수 없는 표정으로 나를 바라보았다. "네가 아기였을 때, 어린아이였을 때, 네게 필요한 것은 내가 너를 행복하게 해주는 것뿐이었어." 너도 이해하게 될 거야. 그 말은 입 밖으로 나오지 않았지만, 내 귀에는 들렸다. 내리사랑이다.

아버지는 런던을 방문하지 않았다. 그는 다시 자기만의 공간으로 사라졌다. 그러나 제임스를 통해 알게 된 사실이 있다. 아버지는 병동에서의 모든 상담에 제임스와 함께 갔다고 한다. 그리고 로비에 있는 피아노로 에릭 사티의 곡을 연주했을 때 사람들이 병동에 울려 퍼지는 피아노 소리에 귀를 기울였다. 제임스와 아버지는 의사를 기다리면서 수학과 켄터키, 내 어린 시절 이야기를 했다. 그때 아버지는 "나는 좋은 아빠는 아니었네"라고 말했다.

제임스는 아버지가 마지막으로 병동을 방문했을 때 내가 아버지에게 말을 하지 않는 것을 보고 내가 정상으로 돌아오고 있음을 알았다고 말했다. 아버지가 숫자로 만들어진 남자 그림을 그려주었던 날이다. 어쩌면 아버지는 우리가 다시 예전으로 돌아가리라는 것을 그날 알았는지도 모르겠다.

이 이야기를 들었을 때 나는 무엇을 느껴야 하는지 몰랐다. 그날 병동을 떠나면서 아버지의 얼굴에서 후회가 조금 느껴진 것은 알았다. 아버지와 대화하는 생각을 해보았지만 무슨 말을 해야 할지 몰랐다. 말은 적합한 매개체가 아닌 것 같았다. 그리고 어쩌면 아버지는 말하지 않아도 이미 알고 있었는지도 모른다.

테디가 매일 전화를 걸어서 내 안부를 확인했다. 부드러운 말투였다. 어떤 날은 케이토를 바꿔달라고 했지만, 대부분은 나를 먼저 찾았다. 나는 테디에게 아버지가 제임스에게 한 말을 들려주었다. 테디는 믿을 수 없다는 듯이 짧게 웃었다. "나도 알아." 내가 말했다.

테디를 생각하면 나는 마치 더이상 존재하지 않는 소년을 떠올리는 것처럼 애석함을 느꼈다. 그러나 이것은 사실이 아니라고 생각한다. 그는 언제나 나의 단짝일 것이다.

제임스는 내가 다시 본모습으로 돌아올 때까지 인내하며 기다려주었다. 그는 저무는 태양 빛 아래에서 내 손을 잡고 나와 보조를 맞추며 천천히 공원을 산책했다. 그리고

나는 그것이 무엇이든, 무언가를 느끼는 것이 어떤 기분인
지를 기억하려고 노력했다.

정신질환이 우리를 더 가깝게 만들어주었는지 잘 모르
겠지만, 그랬으면 좋겠다. 내가 아는 것은 이번 경험이 제
임스를 크게 변화시켰다는 것이다. 내가 알고 사랑했던 불
변의 낙천주의자는 이제 그 안에 짙은 그림자를 드리우는
어둠을 품게 되었다. 나는 그가 '재발'할 때를 대비해 응급
상자를 챙기자 기분이 상했다. 그가 침대에 물건을 늘어놓
는 모습을 지켜보았다. 휴대폰 충전기, 케이토를 위한 여
분의 젖병. 나는 이것이 나를 긴장하게 만든다고 말했다.
불필요하다고. 그러나 그는 고개를 저으며 다시는 무방비
상태로 당하지 않겠다고 했다. 그는 흔들렸다. 그의 확실
성과 통제력은 사라졌다.

제임스는 우리가 병원에 있을 때 내가 차도를 보이지 않
을지도 모른다고, 이것이 우리의 현실이 될지도 모른다고
생각했던 때가 있었다고 말했다. 그는 기다리는 것 외에
무엇을 해야 할지 몰랐다.

레인이 그의 어깨에 손을 얹었을 때 그는 병실 밖 복도
에 앉아 지금 벌어지는 상황을 이해하기 위해 노력하고 있
었다. 레인은 제임스에게 우리가 춤추는 모습을 보았다고
말했다. 그러면서 비밀스러운 말투로 자기는 여자친구와
헤어지고 이제 막 극복하는 중이라고 했다. 제임스는 자신

도 모르게 웃었다. 사랑이 문제였다.

"당신이 이곳에 있는 건 좋은 거예요." 레인이 말했다.
"대부분은 떠나죠. 감당을 못하거든요."

가끔 다시 시작해야 한다는, '떠나야 한다'는 생각에 사
로잡혔던 때를 떠올렸다. 그럴 때마다 마치 벼랑 끝에 서
있거나 광대한 바다를 바라보고 있는 것처럼 두려움이 몰
려왔고, 공허함이 느껴졌다. 사랑이 우리를 구했다. 확실했
다. 제임스를 향한 나의 사랑, 그를 남겨놓고 떠나기를 거
부한 마음. 나는 그것이 그를 위한 희생이라고 생각했지
만, 사실은 나 자신으로부터 나를 구한 것이었다.

내 우울증은 몇달간 계속되었다. 나는 매일 표면 위로,
내 본모습으로 되돌아오기 위해 싸웠다. 케이토와 함께하
는 시간은 하루에 길어야 몇분이었다. 아침에 제임스가 출
근 준비를 하는 동안 아기를 안아주었다. 케이토를 안는
것이 이상하고 부자연스럽게, 심지어 고통스럽게 느껴졌
다. 나는 케이토를 다시 안고 싶지 않아 몇초 만에 자리를
뜨곤 했다.

5월이 되면서 노력하지 않고도 자연스럽게 몸을 움직일
수 있게 되었다. 더는 물 밑에 있는 것처럼 느껴지지 않았
다. 다시 나를 찾고 있었다.

기쁨이나 희망 같은 감정을 희미하게나마 기억할 수 있게 되었지만, 케이토를 사랑하는 느낌이 어땠는지는 기억나지 않았다. 여전히 거리감이 느껴졌다. 나는 나를 다시 찾게 되면 아들도 찾게 되리라고 생각했다. 케이토를 향한 내 사랑이 내 안에 묻혀 있다고 생각했다. 엄마가 된다는 것은 내게 각인된 무언가였다. 나를 기다리고 있었을 것이다. 그러나 내가 케이토를 바라보았을 때 그는 누구의 아기도 될 수 있었다. 동그란 손과 얼굴의 윤곽, 모든 것이 낯설었다. 아기는 더이상 내게 속하지 않았다.

나는 우리의 관계가 어떻게 이렇게 연약할 수 있는지 이해하지 못했다. 내 몸에 아기를 품고 있었던 수개월, 내 품에서 잠이 들었던 시간들, 강렬한 소유욕. 그 기억이 어떻게 지워질 수 있을까? 이를 이해하는 유일한 방법은 이것이 의도되었다고 믿는 것이었다. 어쩌면 나는 신뢰할 수 없는 엄마로부터 자식을 보호하려는 본능에 따라 아기를 내게서 멀리 보낸 것인지도 모르겠다. 나는 생각했다. 어쩌면 이것은 사랑의 행위였을 수도 있다.

이 생각은 나를 위로해주지 못했다. 케이토를 보면 내가 잃은 것들이 떠올랐다. 아기와 어떤 연결성이 있었다고 해도 그것은 이제 사라졌고, 다시는 돌아오지 않을 것처럼 보였다. 슬퍼해야 한다고 생각했지만 아기를 향한 어떠한 열망도 느껴지지 않았다.

나는 텅 빈 조개껍데기 같았다. 나는 케이토를 바라보고, 케이토는 나를, 자신의 엄마를, 자기에게 미소를 지어주지도, 안아주지도 못하는 엄마를 바라보아야 했다. 아기가 자신의 엄마 자리를 앗아간 이 낯선 존재를 인지했는지 궁금했다.

그래서 나는 내가 했던 행동들을 되새겨보았다. 아기를 향해 손을 뻗었고, 머리카락이 얼굴을 가리면 정리해주었고, 볼을 쓰다듬어주었다. 엄마라면 응당 해야 하는 행동이라고 여기며 아기에게 미소를 지어주는 연습을 했다. 사랑을 만드는 방법이 있는지, 있다면 사랑이 진짜가 아닌 제조된 감정인지 궁금했다.

나는 충실하게 약을 복용했다. 매주 색색 가지 알약을 손바닥 위에 올려놓고 개수를 센 다음 제임스가 주문해준 약통에 정리해 넣었다. 1년간은 항정신성약과 항우울제를 복용해야 했다. 나는 내 몸이 내 몸 같지 않은 느낌이 사라질 때까지 약으로 인해 일어나는 몸의 변화를 지켜보았다. 의사가 복용량을 조정해주었고, 약을 완전히 끊기 위한 과정을 시작했을 때는 안도감을 느꼈다.

케이토에게, 나는 나의 아기에게 기다려달라고 말했다. 내가 돌아올 때까지 기다려달라고 부탁했다. 그리고 내가 온전해지기를 기다리는 동안 아기와 함께하는 순간들에서 기쁨을 찾았다. 아기의 웃음소리를 들었고, 첫걸음마를 시작했을 때 손뼉을 쳤으며, 나를 향해 손을 뻗었을 때 그 손을 잡아주었다. 나는 내가 붙잡아야 하는 소중한 순간들을 찾았다.

그러다가 어느날, 어느 평범한 날에 케이토를 안고 있다가 기억이 났다. 아기의 미소와 내 팔에 닿는 숨결의 느낌, 우리의 볼을 감싸는 태양의 온기, 내 몸을 누르는 아기의 무게가 기억났다. 그리고 나는 다시 엄마가 되었다.

감사의 말

내 출판 에이전트인 소피 램버트[Sophie Lambert]에게 감사의 말을 전하고 싶다. 그녀는 풍부한 지혜로 한결같이 나를 이끌어주었다. 내게 기회를 준 것에, 이 책에 쏟은 뜨거운 열정에 감사한다. 그녀 덕분에 꿈이 이루어질 수 있었다.

몰리 아틀라스[Molly Atlas], 그녀의 총명함과 미국에서 이 책이 나아가야 할 방향을 인도해준 것에 감사한다. 케이티 그린스트리트[Katie Greenstreet], 그녀가 내 편이 되어준 것은 내게 행운이었다. 케이트 버턴[Kate Burton]과 알렉산더 코크런[Alexander Cochran], 머틸다 에어리스[Matilda Ayris], 그리고 C&W 에이전시의 전 직원에게 고마운 마음을 전한다. 켈리 오든[Kelly Oden]과 ICM 팀에게도 감사한다.

나의 멋진 편집자 안젤리크 트랜 밴생[Angelique Tran Van Sang]과 캐럴라인 잰캔[Caroline Zancan]에게 감사를 표한다. 이들은 집필 전 과정 동안 나를 지지해주고 길을 안내해주었다. 나는 이들의 지성과 열정에 큰 영감을 받았다. 내가 얼마나 운이 좋은지 믿기 힘들 정도다. 이 책에 믿음을 보여준 알렉사 폰히르슈베르크Alexa von Hirschberg에게 감사한다. 케리 컬런Kerry Cullen과 홀트 앤드 블룸즈버리Holt and Bloomsbury 팀의 관심에도 고마움을 전한다.

내 초고를 읽어준 분들에게 감사한다. 비범한 재능으로 관대함을 보여주며 영감을 주는 여성인 에마 베일리Emma Bailey와 원고를 읽고 예리한 조언을 아끼지 않았던 베티 호Betty Ho, 언제나 좋은 안내자였던 에마 클레어 스위니Emma Claire Sweeney, 그리고 아일린 박Ileen Park과 아르수 타신Arzu Tahsin, 조너선 루핀Jonathan Ruppin, 조지나 시먼즈Georgina Simmonds에게 감사한다.

나는 내가 회복하는 동안 우리를 지지해주었던 친구들에게 빚을 졌다. 이들은 마르타 베르그나노Marta Vergnano, 리자이나 애버린 트랜Regina Aberin Tran, 수전 정Susan Zheng, 아리안 링Ariane Ling, 에일린 선Aileen Sun, 재닛 로Janet Lau, 애니타 린Anita Lin, 어윈 트랜Irwin Tran, 엔리코 베라르도Enrico Berardo다. 이들은 모두 내 소중한 친구다. 우리 가족에게 도움을 준 제인 델라 페나Jane della Pena에게도 고마운 마음을 전한다. 톰 워드Tom Ward와 그의 뵈프 부르기뇽 요리는 정말 특별했다(이 책에도 어떤 식으로든 등장했다!).

나의 조언자이며 상담자인 조니 겔러Jonny Geller에게 무한한 감사를 표한다. 루시 모리스$^{Lucy Morris}$, 루시아 워커^{Lucia} ^{Walker}, 애비 그리브스$^{Abbie Greaves}$, 제스 휘트럼쿠퍼$^{Jess Whitlum-}$ ^{Cooper}에게 감사하고, EB2의 사려 깊은 행동과 내게 가장 필요할 때 보내준 밝은 기운에 고맙게 생각한다.

많은 보건 분야 종사자들에게 감사한다. 이들을 찾아오는 모든 사람을 매일 보살펴주는 모습은 경외심을 불러일으키기에 충분하다. 병원과 의료센터의 직원들에게 고마움을 전한다. 이들의 모든 친절한 말과 배려하는 행동이 내게 잊지 못할 인상을 심어주었다. 특히 나를 밝혀주었던 느만디^{Nmandi}와 친절함을 보여주었던 레인^{Lane}에게 특별한 감사의 말을 전한다.

나는 의사인 세라 타하$^{Sarah Taha}$와 정신건강 위기 대응팀에게 내 생명줄이 되어준 것에 매우 감사하고 있다. 의사인 앤서니 졸리$^{Anthony Jolley}$와 애나 솔리$^{Anna Solly}$, 샤론 저드$^{Sharon Judd}$, 그리고 FIRST 정신건강 위기 대응팀의 전문 지식과 보살핌에 감사한다.

수년간 내게 글쓰기를 가르쳐준 선생들에게 감사한 마음을 전한다. 이들은 자신들의 전문 지식과 기술을 아낌없이 나누어주었다. 주디 터너$^{Judy Turner}$와 멜라니 캐머런^{Melanie} ^{Cameron}, 올리비아 버즈올$^{Olivia Birdsall}$, 팻 호이$^{Pat Hoy}$, 보니 프리드먼$^{Bonnie Friedman}$. 이들의 가르침과 격려는 절대로 잊지 못할 것이다.

최씨 가족에게, 폴^{Paul}, 사라^{Sara}, 빌^{Bill}, 로리^{Lori}, 그리고 특히 시아버지, 시어머니의 모든 사랑과 지지에 감사한다. 우리 가족에게, 어머니와 아버지, 테디^{Teddy}에게 내가 다시 본모습을 찾을 수 있게 도와주고 나의 든든한 버팀목이 되어준 것에 감사의 마음을 전한다. 또 이야기를 전달하는 방법을 보여준 어머니에게 감사한다.

마지막으로 제임스에게, 당신은 과거에도 그랬고 지금도 나의 닻이다. 내 곁을 지켜주고, 병원에서 나와 춤을 추어주고, 내가 당신의 사랑 안에서 언제나 안전하다고 느끼게 해준 것에 감사한다. 당신과 케이토가 보여준 인내와 사랑에 진심으로 감사의 마음을 전한다. 이 책은 우리의 여정을 담고 있다.

네 눈동자 안의 지옥

모성과 광기에 대하여

초판 1쇄 발행 / 2021년 3월 25일

지은이 / 캐서린 조
옮긴이 / 김수민
펴낸이 / 강일우
책임편집 / 곽주현 홍지연
조판 / 박아경
펴낸곳 / (주)창비
등록 / 1986년 8월 5일 제85호
주소 / 10881 경기도 파주시 회동길 184
전화 / 031-955-3333
팩시밀리 / 영업 031-955-3399 편집 031-955-3400
홈페이지 / www.changbi.com
전자우편 / human@changbi.com

한국어판 ⓒ (주)창비 2021
ISBN 978-89-364-7865-0 03840